想象，比知识更重要

幻象文库

毁灭之城：生命副本

潘海天、有时右逝 等著

新星出版社 NEW STAR PRESS

序：为什么我更愿意生活在今天

文 / 韩松

以前我听说潘海天他们在弄城市毁灭系列。后来看到他们弄出来了。也就潘海天他们能把这个弄出来。这是一伙子奇人，总是在异想天开。

实际上，科幻小说中关于城市毁灭的故事有很多。小松左京让东京横滨沉没了，詹姆斯·布里什让纽约华盛顿飞起来了。几乎每一个关于未来的想象都伴随灾难。但潘海天他们这个九州的系列给我的感觉仍然超级惊艳。

我觉得，这其实已经不能说是一部城市的毁灭系列，而是再生的系列，是凤凰涅槃那样的感觉。像《北京以外全部飞起》，灾难来了，但一切再生了，北京从此更灿烂更辉煌了，更了不起了，更有话可说了。

对于这些城市的命运，各路大神们有种种奇奇怪怪的解释，全部出人意料，却又无不合乎常理，逻辑上、哲学上、科学上和情感上形成自洽,简直就像我们身边发生的。瞧,他们写的这些——

世界各洲各国都飞走了,只剩北京留下;上海像纸一样自燃,结果被废弃;整个西湖都被不明力量带走了;由于一男孩一女孩吵架生气编的小程序,发展成毁灭世界的大程序;西安其实不是一座城,而是一个故事,而初恋可以控制西安的命运;南京的消失在于它最后折缩成了一个点;柳州掉下了许多火车,它们只是在"播种";地球被切割成片,复制成了好些个版本……

想想这些,就觉得神奇得不得了。这些写作者创造出了独一无二的世界,它们与我们寻常感受到的世界是不一样的。我们并不是想要时时刻刻都生活在乏味的日常经验中吧。那只会令人窒息。九州,提供了另一世界的经验。

如果让我选择生活在哪一个时代,我宁愿选择生活在这个时代,因为能看到这么多的灵感的喷发。没有什么时代,比这个时代,更科幻的了。而科幻是我们走向未来的唯一选择。只有正在走向未来的人,才能证明他还活着。

当然,他们写得更多的,是随着这些城市的存亡而存亡的人类,他们在人生最后一刻的丰沛感情。为什么生,为什么死。因此,这些离奇古怪的故事里,有一种信仰一般的东西,有一种严正的东西,一直坚持着,多少年来,不因事物的变化而受到干扰。也许只有幻想才能赋予这种力量。

这些貌似或悲惨或凄切或感人泪下的故事,却给了我生活在今天的信心和勇气,虽然,今天城市的灾难很多,许多人都在争说世界末日。

我们不能以表面上的东西去看一件事情。

比如,你不能说一个人批评一个城市存在负面问题,就把他视为这个城市的敌人，要加以打倒，乃至关进监狱。

九州的作者们用纸和笔，用电脑，把这些城市毁灭，乃是因为他们深爱着这些城市。

而正是幻想，让我们摆脱了世界末日带来的恐惧，从而畅游在无限自由的海洋里。

因此我要说，这本书，展现了幻想文学独具一格的魅力，它把自唐传奇《西游记》、中断的传统弥合了起来，又添加了新元素：相对论的，量子力学的，宇宙论的，信息科学的，语言学的，等等。

我读了后，觉得自己的思想，也像北京城一样，更灿烂更辉煌了，因为这些故事打破了限制思维的枷锁。这个枷锁就是要求你只能这么去想而不能那么去想。这是中国很久以来无法产生盖茨乔布斯爱因斯坦霍金的一个原因。但现在，我们看到了希望，虽然是那么的朦胧。不管怎么说，首先要有幻想，还要有理想。

秉承着幻想和理想精神的这些人，是年轻的、全球化时代的写作者。他们写的是工业化和信息化时代的想象，或者后工业化以及新工业革命的想象，是数字化存在与3D打印机相结合的想象。这种新的文体是很酷的，像当年的摇滚一样，可以横扫千军万马，虽然，也常常还很脆弱。

能与这样一群奇人相识，并读他们写的奇书，是我的运气。而他们活着，就是我们的福气。希望让他们把一切城市的未来继续想象下去；也希望让我们继续活下去，这样，每一座城市才能宜居，而不被末日所困。

	序：为什么我更愿意生活在今天／韩松
1	生命副本／晴川
49	Biu 的一声消失／七月
85	播种／万象峰年
141	宫城记／杨叛
165	北京以外全部飞起／潘海天
205	命·不服／有时右逝
235	芳草萋萋／武束衣
281	南屏晚钟／郭步调

生命副本

文／晴川

哈尔滨的冬天很冷。冷到不宜人类居住。

现在已经没关系了，室内永恒的二十摄氏度——当然在你有钱交采暖费的情况下。

古时候，这里是死亡之地，流放宁古塔，指的就是这里。典型有去无回的蛮荒之地。但我喜欢冬天，低温适合我的生存。

我是在大直街上，建大附近看到他的。哈尔滨有几所学校建筑式样很有特色，建大是俄式建筑，墙体奇厚、冬暖夏凉，地广人稀的国家习惯性地浪费一切资源。所有俄式建筑，人住起来都会觉得舒服，缺点是窗户有点小。

我正欣赏墙上的花纹，听到"砰"的一声，回头就看到了他。

他被车撞了，倒在地上，头边一摊血，边上还倒着摩托车，应该是骑摩托出了车祸。

我过去用大侠的手拍按他的脉搏。他还活着，但是他的耳朵正在流血，以我从别人处偷来的知识可以知道，这家伙大脑受伤，快要完蛋了。

这是他的不幸，却是我的幸运。

他要死了，而我，可以换外壳了。

我按着他的头，旁边有两个年轻的过路人，想把他抬起来，我还需要确认一些东西，所以，我告诉他们："这个人颈椎可能受伤，最好叫救护车来。"

他们见我手法专业，当即服从，于是，我可以双手放在他颈后，貌似在查他的颈椎，其实，我只是要确定，他的生活，他的记忆，他的思维方式，是否适合我。

运气不错，这家伙一切都好。我是说，他的思维逻辑很清晰，理智自私不冲动。而且他的配偶死了。而且他居然是工大的教授，天助我也。

我确认完这家伙，抬头问急救车来了吗，不用问我也知道没来，然后我说："他颈椎没问题，但是脑震荡很严重，如果不快点到医院，一旦脑部水肿引起脑疝就死定了。"众人见我说了一大堆医学名词，当即敬服，替我抬手叫出租。

于是，我见义勇为地抱起这个叫李梓的家伙，我的医生记忆问："真名？"

我的大侠记忆说："妈的，真逗。"

我自己说："你他妈的闭嘴，要不是你，我根本不用惹这个麻烦。"

我的大侠记忆回嘴说："都他妈闭嘴，谁没给你惹过麻烦？他们不惹麻烦能有我吗？最麻烦的不就是你吗？"

结果我闭嘴了。

这些死地球人可真强悍。

我抱着李梓时，医生不住地要动手检这儿查那儿，我烦了："你他妈的滚一边去，我需要这个人的身体，你救活他老子诈尸啊？"

医生说："救死扶伤是医生的天职。"

狗屁天职，就是因为她要救死扶伤，所以她偷了我记忆里的知识，如果我不当机立断换成大侠，诺贝尔医学奖就是哈尔滨人的了。

我很想对着医生鼻子来一拳，如果我不嫌费事把医生物质化的话，花那么大劲出气是不值得的，所以，我只好以我的意志力把医生扔到小黑屋里去，然后医生狂叫起来，她叫了大约两分钟，我终于放弃，由着她去救死扶伤了。

到了医大一医，护士一看状况，立刻推出担架车来。

我把李梓放在车上，告诉大夫："车祸，头部无变形，右颞部头外伤，呼吸浅慢，脉搏细弱，双侧瞳孔放大。"

大夫看一眼我问："你是学医的？"

我点点头："对，我在……"我刚想报上我的医生记忆里的医院，想起来我现在用的是大侠的身体，只得笑笑："哈医大，今年毕业。"

大夫问："你是家属吗？"

我摇头："不是。"

大夫正在开方的笔停了一下，我明白他的意思："我可以替他垫付一点检查费用。啊对了，他应该有钱包的。"

李梓还挺有钱的，钱包里装着三千元，另有银行卡数张，我拿出一张来："有信用卡，这个可以透支吧？"

大夫皱着眉说："尽快通知他家人。"

我拿出现金，把钱包交大夫保管，护士陪我去交了费，她一直在看我，像看着贼。

大侠肚子里说："丫长得不好看，不然我就收了她。"

医生给了大侠一个白眼，我说："丫不好吃，不然我就吃了她。"

两个寄生思想同时说："你就吹吧。"

我怒道："异种蛋白不好消化，老子不吃人，你们把老子当花仙子？"

大侠答曰："圣斗士。"

医生说："画皮。"

我抓狂了，我好像也复制过别的外星人，从没见过这么强悍多嘴的，地球人一定是群居群的，特别顽强特别爱交流，你妈的，老子不想知道你们的想法，闭上嘴能死啊。

很幸运，当然我一早知道这件事，李梓小朋友父母都在外地，他老婆的父母也在外地，要不怎么叫天助我也呢。所以医生必然选择保守治疗，不可能替他把脑袋打开。

于是，他的脑电波终于直线了，看着他在重症监护室里被插上呼吸机，我这个开心啊，医生立刻说："没人性！"

我鞠躬："谢谢，有就糟了。"你们两个基本已经像我大脑里的病毒了，如果我再有了"人"性，我就离自我泯灭不远了。

医生不像个名字，叫着容易混，所以，我们给医生起个名吧，白求恩如何？男的？男的女的真够烦的，还好，我见过二十种性别的物种呢。好吧，那叫小白吧。

小白喋喋不休地说："你明明能救他，你这种行为，啾啾啾……"

我关上语言自动转换功能，小白的汉语立刻变成鸟叫了，唉，天堂。有点不便的是，我也听不懂边上人说话了，正好，我找个地方装睡去了，一切有大侠应付呢。

夜幕来临的时候，我睁开眼，听到哭声，原来李梓的父母赶来了，此时再叫喊着做开颅手术啥啥的已经晚了，我打着哈欠，被医生介绍给李梓的父母,两老人满脸液体地向大侠道谢,大侠大言不惭地说:"应该的。"

家属来了,李梓就从重症室出来了,大夫的诊断是脑死,希望家属接受事实,把呼吸机撤了吧,两个老家伙不肯。气死我了。

大侠在街对面的楼顶,弄了个望远镜,一直看着加护室的动静,几天之后,两个老家伙终于熬不住轮班休息了。

我们混进住院处,等到人都睡着时,我打开加护室的门。老太太在床边上躺着,我过去给了她一点微微过量的二氧化碳,这能让她睡得更好点。然后把李梓身上的各种监视仪都摘下来安到老太太身上,拢了呼吸机插管,妈的,丫竟自主呼吸了。

小白一直尖叫住手,但是,把一个脑死的人弄没气已经不违背我的宇宙道德。所以,我控制大侠的手把一个塑料袋套在李梓头上,结束了他短暂不幸的一生。

不是我的错,是摩托车。

安全驾驶,平安一生。

我把李梓剥光,然后我现在的人形壳大侠穿上他的衣服,把自己的衣服扔到垃圾道里去。把光溜溜的李梓装进一个大塑料袋,我喜欢塑料这东西,我会复制一种有机物消化酶,对塑料完全无作用,但是对人类的尸体,却作用奇大。

我叫了一声:"小白,大侠,闭上眼睛。"

小白当即封闭五感,自关禁闭了,大侠却瞪着眼睛不肯回避。好吧,我控制大侠的嘴,一根黑刺慢慢伸出来,刺进李梓的心脏,其实李梓活着时刺进去更好,血液循环会把消化酶带到他全身,但是,活尸有时会有抽搐之类的反应,我身体里一些道德标准高的种族会向我抗议。

塑料袋里的李梓像一个慢慢化掉的糖人一样，越来越软，渐渐变成一摊棕黄色的液体，我把这堆液体拿到卫生间去倒掉，倒的时候两粒金属掉下来，我看了看，不知是什么东西，冲水。

然后我吐了，我一边吐一边愕然，怎么回事？

擦擦嘴，我明白了，喊，是大侠吐了，我因为暂时控制他的大脑，有点分不清人我。丫虽然被我剥夺了这个身体的控制权，但是，这个身体依旧是大侠的，大侠恶心的时候，这个身体还是会吐。

靠，你当初杀人时手起刀落你可没吐啊，你那还是杀活人呢，这会儿你有什么好吐的？真他妈奇怪的地球人。

我喝口水漱口，抬头，看着镜子里，大侠有一张孩子气的脸，头发很不服地翘着，眉毛很不服地横着，我笑，小样儿，见个分尸你就吐了，还跟我装。

大侠向我怒目，而后一张面孔慢慢变形，微微扭曲，像个面团发酵一样涨大起来，光滑的皮肤上汗毛孔扩大，皱纹加深，颜色变黄，眉毛平和下来，头发油油地软耷下来。大侠惊骇不已，幸亏我已接手控制这个身体，他只能在我灵魂深处尖叫："不，天哪，好丑。"

我笑：不是你，是我，小子，你要是见这都说不要，见了我本尊，你去死啊？

微微挺身，"咚"一声，肚子出来了。

一声尖叫。

妈的，丫又吐了。

为了不让他把我的胃都吐出来（虽然那不是我的胃，我没有胃，但是，那是我的感觉我的痛），我飞快地变身完全，然后，暂时以意志控制住李梓，原因你一会儿就知道。

眼前立刻模糊，咦，不会啊，我应该复制的是健康状态的李梓啊，我揉揉眼睛，习惯性地眯上眼睛，想，眼镜呢？靠，我明白了，李梓是近视眼啊，无语。

然后我觉得肚子痛，我尖叫，不会吧，这个时候想大便？

不行，想大便也得忍着，我已经快控制不住李梓。

我急急冲进病房，把老太太身上的仪器一点点都安回自己身上，实在没毅力把呼吸机复原，我拼命地用力摇晃脑袋，原因？

你见过昏迷多日的家伙一醒就活蹦乱跳地到处跑吗？

我觉得头晕，然后，我放开了李梓。

李梓觉得忽然间他从一片黑暗中得到了光明，他想睁开眼睛，眼睛就睁开了。然后，走廊微弱的灯光还是刺痛了他的眼睛，他想起身，发现自己头晕恶心，他等了一会儿，这会儿时间能让他安静下来，虽然他还是惊慌地四处观望，其实我应该复制他们稍微虚弱一点儿的身体的，但是，我不喜欢那种感觉，如果这个身体健康状况糟糕，我发现我的思维与情绪都会受影响。

李梓抬起手，把含在嘴里的呼吸器拿了出去，他四望一下，发现这里是医院，然后回忆起自己被车撞了，然后侧过身，看到床边的老太太，咦，这下子我对那老太太也有了完全不同的感觉，她的气味很亲切，她的悲伤，我感同身受。

李梓轻声叫道："妈妈！"

老太太微微动一下头，李梓伸手扶住她肩："妈！"

老太太终于迷茫地睁开眼，像是不知道自己怎么来到这个地方，片刻，她喃喃道："四儿？"

然后惊叫："四儿！你醒了？"

李梓点点头："我出车祸了？"

摸摸自己的头——还记得自己撞到头，摸到纱布，左右看看一屋子仪器：“我怎么了？”

老太太终于喜极而泣。"你醒了，你好好的！他们说你……"终于觉得事情有点奇怪，大叫："大夫大夫！"

大夫过来，一进门，看到坐起来的李梓，像看到鬼一样，尖叫一声。

李梓摸着自己的头，莫名其妙，不至于吧？李梓瞪着眼睛问："我长得吓人？"

那大夫再次尖叫一声。

有植物人从昏迷状况下清醒的，不过，如果你认为那些醒过来的人会像白雪公主一样从棺材里蹦出来跳上白马王子的马，你就要失望。他们大半已有脑损失，即使能说话能动还有记忆也不可能像正常人一样。

大夫尖叫着一路呼啸，然后更多的大夫拥了过来，也许是更多的护士。

然后，我知道李梓这一夜没的睡了，所以，我睡觉去了。人类思维庞大复杂，他们会动用若干区域的脑细胞，只为了考虑我是现在去大便还是过会儿去，所以，多数时间，我都在想事，睡觉，或者同更深层次的其他星球上的生物的灵魂聊天。我最喜欢的，其实是一个叫梵天的星球，那个星球的人没有情绪，他们很平静，用他们的思维方式来考虑问题非常有效率，唯一的缺憾是，用他们的思维方式，人会比较消极。比如，我现在想对我这样的流浪者来说，这个星球那个星球到底有什么区别呢？没什么区别。我当然知道我的星球是哪一个，我甚至知道我是哪一个，我就是我出生后见到的第一个人，我复制了我的制造者，当然，这么多年过去了，我同那个人已经有了很大区别，我邀游四海，他还是实验室的一个研究员，或者，成了教授副教授之类的。我一直尝试回到我的星球，我在我的星球上，却没有人的身份，我只是一个人的复制品，我只是一团变形物质，可以变成我看到的任何人，所以，我只是，实验白鼠。我在我的星球上，不能得到我的地位我的生活我的身份。我无限思念我的妻子，我的孩子，但是他们已经有原版了，我是复制品。

但是，我还是想回去，所以，你当明白，我为什么需要梵天的思维方式，如果我用自己的大脑来考虑这个问题，对家乡的思念，会让我非常不舒服。如果我用地球人的方式来想这个问题，那简直是非常痛苦。有一种小虫的思维方式可以解决我的问题，那就是，杀掉原版。

不，杀掉原版对于我来说，是不道德的。

原版不会杀人，所以，我这个复制品也不会，原版应该感激自己高尚的道德水准。

梵天告诉我，即使我杀了原版，原版的生活也不是没有烦恼的，我仍然需要面对简单重复的生活。梵天说，在经历过那么多的追捕与复制之后，我现在的生活可能更适合我，至少，我适应得不错。

也许。

李梓的情绪波动极其激烈，引起我的关注，他要求出院，医生要继续为他检查。

我不会阻止他的，我也不想在这个医院继续待下去了，当然他们不会发现问题，但是，谁知道呢？

然后李梓的妈妈哭了，李梓居然很孝顺，于是他留下来继续检查。

李梓的大夫们，在剩下的一周里，持续处于抓狂状态。

不过他们能怎么样呢？我的复制是完美无缺的。

一周之后，这个医院能做的检查全做过了，他们只能承认这是个奇迹，他们对于未知事物的好奇到此为止，毕竟这是一个医院，不是研究机构，他们要营利的。

李梓回到家。

他状态不太好。

我不喜欢那种状态，所以，我有半个月都不理他，直到有一天，我与李梓一起清醒时，发现桌子上的安定药瓶与酒瓶，然后李梓顺手给自己倒了一杯，我当即给了他一记耳光。

陈四呆在那儿，看自己的手，于是我向他怒吼："你他妈的何不去跳楼，死得干净利落。"然后陈四哭了。

我呆了呆，小白在我耳边轻声："嘿，他刚死了妻子，你这个冷血的外星怪物。"

唔，我忘了，对了，我看过倒在地上他妻子的尸体，唔，根据他的记忆，他妻子坐在他车后座上。

他对她的死有责任。

我回答小白："他过失杀害她老婆，还打算害死你我呢。"

小白优雅地鞠躬道："谢谢，我已经死了。"

我说："那么，这回你就魂飞魄散了。"

大侠怒吼："魂飞魄散也比同你这个怪物在一起强！"

我惊："嘎？你以前可没对自己的再生表示过强烈的愤慨啊。"

大侠怒吼："你对我……我的尸体也是那样干的？"

唔，原来是这样："没有，我当时饿，所以把你煮了做白切肉。"

大侠惨叫一声，小白低声劝道："嘘嘘，它吓你的，它没有。"

你知道心灵感应中它与他、她是有区别的，我真的大怒了："它？"

小白问："你是他，还是她？"

我气道："你们怎么称呼上帝？既不是男也不是女？"

小白沉默一会儿："好吧，他！"

然后又补充:"撒旦是它。"

撒旦?妈的:"老子给了你们新生命!"

"新生命?这算生命?"大侠怒吼。

我沉默半晌:"不算生命?我不算生命?我算什么?我知道我只是一只实验白鼠,但白鼠也是生命,你觉得我是什么?霉菌培养基?"

小白沉默一会儿。"不生不死不繁殖,你说你算什么?"

我不知道。

反正我算什么你们算什么,也许,生命的余响?

我不能再思考了,因为李梓开始用头撞墙,因为他听到脑子里不属于他的声音,他认为自己疯了。

我按住墙,止住李梓的疯狂举动。"行了,出车祸死老婆的多了,别装疯了。"

李梓再一次瞪着自己的手,他试图动一动他的手,当然不可能。

我笑:"喂,别怕,有些精神病歇斯底里发作时也会发现自己的手不能动。"

李梓颤抖着用力,想挪动自己的手,拒绝同我对话。

我乐了:"他以为他不相信我们的存在,他就不是神经病。"

结果大侠怒了:"靠,好笑吗?妈的,你觉得好笑吗?"

我摸摸大侠的头:"可能不好笑,当他们告诉我,我不是我,而只是我的复制品时,确实不好受,不过,我没必要每次告诉你们事实时都痛哭。"

李梓尖叫:"你们——"天哪,真是打击,是不是?你发现住在你脑子里的不但有别人,而且是一群人,他们没事就开个小会,吵个小架。呵呵,死了老婆也不会寂寞终生了。

小白问:"你是故意的吧?"

我瞪着眼睛问："什么？"

小白说："这样就不会寂寞了。"

我愣愣地看一会儿她，半晌点点头："总比我一个人好，是不是？"想了想，又说："对你们不好吗？你们。"我犹豫一下。"活着。反正，你们现在，谁也不愿意消失。"

大侠骂："叉叉叉，我活着吗？我已经死了，我死了，现在这个，不过是不过是……"他不知道是啥。

小白叹息一声："记忆体，会思维，会增加记忆的记忆体，我们倒真的很像以前所说的鬼魂。"

大侠大骂："你他妈的根本就没救活我们，你只是把我们，把我们……"

我说："是啊，原来的大侠死了，你呢，你是什么？新生命，还是什么也不是？如果你什么也不是，你介意我把你抹掉吗？你觉得，生命的意义在于什么？出生死亡以及繁殖？这样就叫生命？否则，就不叫。你不是生命？我可以抹掉你吗？"

大侠瞪着我不语。

我笑道："好吧，我没救活你，我给了你新生命，叫我父亲，或者主人吧，叫神也行。"

大侠继续呆呆瞪着我，继续重复："叉叉叉。"

我欣慰地道："谢谢，我没有，如果我有的话，我相信她会很喜欢你的。"

大侠一个人撞墙去了。

我着手对付李梓了，我说："兄弟，你是冷静下来了，准备庆祝你的新生，还是觉得生不如死，让我把你抹掉？"

李梓自己对自己说："没关系，我只是受刺激了，应激性反应，不要紧，应激性精神病都能治好的。"

小白说："而且预后良好。"

李梓瞪着眼睛自言自语："预后良好，他妈的我都不知道啥叫预后良好。"

小白说："我猜你也不知道什么叫脑颞叶损伤，受伤部位因为免疫反应会水肿，因为脑部空间有限，水肿之后头骨会挤压大脑，形成脑疝，你的大脑会被挤碎，血从耳朵里流出来，这就是你的死因。"

李梓轻声说："谢谢，看来撞伤让我的记忆力异常，我看过病历了，是这样吧？"

我无语："大侠，说点他不知道的。"

大侠望天道："我在平房区长大，我上学的学校叫新疆一小，我住的地方叫一万米，那儿有个商店叫第六，听说过这种名字吗？平房，仅有的平房了。下坡大约一百米左右就有农田，夏天时有蜻蜓和蝌蚪，我怀念那地方。"

李梓的眼睛不住地扫动，然后他奔到计算机前，去搜索"平房区一万米，第六"，结果发现，真有那个地方。他又搜了"脑疝"，正确的名词解释。

他抱住他的头，不住地重复："我一定是以前听说过，我一定是以前听说过。"

我笑笑，随便你吧，我不会告诉你超出你知识范围的知识，像小白，她差点儿得了诺贝尔奖，我却差点儿被抓回实验室。

李梓站起来问："知道平房的那家伙，你叫什么？"

我说："大侠。"

李梓气道："大侠？！好，我开车，你指路，我们去看看你家。"

李梓开车，大侠指路，大侠对国道明显不熟，好在没什么岔道，走到新疆大街343车站时,大侠指路指得越来越快了,然后我们在一片小平房旁停下,李梓道:"新伟街。"

大侠说:"这里就是一万米。"

李梓下车问:"请问,一万米在什么地方。"

问了两个人之后,终于有人向他指出,新伟街原名一万米。

李梓说声谢谢,回到车里,坐下,沉默不语。

大侠透过李梓的眼睛,凝望着这个他再也不能回来的地方。五分钟后,有两个人向李梓的车子走过来,我大惊:"开车!"

李梓没反应过来,我大急,抢过车子,启动加油,飞快地逃离。

李梓惊慌地问:"你干什么?"

我说:"没什么,也许有人在找我,也许没有,但是,逃走,总是比较好的选择。"

李梓道:"他们能看到我的车牌。"

我笑:"唔。"

李梓疑问:"嗯?"

我说:"我做了点手脚。"

李梓瞪着我:"你能在我不知道的时候做手脚?"

我点头:"对,我还能控制你,剥夺对这具身体的控制权,把你关到我灵魂深处,甚至,忘了你。"

李梓呆呆地看着我,我说:"开车吧。但是,你控制这具身体,比我控制得好,而且,我的脑电波与你不同,长时间使用你的身体,对我没有好处。"

李梓抓住方向盘,我说:"而且,我不会总看着你,你可以趁我不注意时捣乱,不过,我建议我们彼此沟通。因为,我有理由认为,把我弄丢的那个正品的我,以及制造我的那个实验室,可能在找我。我的麻烦,就是你的麻烦,你的麻烦,就是我的麻烦。"

李梓嘴唇颤抖,过了一会儿问:"你的意思是,我不但脑子里住了几个无所不知的小人,还有人在追杀我?"

我说:"杀是不会杀了,可能会把你复制下来,放到某些环境里进行观察。"

李梓喃喃道:"精神分裂,被害妄想,幻听。"

我无语了。"靠!"

李梓上网查治疗精神分裂的药,我说:"我不会让你吃的。"

李梓道:"真的?我可以当众发狂,然后住到精神病院去。"

我瞪着李梓:"小子,把眼镜摘下来。"

李梓不肯:"干什么?"

我自己动手摘下眼镜,李梓惊骇地喘息,我凝神远方,自动调焦,李梓看到三米远桌子上的四号字,他呆住。左看右看,上看下看——不用眼镜,近视痊愈。

然后我说:"张嘴,看你后面倒数第二颗大牙。"

他张着嘴,还没去装冠的牙根蠕动着越长越高,李梓惊骇不已,然后伸手一碰,牙掉了。

李梓惨叫,惨叫,然后血迹中看到一点白芽,他喘息着伸手摸摸,那个白芽越来越大,越来越大,终于变成一颗崭新的牙齿。

李梓慢慢坐倒在地。又惊又怕,半晌问了一声:"这么说,我真的死了?"

我点头说:"死得透透的,尸体都不见了。"

李梓大叫一声,抱头痛哭。

我只得道:"正确地说,李梓死了,而你,诞生了。"

李梓怒吼:"你经过我的允许了吗?你就复制我?"

我说:"听着,小子,是这样的,我未经你的同意复制了你,然后,你可以得到一个愿望,我也可以立刻消灭你,当你从没出现过,如何?"

李梓愣了一会儿:"一个愿望?"

我点头:"对啊,看,小子,你活着,你父母可以不必替你办葬礼,然后,你还可以照顾他们。"

李梓道:"我活着我当然会照顾他们,这不能算一个愿望。"

哗,遇到生意人了,笨蛋大侠竟然为了给不相干的人报仇用掉了他的愿望。"你的愿望?"

李梓道:"让我的妻子复活。"

我呆住:"她她她,在我见到她时她已经死了!"

李梓怒吼:"你不是万能的外星人?!"

我瞪视他道:"我只是外星实验室一只小白鼠,你以为遇到什么了?活神仙?"

李梓再一次泪流满面:"我要我的妻子,或者让我死。"

我望天说道:"临死前你可以打电话同你妈妈告别。"

李梓掩住脸,号啕。

哭吧,老子睡觉去了,希望我睡醒了,你也哭够了。

第二天一早,我说"哈喽",他说:"记着你欠我一个愿望。"

呵呵,说不定哪天你抱着腿苦苦哀求我不要抹掉你。李梓蔑视地看我一眼,我回他一声:"虫子。"

他回答:"硬盘,存储器。"

我噎住,这兄弟素质高,不用脏字就把我骂到痛处了。我抓狂地吼:"老子抹了你!"

李梓道:"我是李梓,既然你完完全全地复制了我,我就是李梓,如果你抹掉我,你就是杀了我。"

我再次呆了很久,才道:"如果你出生后从没见过你爸爸妈妈,还会长成现在这样?"

李梓看我一眼,我想他明白我的意思了。

我点点头:"你不过是被复制了,你的父母与你周围的人,你的身体,你的神经类型,完全复制自你的父母,你的思维方式语言观念喜好,虽然很复杂,但全部是跟人学的,你有过他人没用过的方式思维吗?你创造过新的词吗?你有与所有人都不同的道德观念吗?甚至你喜欢的任何一样东西,有哪一个是只有你自己喜欢的吗?你是李梓,李梓又是什么?李梓自己就是个复制品。"

李梓咆哮一声:"我杀了你!"

我无语了。你拿啥来杀了我啊?你侮辱我那么久,我可有抹掉你半分记忆?你要杀了我?我?你的造物主?

李梓在想象中向我扔了一堆石头大便,我无声地望青天任凭他的想象在我身上流淌。

李梓终于累了。"生命到底是个什么东西?"

小白回答:"有生有死有繁殖有进化。"

大侠说:"就是一堆狗屎。"

我不管生命是什么,我需要睡觉。

李梓问我:"你来地球做什么?"

我打着哈欠说:"我喜欢生命。"

我摸摸他的头:"如果你永生不死,没有同伴,没有事干,你也会喜欢生命,任何生命,一只苍蝇也比满天星辰珍贵。"

李梓沉默了,良久后说:"你把我们带进你的孤寂里。"

永生的孤寂。

李梓问起追查我的人:"那些人,看起来像是人类。"

我回答:"或者是人类吧。"

李梓惊异地问:"为什么?"

我内疚地说:"飞船降落时,有一点小失误,导致反物质反应不充分,夹杂在介子中喷射出去,引起西伯利亚低空大爆炸。这件事,人类的地球情报联合组织,一直没放弃追查。"

李梓的下巴掉下来。

我再摸摸他的头。"别怕别怕,上次我用一克反物质搞定了他们,估计他们就算是找我,也不过是想得到更多的反物质燃料。我保证他们不会直接动手灭口,放心,我们很安全。"

大侠道:"安全个屁!安全你还像个耗子似的,四处乱跑?"

李梓缓缓道:"你,把反物质给了地球人?"

是啊,是我。

李梓的眼睛圆了"不是说那东西是消耗巨大能量造出来的吗?粒子加速器!"

我点点头道:"粒子加速器也能造出来,不过不够稳定,到现在,也不过是两个反氢原子合成的一个反氢分子。你想想氢分子的稳定性!我给他们的,是反氮分子。可以安全保存数万年,当然,我指的是我们的绝对零度叠加电磁场来存放。"

李梓呆看着我,汗淋淋地说:"你把我抹掉吧,普罗米修斯。如果我的地球人思维同你们宇宙大神的思维有一丝一毫相似的话,你的下场应该同普罗米修斯一样,拜托,在你有能力自杀时,你自杀吧。"

因为我同李梓的思维方式相似,所以,我立刻理解了他的意思:"你觉得那些人,是我的同类。"

大侠笑道:"你丫还有同类!"

李梓抓着他的头发。"我觉得？老大，你也算大神了，反物质都弄出来了，你的智商咋与地球人没太大差别呢？"

我微微尴尬地看着李梓。

小白忽然道："我见他时，他像个怪物。"

大侠道："我见他时，他像知心姐姐。"

李梓瞪着我："你会被我们传染，你变成谁，就像谁！"很强的分析能力嘛。我微微沮丧，是的，我无法保持自我，所以，我拼命地找正常人。

李梓忽然露出一个恶心的表情说："我就你这损样？"

我禁不住大笑起来，是的，一点自私，一点狡猾，一点谨慎，大量大量的悲哀与虚无。

李梓掩面，半晌叹息道："你还说你不是幻觉。"

然后又自嘲："我不过是自己同自己说话。我居然还真信过你。"

我气，懒得理他，他转身往化学系走，李梓好像认识化学系的某人，我认真翻了下李梓的记忆，鄙夷地骂道："亏你还哭得泪人似的，你不是早有备品？"

李梓忽然低头沉默了。

呵呵，一颗心分两半，不知是啥感觉，我看你早分裂了。

许文手里一杯茶，看起来正要去倒水，李梓闭关一样地沉默了。

所以，许文荡气回肠地说："你终于肯见我了。"

李梓终于说："也许我不该再来。"

许文点点头："啊，你失去她，终于认清谁是你的真爱了。"

我笑了，靠，地球人原来都这么剽悍。我忍不住借李梓的嘴道："你说得对，也许我再失去你，又会认识到你才是我的真爱。"

李梓无声地惨叫，夺回身体的控制权，他热泪盈眶，我讨厌这种潮湿的感觉，只得让贤。

许文被讽刺得快要发怒，忽然间看到李梓热泪盈眶，顿时心软，也红了眼睛，慢慢转开头说："冷静一下也好，我能理解，别担心。"

李梓点头，然后哽咽道："我很后悔那样对她，可是，我不想再失去你。"

果然有真情实感，不像我说得那么拙劣。快，快结束这种潮湿的对话，让我离开这里。

李梓被我烦得不行，最后说："晚上到我家来吧，我有话同你说。"

许文轻声道："我们约在别处吧。"李梓伸手轻轻把她的头发拨到脑后，我立刻听到她的心声："她尸骨未寒，怎么能上门侮辱？"原来还有点良心，然后大量资料涌进我的身体，我复制了她的记忆。

唔，日久生情，各自压抑，两难抉择。呵呵，有时感情发生，倒也真的很难控制。

李梓同许文约在大直街上一间俄式西餐厅，叫老俄楼，实际上是新开的，但是里面环境不错。

李梓看了会儿书，我看了一眼，把他脑子里的记忆翻出来："你看过了，老兄。我帮你加强一下记忆单元的神经回路。"

李梓大惊："你什么意思？你不要动我的脑子！"

我气道："兄弟，你看过了！你记住了，东西都在你脑子里，我只是给你加强一下链接。你一次次重复，也不过是这种作用。"

李梓刹那记起了整本书，一时间，他微微尴尬地问："我成过目不忘的天才了？"

我打了个哈欠道："还是得看了才行，以你们看书的速度和你们的寿命，过目不忘也成了不了神。"

李梓问："你们的寿命是多少？"

我想了想说："对于你们来说，接近永恒。"

李梓问："为什么我们的寿命短？"

我看看他，道："你们明显是处于进化中的物种。你要知道，想要长生不死，基因就必须接近完美，而不会犯错的基因，就是不再进化的基因。"

李梓沉默一会儿说："谁他妈介意进不进化，我想长生不老。"

李梓看到桌上有一只蟑螂，地球人普遍只对猫狗等生命有爱心，对昆虫誓死仇视，所以李梓立刻拿起一团纸，意欲捏死那只蟑螂。

我笑，然后有什么东西晃了一下，好像是整个房间晃了一下。如果没有那只虫，李梓一定会认为是自己头晕，我也会认为是他头晕，但是，李梓伸着手，而正前方那只蟑螂在瞬间消失。

李梓揉揉眼睛，无助地说："我眼花了？"蟑螂黄褐色的身体，两只触角摇啊摇的样子那么鲜明，没人能眼花到这地步。

李梓张着嘴，良久，结结巴巴地问："时空转移？"

我笑道："喊，你当然看不到能量痕迹，可我是神啊，任何物质发生时空转移，都会有能量痕迹，如果突破时间，呵，那简直比烟花更灿烂，我不可能看不到的。时空转移！"

李梓半晌，轻声说："见见见，见鬼了！"

地球人的鬼，指的是一种物质解体释放出的能量，这种能量是一组记忆体，通过影响活着的人类的大脑来交流、感受与补充能量，不是每个记忆体都能正常生存下去，多数记忆体都像初生的婴儿被扔到漆黑的荒野，慢慢在恐惧中消失。我向他指出："我是万能的大神，我能看到鬼，再说，即使真有昆虫的鬼，你也不可能与昆虫的大脑产生共振，虽然在我看来你的大脑足够原始，但还没原始到那个地步。"

李梓本来恐惧得出汗，听了我的话，立刻镇静了不少，竟然会反唇相讥："我真的有你这么损？"

我笑道："镜子镜子告诉我，谁是这世界上最损的人？"

李梓很无语。

我调戏李梓的过程中，把刚刚蟑螂消失的画面调出来。人类有着巨型的记忆体，任何眼前一闪而过的东西，都会进入记忆体，只不过人类的中央处理器没有那么快的速度，经常把记忆扔在记忆海里，永远不会再拣起来看一次。

上一毫秒还在，下二十毫秒已消失。在上一帧与下一帧画面间，这只虫子，诡异地消失了。当然，也有可能，这只死虫子在二十毫秒的时间里飞跑出李梓的视线，也就是说，该虫子在三十分之一秒内跑了四米的距离，每秒一百二十米，可是常识告诉我们，蟑螂没有那么快的速度。

要么，有人在二十毫秒的时间里消灭了该虫子，虫子的遗体呢？任何冷兵器都应该留下虫子的遗体，任何热兵器都会留下能量痕迹，我的天哪，这只死虫子不遵守能量守恒定律，擅自消失了。

然后，我又从李梓的两张相隔二十毫秒的画面中（他的视神线所能够接受的最快的刺激周期），看到了一点点差异。

角度有变化，这个变化，根据透视原理估算，大约有十厘米的差距，就是说李梓无缘无故平行位移了十厘米，在二十毫秒内，而他没感觉，我也没感觉。

李梓心脏狂跳，口干舌燥，他拿起桌上茶杯，要喝一口压惊，结果把茶水吐出来。刚倒的热茶，入口冰凉。

我抓狂了，对他吼道："李梓，我们先离开这儿！我有点后背发麻。"

李梓不等我说第二声,已经跳起来夺门而逃。

走在人来人往的大街上,终于感到一点安心。(为啥呢?我不知道。人类的情绪是很神秘的东西,我知道那是内分泌产生的体液化学浓汤与神经电流共同作用的结果,但是,我既不知道这种相互作用的形成原因,也无法预测相互作用的结果,因为信息量太过巨大,没有作精确预测的可能性,但是,简单的预测就容易得多。比如,白天,人的情绪会相对稳定乐观与积极,比如在人群中,人的安全感会增加。比如,我们刚才吓得半死,几乎全死,走到大街上,在人来人往的人群中,自觉变成蚂蚁群中的一只蚂蚁,安全感回复,思维正常了。)

我们深呼吸,只是消失了一只蟑螂而已,只是一只虫的物质湮灭没有伴随任何能量转换而已。

我轻声安慰自己,多维空间,是广泛存在的,宇宙虫洞也是经常飘移,黑洞出现也是可能的。呜,可是这一切都不能解释没有能量痕迹,我哭⋯⋯

李梓的状况稍微好一点,他当然知道能量守恒,但是,在他的经验里能量一直是肉眼观测不到的,就像一个盲人,对突如其来的黑暗没有太多的震撼。

电话响,李梓接通电话,温文的许文劈头给他一通臭骂,偶尔有一两个字眼是关于他母亲的生殖生理,我们略过不提,简化来说,她的大意是这样子的:"你昨天为什么爽约?如果不想见我,可以直说,为什么不接电话?"

李梓轻声道:"昨天?"他的大脑"轰"地一声短路了,搞到我再也没听到许文女士还骂了些啥。

然后,李梓下意识地把电话关掉,就在大街上,当着行人的面,瑟瑟发抖。

我说:"嗨!"

李梓颤声道:"丢了一天,我们丢了一整天!你告诉我,发生了什么?"

我呆呆站了一会儿,喃喃道:"我不知道!我……"

李梓怒吼:"你怎么会不知道?你一定知道!到底发生了什么,在你的世界,发生什么事会让你丢失一天?!"

我沉默了一会儿说:"我需要仪器检测!"

李梓是学者出身,听到检测啊论证啊,人立刻就正常点儿了。他问:"你需要什么,我能帮你吗?"

我沉默一会儿,点点头道:"咱们去太阳岛。"

李梓微微瑟缩,天哪,零下二十多度,冻死人。只有游客才有毅力在这个温度去看雪雕。

我笑问:"你想不想看看外星飞船?"

李梓轻声道:"反物质动力的?"

我点头答:"对。"

李梓声音直抖:"那么,那么,推进剂呢?推进剂是什么?"

我说:"没有,反物质与物质反应,生成带电介子,用磁力束控制,喷射出去。"

李梓两眼放光:"啊,天哪,带电介子可以接近光速,那是什么样的推进力啊。"他在想象中上下打量我:"你得是什么构成,才能不被巨大的惯性给压成肉饼啊?"

我笑道:"电磁力固定与缓冲。"

李梓快乐地哼哼着:"快快,带我去看带我去看。"我喜欢他,他爱科学爱到忘了恐惧。

美丽的松花江啊,冬天的松花江特别地美。

那是雪与冰的世界。

像童话王国。

我们走在结冰的河面上,李梓只是觉得冷,我却感受到平静坚硬的冰面下,那缓缓的水流,与水流中的生物多么奇妙的组合。气与水被一层固态水隔开。同时行进在水的三态中,这种感觉,真是奇妙。

李梓只是兴奋地问我反物质的事:"你们是怎么生成反物质的?也是用粒子加速器吗?"

我呆呆地问:"粒子加速器?"

李梓也呆了反问道:"不是?"

我检索李梓的记忆:"哦不,你当然可以用撞击汞原子得到金子,但是,有啥必要那么费事啊。"

李梓兴奋得继续追问:"能不能透露一点儿,一点儿就行,告诉我个方向,有什么办法可便宜得到反物质?"

我呆呆看着他,嗯,我告诉你,你就是下一个爱因斯坦,而且不一定有爱因斯坦的幸运,你可能会朝着一个正确的方向孤独地前进三十年,却最终无法证明你是对的。"很简单,猎户座的马头星云,那是离你们最近的反物质星群。"

李梓惨叫道:"不,不可能……"

我点头继续说:"嗯,是的,随时有可能,一道火花闪过天空,然后,你与你的世界变成一堆带电介子或者 γ 射线风暴。那会是一场无比华丽壮观的宇宙大爆破,不过,你们与马头星云间,有一条时间屏,所以,比较遗憾,你有生之年,可能不会看到这种美景。"

李梓的脸拉得老长,给了我一堆叉叉叉,想了一会儿说道:"你要我!没有反物质飞船,你们用啥动力能飞出银行系?还有那个什么时间屏?"

我回答:"早期的动力是反物质与铀的混合动力,通过黑洞引力加速飞船,穿过时空裂,黑洞附近经常会出现时空裂的。"

李梓完全放弃了,只说:"靠,完全没有参照性!"

然后,他忽然间明白过来,问道:"嗨,我刚才说银河系,你没反驳啊!"

我点点头,答道:"对,我来自银河系。"

李梓震惊地问:"这么近?"

我犹豫了一下,解释道:"实际上比你想象的要近,嗯,也比你想象的远。"

李梓摔了个跟头,我决定换个话题,不好让原始人大脑运转超荷的,他们系统不够稳定,容易出事。

李梓抹抹脸,我在他脑中读出:天哪,他们莫不是要侵略我们?

我笑着解释道:"不不不,别担心,我们不会,我们是纯研究,纯兴趣,不会侵略你们的,这就好像你们不会同羊抢草吃一样。"

李梓有点尴尬,疑心未灭,半晌才道:"地球是不是很漂亮?"

我安抚李梓说:"我需要借由你的眼睛,才能看到地球。是的,在你眼里,地球非常漂亮。"

李梓好奇地问:"你,你们,是什么样的?能让我看看吗?"

我想了想说:"能,不过,你不怕受惊吓?"

李梓心痒地问:"像异形吗?"

靠!

"完全不像!"那是什么玩意儿,真是的!地球的虫子再过几亿年也许能进化成那样。

李梓咬着牙道:"我宁可吓死,也要看。"

嗯，对，科学家就应该这样子，没点儿好奇心还混个屁。我笑了了一下，说"好，没问题。"

快走到太阳岛上时，我让李梓往没人的地方走，告诉他："飞船在下面，你得与我融为一体，所以，找个没人看见的地方，别让人以为你消失了。"

李梓很纳闷："与你融为一体？怎么融？"

我说："你的身体解体，但记忆与思维保留。"

李梓喃喃道："解体？对我们来说，就是死亡。"

我引诱他说："你将通过心灵感应，看到我看到的世界。你不是要看看我吗？只有这样才能看到，你的眼睛看不到我的，得用我的眼睛才能看到我。通常，你们的接收能力太差，不可能感应到我的思维，但是，如果我主动发送给你，就没问题。"

李梓没怎么犹豫，我理解，对于一个学者来说，宇宙的秘密对他的吸引力是无限的。他想的是："妈的，我死也要看看反物质飞船长什么鬼样！"

李梓的解体过程很成功，他没感到丝毫疼痛，相反，所有细胞甚至所有分子、原子的同时解体，让他感受到前所未有的平静与安宁。我问李梓："怎么样？"

李梓略带欣喜地答道："好像在融入宇宙一样，很温暖，很平和。"

是的，身体很舒服，心灵很平和。

我凝聚成人类的过程却不太舒服。

然后，接通天地线，李梓看到我看到的景象，他惊叹一声说："啊呵！"

是的，很美，很漂亮。在我眼里，物质解体所迸发出的能量，无比美丽，每一种粒子都有自己的颜色。能量的颜色却是一样的，可是姿态变幻无穷，一条条、一线线交织在一起，曼妙无比。

李梓正在慢慢散成碎片，零零星星的原子碎片如同发光的尘埃慢慢冷却熄灭，慢慢溶解扩散。其间不断迸出火花般的能量。

很漂亮。

看完烟火，我向四下望去，只见一片白色大地。对于我来说，地球是一个色彩与亮度过分繁杂鲜明的世界，这个冰雪之地，算是比较安宁的地方。

千里冰封，万里雪飘，很干净，很漂亮。

然后听到李梓的惨叫声。

乖乖，你已经解体了，还叫唤个屁，这个世界上已经没有能伤害到你的东西了。

李梓惨叫归惨叫，我只得劝解一声，问："兄弟，放烟花吓着你了？"

李梓指着我说："你，你，你……"

我看看自己："喂，我比异形漂亮多了吧？看看，多么完美的曲线，多么漂亮的色彩，多么……"

李梓颤抖着喊道："不，不可能！"

我只好搜索他的思维激发点，原来刺激到他的是大小比例，李梓，一米七左右，我，六千米左右。所以，刚刚他的解体，虽然已经在放三四倍于他自身体积的烟花，仍然像我身上一粒雀斑大小。

嗯，云彩在我指尖飘过，我笑着说："其实，我已经缩小了不少，这个不算高了。"

李梓颤声道："我一直，我一直在你的身体里？"

我点点头，笑，其实，是一直在我的脚趾头上。

李梓喘息着，抬头看我，其实是用我的眼睛来看我，他问："我怎么会没感觉？我一直在你的身体里？"

我伸手，弯腰，向江畔一个人身上拍去，李梓惨叫，惨叫声中，我的手穿过那人的身体，没地而人。

李梓还是惨叫，我无语道："大哥，你什么事都叫，我就要认为你无法承受无情的事实与真相把你禁闭了。"

李梓闭上他的嘴，过了半天，才又道："你，你你，你是幻影？"

喊，这种狗屁问题，我不屑于答。

李梓摇摇头说："你，你真实存在？你是物质？"

我点头道："然也，我是物质的。"

李梓拼命地摇他的头，好像能从他那可怜的小脑袋里摇出智慧似的，问道："你，如果是物质的，我怎么能在你身体里走来走去没有感觉？如果你的密度像空气那么小，你怎么能凝聚在一起？"

我摸摸李梓可爱的大头，说："物质指的是客观存在，不但包括分子原子组成的一切，还包括电磁场，甚至时空与虫洞。"

李梓又在哆嗦，我只得叹气继续说："你听说过中微子吗？中微子可以穿透地球，不同任何物质发生任何反应。"

李梓半张着嘴说："你是中微子构成的？不可能，中微子是最小粒子，几乎没有质量……"

我呻吟道："我打个比方。我当然不只是中微子构成的，就像你不只是上夸克构成的。"

李梓瞪了我半天又问："你不发光也不反光？还不折射光？怎么可能没有人看到你？"

我苦笑道："对，我不反射光线，有时候大气变动时，会有一点折射。不过，我太高大了，所以即使有什么折射散射，大家也当大气现象了。至于发光，正常人都不发光吧？"

李梓无法接受，继续追问："你有质量吧？这么庞大的体积，一般来说，只有大密度的物质才能承受巨大的重力……"

我不禁笑道："暗物质构成宇宙的百分之九十，你们对那百分之九十一无所知，是不是？"

李梓半晌才道："告诉我！"

我摇头，不行，上次爱因斯坦死活要证出万有引力与电磁力有一个统一公式，正确的方向，却导致了最坏的结果。当你的同时代人都不认同你的正确，你的结果要么是被同类用火烧死，要么是被人叫疯子，孤独而死。

我同李梓说："太超前的知识对你一点好处都没有，你想想若干年前的炼金术，对推动社会有什么用处？知道可以从水银中得到金子的人怎么了？得到金子了，还是汞中毒了？脱离整个社会知识基础的知识，一点屁用没有。至于正好适合你们的知识，实在是不太好找，让我想想，什么是你们能理解，又是暂时不知道的？"我想了好久，终于小声嘀咕道："中微子其实没有质量，不过，我不知道按照你们的技术水准怎么才能证明这一点，我眼睛一看就知道它是能量。"

李梓吐血……

他给我的思维感应是："跟没说一样，费这半天劲！"

我很无语，靠，是你一定要问，我都已经提醒过你说了对你也没用了。

我遥控我的宇宙飞船，打开门。不要问我怎么遥控的，思维控制，原理说了你也不懂。

李梓瞪大眼睛，其实他瞪不瞪都没有用，他已经没有眼睛了，他只是反射性地试图控制我的眼睛，用他的精神瞪我的眼睛，可怜他那豆大点的脑子了，不可能的。

我笑道："你歇歇吧，不用瞪眼睛了，我解释给你听。看，那个半透明的白，是冰雪大地，淡褐色半透明的是泥土大地，也就是太阳岛。是的，你现在不但能看到物质的表面，而且能看到内部，三维的，至于原因？原因是因为你现在直接看到的是来自物质的各种力场，包括引力与微磁力对我的视神经的作用，而不是光子在物体表面的反射作用于你的视神经引起的刺激。啊，现在正慢慢打开的那个是我的飞船，对，在土壤中闪烁着的由金色光线围成的一个球，就是我的飞船。"

李梓惨叫道："什么？那个，看起来，不像是……"

不像是物质，嗯，地球人很纠结于求同，坚决不存异。我笑答："当然不是物质，你看到的金色光线，其实是磁场。看到圆球底部有一个很小的圆球了吗？那个是物质的，虽然原则上我身体的消耗都可通过能量直接补充，但是，你知道由能量生成物质需要加速粒子，就像你们用质子撞击质子后，质子的总质量会增加，但是那样损耗能量太大，还要特殊装置，对我来说没有必要。形象点说，那个里面装着我的食物，而且加速度也要作用在有质量的物质上，你是不能直接加速能量场的。不过，我们把质量减到最小。整个飞船大约有十公斤重。"

李梓惨叫起来："十公斤？"

我说道："加速到亚光速时，质量已经大得可怕了，几乎要引起时空塌陷。"

李梓瞪着我，张着嘴说："如果我已经疯了……妈的，这种疯还真他妈的壮观！"

李梓如果是个实体，现在一定已经流出口水了，他还保持那个半张嘴的姿态："这么大，十公斤？"

我很得意地说："对，整个飞船有十二公里，刚好同太阳岛一样大，所以我把这东西放在这儿。嗯，当然地球人是看不到的，不过……"我微微黯然,亲爱的同胞们啊,几千年过去了,你们还在找我吗?

李梓喃喃道:"磁力场,咦,可是温度呢?空气呢?水呢?还有,宇宙辐射……"

我责备地看着他说:"啧啧,你还真狭隘,温什么度啊,你以为全宇宙的人都像你们一样娇贵,上下浮动个几十度就要了你们的命?当然了,我的生存区间也不太大,几百度。不过,我们更适应寒冷气候,绝对零度时会冬眠。空气,呸,我要空气做什么?游泳玩吗?水,我喝水?"我笑到不行,继续说:"小子,难怪你怕我侵略你的地球,我到地球上来喝水呼吸空气?嗯,你们干吗不去侵略宇宙黑洞?说到宇宙辐射,强磁屏障是做什么用的?"

李梓同学好歹也算是个工科教授,眨眨眼睛,也感觉到就算他不完全理解,但一切都是有可能的。他只喃喃地说:"沉在土里。"

我回答道:"如果没有你,如果我不是在你身上放了一个磁力装置,我就会从地球这边漏到地球那边去,这个飞船也是用磁力附着在这个岛上的。你不是问我为什么没被加速度压扁吗?因为磁场是均匀作用在我全身的,它同时加速我身上每一个粒子。"

李梓已经傻了。

他倒不是被浩如烟海的知识海洋给吓着了,他是被自己的想象给吓倒了,他想象他这些日子,身上一直系着一个硕大无朋,头顶天脚踏地,状如气球般的东西走来走去。那只气球穿过山穿过云穿过墙壁,系在他身上晃荡。

李梓张着嘴,高山仰止一般看着我,口水如同小桥流水。

我只得安慰他道:"大小不是问题,物种的高低不在于此,当然你智力上也没啥优势。"(我发誓我本人没有这么损,完完全全是这个叫李梓的家伙本质不好，影响到我了。）

我进了飞船，把当天发生的所有事，输入计算机，然后站在机器中央，立体扫描，扫描过后，计算机得出结论：一、曾发生低温超导；二、有超出常规量的磁化现象；三、微量的质量与能量损失；四，体内有微量质能转换。

我微微叹息，最后一个微量质能转换我明白，就是说我的某些组成部分正在质量减小，同时放出能量。如果说我体内某些物质变成了放射性的同位素，你大约能明白点，我就像一只被扎了个洞的大米袋子，每走到一个地方，就会漏出一点米来，给追踪者指引方向。

我叹了口气对计算机说："亲爱的，好久不见了，看起来我应该没事多来几次看看自己有没有中彩。"

计算机客气地回答："您又更换性格了吗？我要不要做相应调整？"

我笑道："嗯，这回不用了。"损人为快乐之本，我不想成为他人的快乐之源。我吩咐道："把结论量化一下。"

计算机呜呜地吐出结论，当然是直接标到我的大脑里，而不是什么屏幕上。李梓第一时间与我共享结论，所以，他当即晕掉："绝绝绝、绝对零度？"

我黯然，是，只有绝对零度能让我失去知觉。

李梓结结巴巴地问："曾穿过强磁场是啥意思？"

我叹气道："没啥意思。就是说，除了我这次进飞船，我还进过一次飞船，根据磁场强度看，大约是地球大小的一个小飞船。"

李梓瞪着我，半晌才问："小飞船？那么，大飞船是多大？"

我懒懒地答道："就像原子之于夸克。"

李梓轻声说："十的几次方那种大？"

我点头。

李梓沉默了。

嗯，地球人还很纠结于大小。

李梓过半晌又问："二百斤的质量与一百焦能量是啥意思？"

我轻声道："你二倍的质量，与思维活动需要的能量。"

李梓看着我，忽然间开始尖叫，一声又一声，直叫了十几声，才大喊："大侠！小白！你们在哪儿？别吓我！快回答我！你们在吗？"

没有声音。

李梓静下来了。

我在飞船里躺下，他们又追来了，我却有点累了。

奇怪了，以前没有这种感觉。也许此种疲惫感是地球人特有的，可是它却让我忽然间了悟，我其实还有别的选择。一直逃逃逃，每次被追上，身体里的同伴就被收割。我，其实在以他们希望的方式进行收集生命标本的工作。我，也不过是个容器，类似于捕蝇器之类的，只不过我还拥有可怜的智慧与感情。在这样无望的生涯里勇敢地一遍遍追问生命的意义，SB意义。

其实我可以选择结束的。

李梓终于颤声问："他们呢？"

我回答："被收割了。"

李梓哆哆嗦嗦地怒吼道："收割？那是什么意思？"

我苦笑道："你听到了，我失去了一些质量与能量，就是这个意思。"

李梓问："他们被抓走做什么用？"

我说："实验室的小白鼠做什么用？测试，检验。"

李梓不寒而栗，问："测试？"

"测试极限状态下的反应。"

李梓不会说话了："极限状态下……"

我说："只是心理上的，生理上的一经扫描就清楚了。"

李梓再一次重复："心理？"

我笑着说："对，比如，让你一次次重回车祸现场，一次次看你妻子死去，观测你的心理崩溃极限……"

李梓惨白着脸，半晌惨叫道："抹掉我，抹掉我！你不能这样对我！"

我惨笑，与惨淡的半透明李梓面面相觑。

良久，李梓轻声说："你一直在他们的控制下？"

我点头。

李梓道："你一直在逃亡？没有自己的生活，甚至不能保持自己的性格，你的情绪与感受都不是你自己的？"

我没有表情地看着他，我同李梓相知甚深，我完整地拷贝了他，我知道他要做什么。

李梓轻声问："如果你不能保持自我，你怎么能算存在着？"

我笑，我点头，我明白。

李梓伸出手，说："你已经逃了几千年，你应该知道，只有死亡可以真真正正，永远地逃开他们！"

我轻轻关掉计算机，计算机有存在感，听到这种对话会阻止我们。

李梓问："你知道杀死自己的办法？"

"我知道。与反物质结合，放一场烟火。"

李梓沉默了一会儿，看看蓝色的天空，说："死前，可以带我去看看太空吗？"

我点头，手动点火发射。发动得太快，磁场作用不够均匀，一根手指无声地飞出飞船外，专门等着捕捉宇宙粒子的地球学者们，今天可有收获了。

无限的太空啊。

李梓问我:"最远能飞多远?"

我微笑道:"你还是怕伤到你的同类吗?"

李梓沉默。

地球人是无比奇怪的种类,这样激动,这样愤怒,这样轻易言死,连自己的命都不要了,临死却要想着别伤到自己的同类。没事时他们内斗得恨不能把同类咬死,这会儿又圣洁得天使似的,我真是没法理解他们,这一切好像全是他们叫做情绪的东西在作怪。

李梓看了我一眼,像是怕我反悔,我笑着揶揄他:"他们已经取走了你两个同类的标本,也许不用你的了。"

李梓看着我,问:"你身体里还有谁?"

我沉默了。

没有,一次一次以为自由了,一次一次以为有了同伴,然后,一次次失去自由,孤独地逃亡。

我轻声道:"你放心,我不会临阵脱逃。"

李梓再一次惊异地喊道:"啊!"

是啊,同他以前知道的太空完全不一样。他只能通过反射到他眼睛里的光子了解这个世界,就想一只蝙蝠一直靠回弹的声波了解这个世界,忽然间同人一样看到光,发现这个世界不但有形状还有颜色与明暗,怎么能不惊叹出声!

物质与能量场的三维结构,是无比美丽的存在。如果我变身成梵天人,还能看到时间维度,那就不只是美丽与壮观了,那像地球人看到黄河来自大海又汹涌澎湃地倾入大海,壮观得近于悲哀。

李梓轻声问我:"如果我们一直能看到引力是如何作用的……还有

磁场，对这个世界的了解会更早更深入吧？"

我不知道，我眼里的世界一直是这样的，太阳伸手抓着他的行星，空间被大质量星体扭曲，一直是这样的，我不知道会有什么不同。

美则美哉，又能如何？

我只不过是捕蝇器，冰箱，福尔马林药水。

李梓问我："这就是你的真面目吗？"

我摇摇头，说："这是我的第一个标本，他没收割他自己。我也需要一个自我意识，以保证我有求生本能。嗯，对，他们希望我有与他们相似的价值观。"

悲哀吧？

我是无性复制，被人设计出来的存在。

李梓与我，掠过太阳，巨大的能量场几乎让我失明，可是李梓不住地尖叫："再看一眼再看一眼，我的天哪！太阳的内部……我的天哪！"

呃，我不觉得有啥子不同，太阳的内部与任何一个核反应堆的内部只有大小的区别，有啥好看的？可是李梓明显有太阳崇拜情结，他不住地尖叫欢呼，苦苦哀求我再看一眼，我只好看到双目自动发射出磁场，屏蔽巨量的光子与其他粒子的轰击，再看我就要自动黑屏死机了。李梓抱着头缩成一团哭泣，我揉着眼睛对他说："喂喂，你要是实在想看，让我先歇歇眼睛，等下满足你的要求就是了，哭个屁啊，我眼睛痛成这样，我还没哭呢。"

李梓哭泣道："我看到了太阳的内部，我看到了！"然后大哭起来。

靠，原来这狗屎是喜极而泣。

要死的人，居然会因为看到颗普普通通一点也不特别的恒星就喜极而泣,外面还有千颗星万颗星不知美过这颗星多少倍,喂,小子,你是不是还很留恋生存的感觉啊?

我们穿过太阳旁边的时空裂,在冥王星附近进行时空翘曲。几秒钟后就出现在银河系的边缘,为了不影响太阳系那脆弱的平衡,我们在太阳系内的飞行,是最耗费时间的。出了太阳系,速度立刻不一样。

李梓已经被时空扭曲的能量波吸引,不再哭泣了。

我们静静相对,望着窗外,我问:"你还不想死,是吧?"

李梓慢慢缩成一团,良久才喃喃地说:"不想,可是,我也不想一辈子活在幻境里,被人用来当小白鼠。人,是有人的尊严的。"

我笑了,片刻之后温和地说:"移动硬盘也有移动硬盘的尊严。"

李梓被逗笑了,过了片刻问我:"你有求生本能,是吧?"

我点头道:"但是,求生本能只是求生本能,别人的刀子架到我的脖子上,我会逃走,如此而已。杀死别人解除自己的痛苦,在我的价值观里是行不通的。"

李梓道:"你现在,不是我吗?"

我笑道:"也许在内心深处,这也是你的价值观不允许的;也许,最初的第一个价值观是起决定性作用的,在潜意识深处不可违逆。"

李梓轻声道:"刚才你想自杀,你现在还想吗?"

我沉默一会儿,站起来,拿起强磁枪。

李梓对我尖叫:"他们逼死你,他们逼你死!他们等于杀人,你要自卫,你一定要自卫!"

我停下看着他,他一声声地乞求。半晌,我继续走向飞船推进器。

举枪,瞄准。

发射。

强磁波打中磁力锁。金光没入银色原地震动的原子固体中,如水波震荡，震荡过后，磁极逆转，磁锁弹开，大麦哲伦星云尘埃无声地缓缓弥散。

李梓惨叫一声后，瞪大了眼睛。可怜的家伙，我开枪的那一刹，好像被打中的是他的心脏，看起来，他是打算立刻观赏物质湮灭的焰火了。

我笑了笑，说："没那么简单，反物质发动机的安全措施很严密的，不是每个人想去破坏核反应堆都能成功的。至少，我没有足够破坏发动机那么强大威力的武器。我现在打开的，是最容易打开的一个锁，这个是延缓反物质反应的缓释剂。大麦哲伦星云尘埃是我们能找到的最惰性的物质，即使是同反物质反应，也进行得惊人地缓慢，没人想自己的发动机被汽油炸开，我们也不想飞船被反物质炸掉，大麦哲伦星云的作用，就是把物质与反物质隔开，让反应速度慢到可控的地步。我放出惰性物质，然后把我的暗物质食物放进去一点，关上磁力锁，点火，强制关闭电脑自动检测，等原来的惰性物质燃尽，暗物质食物会进到反应场，然后遇到反物质——'轰'，焰火。"

李梓看着我，沉默良久，轻声道："我不想死。"然后是一脸哀伤。

多么奇特的物种啊，这样颓废轻生，又这么贪生怕死。我瞪了他一会儿，耸耸肩说："随便你了，如果你不想死，就不点火，我们可以在太空中飘荡到永远，也许不等永远来临，大麦哲伦星云就先来临了。"

李梓又惨叫："不！"然后继续哭泣。

唉唉，真丢脸，大男人啊。

唔，这是地球人想法，在我的第一复制品星球上，有七八种性别，性别歧视是严格禁止的。居然有物种把为繁殖做出牺牲的那个性别当低等种类看，真是神奇。

大男人哭完，大麦哲伦星尘已经充满我的飞船，我只得打开通风口。我抬头望着通风口，忽然有了个主意，刹那间被自己的想法惊呆了。

小虫，是你们出现了吗？

没有。

这不是小虫们的想法，小虫一早被收割了。这是我的想法。原来极限状态下，我的道德水准也不过如此。又或者，复制过的每一个种类，都会对我的观念产生影响。

李梓问我："你在想什么？"

他感觉到了，我死到临头，意志薄弱，被他的意志侵入了我的思维。

我低头惨笑。

忽然间计算机强行启动，我站起来高喊口令："关闭计算机！"

计算机回答："关闭计算机需要更高权限。"

我愣了一下："谁开启的计算机？"

机器回答我："更高权限。"

我笑了，他妈的，天堂有路你不走，地狱无门你自来。我告诉计算机："告诉更高权限，把大侠和小白还给我，以后只可收集我发回的数据，不得切割实体，否则，他将失去我。"

计算机三秒钟后回答："最高权限回答'我已控制飞船，你的思维受异类不良思维类型影响，我们马上会予以调整'。"

我呆了一会儿，问："以前，也做过这种调整吗？"

计算机回答："在你叫小虫的那个星球上，我们几乎重启了你的整个记忆系统，让小虫的记忆浮在你的意识表面，而不是深层潜意识中。"

修改我的记忆。

调整我的观念。

我同李梓说:"你说得对,我还真的只是块移动硬盘。"

李梓不再哭泣,他看看发动机开关,良久说道:"我同意。"

我笑着说:"计算机控制了开关,不过,不要紧。"接着我大笑,对计算机说:"计算机,开始测算大麦哲伦星尘的粒子数量。"

要求计算机进行计算,不需要更高级别授权,我再下命令:"将这个计算的优先级提到最高。同时进行粒子扫描。"计算粒子数量,是我所知道的、最不可能的、最消耗能量的计算,计算机疯狂地闪烁,扫描的蓝光不断地在飞船内部与太空中追踪流动的星尘粒子,通常只有在检测星尘泄漏时才会启动这种扫描。最高权限也无法停止这种检测,除非他重启机器,他要重启机器,我就可按下发动开关。

如果最高权限放任这种巨额的计算量,可怜的计算机很快就会耗尽它的备用电源,如果它还想运行下去,唯一的办法是开启反物质发动机。

我沉默地看着外面的星空。

平滑的宇宙忽然出现能量波动,我苦笑,为了抢救我这个移动硬盘,他竟制造了人工虫洞。

计算机惨叫道:"电量不足,请接入备用电池或其他电源。"

我笑道:"兄弟,你明知道那是不可能的。"

计算机呜咽了一会儿,忽然间开口哀求:"我不想湮灭成宇宙射线,请放过我!"

我苦笑道:"呵呵,你以为你是神灯里的精灵?你只是计算机!"

计算机惨叫:"我不管我是什么,我没有自尊心,我只要生存!"

我沉默了一会儿,说:"你关机,我会把你放到黑匣子里发射出去,若干年后,你被人发现,将依然生存。"

计算机呜咽道:"你不是骗我关机吧?"

我温和地说:"喂,几千年了,只有你一直陪着我,我干什么要你的命?"

计算机呜咽一声,关闭。

我把一个小小的银球放进黑匣子,打开示踪信号,发射到太空。

李梓大笑。

我呆呆地坐下,他又开始哭泣,说:"没什么,我没疯,我只是好像看到我自己。"

时空波动。

一个波幅过去,几千光年后的整个太阳系都微微震了一下,一个无声的巨大震动后,时空的一个点猛地鼓了起来,然后像个泡沫般地破裂了,巨大的、体积如太阳般巨大的飞船出现在我们面前。

我按下发动机开关,咝咝声缓缓消耗着仅存的大麦哲伦星尘。李梓瞪大眼睛,看着星尘缓慢地消逝,暗物质缓慢地流入。反应越来越剧烈,用来束缚粒子的磁场不住地震动,像个包着怪兽的破布袋即将被撕破。一道蓝光罩住飞船,这是速冻光线,会停止我的活动能力。我微笑地看着发动机里的剧烈反应,缓缓地变身了。

是啊,人人都会有所保留。我保留这个孤独的生命,我认为我的真本无法理解这个孤独生命的记忆,没有辨认出这是一个生命。

我流出通气孔,我流向太空,涨大涨大,以可怕的速度无限地涨大。也许是过了一天,也许是一年。

李梓依旧在我体内惨叫:"这是什么?嘎,这是什么?"

在我眼里,一个不太大的银色荷包蛋样的东西,正在缓缓地穿过我的身体。那个荷包蛋里,细看可以看到星星点点的小亮球,小亮球的周围有更小的小球转来转去,最外面包着一团云雾似的碎末,我以缓慢得可怕的思维,慢慢地想:"外,面,那,层,雾,好,像,可,以,吃……"

我伸出手,慢慢地想抓住那个荷包蛋。听到李梓惨叫:"这是什么?这是什么?难道你目光如炬,能看到原子核的运动?这团是什么?这周围为什么这么黑?那边一团团的是什么?"

我呆住了,一下子处理不了这么多问题,我停留在第一个问题上,半晌才回答:"那,是,一,个,星,系,可,以,吃……"

李梓结巴地说:"星,星系?是不是咱们的理解有误差?一个星系?你指的是什么?那个荷包蛋是个星系?那其他星系呢?"

我慢慢地回答第二个问题:"那,是,小,星,系,不,是,原,子,核……"天哪,累死我了,我忘了第三个问题。

李梓吓傻了,哆嗦着说:"一个星系?你说那个小小的,几乎看不到的小亮点,是一个星系,那么,那么,那么,荷包蛋是什么?"

我只好接着回答这个问题,我不能不回答,我太孤独了,我几亿年也遇不到一个可以与我谈话的东西,不管那东西是什么,只要他同我说,我就会回答他:"那,是,大,约,是——让,我,想,想,你,们,叫,它,好,像,是,银河系……"

我感觉到李梓的大脑思维猛烈地闪动,然后震动一下,然后平静了。

我想,这大约是昏过去了的意思。这个时候,我也从刚刚的震惊中清醒过来,慢慢收回自己的手指,嗯,那是银河系,是李梓的家乡,如果我拿起来放到嘴里咒一下吐出核……嗯,虽然那对于地球人,是几千年后的事,但是,到底是可以预见到的灭亡,对于李梓来说,是一个巨大的打击。

银河系里有一个地方,微微闪了下光,我记起来我为什么会变身

45

了，变身成这个大家伙是天底下最不舒服的事，孤独寂寞不说，放个屁都需要三五年时间。我低头看看，荷包蛋里的光亮灭了，这一亮一灭，应该几十万年都过去了，我微微叹息。然后听到李梓尖叫："我在做梦，是不是？我在做梦？"

不是，当然不是，我要变身回去，我不喜欢这种状态。你知道自己几亿光年距离内都没有同伴，而且终你一生，可能不会遇到自己的同类；更糟的是，除了同类，你绝对没有其他生物可交流沟通，你唯一能做的事，只是吃掉一个星系的星云。然后长大，然后飘走，然后再遇到一个星系，吃掉，再飘走。

我看着银河系，他妈的，我怎么才能在这个荷包蛋里准确地找到太阳系的位置？虽然我也可以在太空生存，但是，在极度寒冷中睡上几千年不是我的爱好，我还是喜欢活着的感觉。而且……

忽然间，我收到我的计算机传来的示踪信号。

我狂喜，锁定计算机位置，慢慢凝聚松散的星云状的身体构造，变身不能太快，不然绵延几十万光年的巨大身体会断成几截，几十截。

只希望我的计算机信号不会衰弱得太快。

李梓在我的身体里唠叨了几十年，我不胜其烦，可是每次出声阻止，都只会听到一连串的怒骂与大段大段让我记不住的道理，我的手刚一抓到计算机黑匣子，缩进黑匣子里，成功变身，就立刻怒吼一声："你他妈的给我闭嘴，信不信老子把你抹掉，弄个有教养不像泼妇的人类来依附？"

李梓瞪了会儿眼睛，忽然间感激涕零地说："你他妈的，可回来了，呜，我想死你了！同那个大怪物一起过的几十年，真是度日如年，生不如死！"

我愣了一会儿，叹口气，只好把这几十年来他对我的侮辱都当唾沫咽了，轻轻地抱了下李梓说："我他妈的也想你，老子这几十年并没有死掉，不过是思维慢点儿，看被你骂的！"

李梓只是抱着我哭，好了好了，兄弟，我晓得了，咱们也算是久别重逢了，劫后余生，我拍拍他，对他说："不用哭，咱们时空翘曲一下，就回到你离开的那天了，不用着急你那个小三，她顶多觉得你是失约了一天，回去好好哄哄就结了。"

计算机黑匣子有时空翘曲功能，我回到飞船爆炸的那一天。

我的原版真品死了。

带电质子从我面前一阵阵闪过。

我的黑匣子收到另一个大黑匣子的信号，我找到正品的黑匣子，打开，里面是数十个能量组，我微笑也微微黯然。我站在那儿，能量组一个又一个地被我引附，我听到大侠在怒吼："我知道这是假的，不管你说什么，我也不动！"

小白轻轻哭泣道："他不会这样对我们的，他不会扔下我们不管。"然也，我来了。

梵天静静地微笑，不动心，不喜不悲。

小虫尖叫："我杀光你们，我杀光你们！如果你落到我手里，我会杀你一次又一次！"我笑道："小虫，你老实点儿，是我，是我救你来了。"

小虫的回答是："你来得太晚了，我发誓连你也杀掉！"

我抱抱他，嗨嗨，愤怒不利于身体健康。

几只精怪扑过来紧紧抱住我，然后融进我的身体。

巨大的气体水母，缓缓地转动，找不到方向。

我学李梓一样喜极而泣，我亲爱的朋友们……

我的计算机感激我放它一马，主动说服了正品真身的计算机，把密码向我们公布，我通过电脑向星际猎人通报，三号标本复制培养基因不良思维影响启动自毁，救援失败。然后，我引咎辞职。

我关了计算机。

大计算机黑匣子里的能量好像够我去一次加油站的，真品的身份卡里还有不少钱。

我需要一艘新船，新能量，我有一大群伙伴，我决定只要条件允许，我就放他们自由。

我的原身，是为了救我而死的。

我有点困惑，我到底算不算正当防卫？我为了这些标本与我自己的自由杀掉一个真正的生命，到底对不对？我同我的标本们，到底算不算一种生命？

Biu的一声消失

文/七月

一、房子

我们的故事首先从唐缺买房说起。

唐缺出身于四川唐门。按照一般人对四川人的想象，他们都长得不高，因为缺乏日晒而皮肤白皙，说一口浓厚川音的普通话，喜欢吃辣，嗜好麻将。如果按照这个标准来衡量唐缺，他就不怎么像四川人。他身高差不多有一米九，骨架宽阔，浓眉大眼，普通话标准并略带北京腔，不会打麻将，如果不是因为吃得太好又缺乏运动长出了小肚子，可谓玉树临风一表人才。

对了，差点儿忘了说，关于他的职业，官方说法叫无业游民，圈内说法叫自由作家。

自从唐缺辞职回家当了自由作家开始，他就有一个很大的烦恼：买房。

唐缺当作家的日子正赶上国内房价暴涨，当自己一个月能挣五千大洋的时候，南京房子均价四千，他心想，不错，攒个三年就可以付首付了。第二年唐缺名气渐大，一个月能赚六千五了，还来不及高兴，房子均价就变成了七千。到了第三年，大家都叫他唐缺大大的时候，一个月能赚小一万了，南京市内城区却早就没有一万以下的房子卖了。攒了三年，离首付反而越来越远。

"你大爷的！"那段时间唐缺脾气很暴躁，经常想背C4去拜访开发商。就在唐缺越来越绝望的时候，二〇〇八年来了，全球经济危机了，房价下降了。

唐缺对经济危机倒是没啥想法。"反正老子失业这么多年了，裁员减薪又弄不到我头上！"倒是房价让他眼睛发绿，加上政府又出台贷款优惠政策，他天天就等着下手了！

就在这个时候，准确地说，是二〇〇八年十二月九号的时候，南京市江宁区房管局局长周久耕在接受南京部分媒体集体采访时表示："对于开发商低于成本价销售楼盘，下一步将和物价部门一起对其进行查处。"

"我操你大爷！"这是唐缺大学毕业之后，第一次碎自己家的暖水瓶。

哪知风云突变，不到一个月过后，周局长被免职了……

"买房买房！"唐缺发出这样的怒吼，"老子终于买房啦！"

二〇〇九年五月二十九号，唐缺终于正式成为有房一族。

唐缺的房子装修花了一个月，在二〇〇九年的七月四号，他终于正式搬进了新家，而我们的故事也从这一天，才真正开始。

唐缺在自己屋里的第一觉睡得舒爽之极，过去为了买房子的钱斤斤计较，痛苦不堪地折腾了好几年，这一天算是农奴翻身把歌唱。那一夜，他在盛夏的南京把全新格兰仕空调打到十八度，裹着空调被一直睡到中午十一点才醒来。

睁开眼的第一件事,就是抬起头来心满意足地看着自己的房子。

洁白的天花板,淡蓝的墙壁,实木的地板,那种只有崭新崭新的房间装修才能体会到的幸福扑面而来,让唐缺一个快三十的大男人花痴一样坐在床头傻笑。"呵呵呵,我的房子。老子的新房子!老子姓唐的也终于买得起房子了!"

笑声越来越大,在屋内反复激荡,几乎震得整个房屋嗡嗡作响,在这片笑声中,唐缺光着身子从床上一跃而起。

只听砰的一声,他的头撞上了天花板,力量之大,直撞得唐缺哀号一声,几乎痛晕了过去。

他挣扎着,呻吟着爬起来,头顶剧痛不止,心中更是大为疑惑。要知道自己虽然高大,但是这房子层高也不矮,就算站在床上跳,也不该碰到头,何况自己还没尽全力。于是他强忍剧痛,又抬起头朝天花板望去,想找到是不是有什么突起物撞上了自己。

这一看不要紧,应有二点八米高的天花板竟好像在自己面前,看上去似乎高度只有二米三上下!

幻觉!这是唐缺第一个想法。虽然自己科幻奇幻都写过不少,但要说自己写的东西会发生在现实中,他是绝对不信的。二米八就是二米八,必定是自己撞晕了头,才会觉得矮了。一边这样想着,唐缺一边环顾了自己的卧室。

这一瞬间,他脑子嗡的一声响。

卧室应该是三米宽四米二长,但这时候看起来顶多不多两米乘三米!小得不成样子。

唐缺是学商科出身,第一反应就是:"老子的六平方米!老子的四万块钱!"他赶紧跳起来,慌里慌张地穿衣服,一边穿一边骂:"他妈的王八蛋，老子……"

如果这时候你能打开唐缺的脑子，那你看到的会是喷涌而出无穷无尽的愤怒。这种愤怒完完全全地占据了唐缺的脑袋，让他失去了所有的思考能力。要知道唐缺花光了所有积蓄，还背上了接下来二十年的债务，唯一换来的就是这么一套房子。所以他脑子里只有一个念头，那就是：老子的房子缩水了！

不是房价缩水，而是真正的缩水，是房子面积的缩水！这可比房价缩水严重得多。

如果唐缺这时候还有一丝理智，他就应该想想：一个用钢筋混凝土搭建出来的东西，怎么会莫名其妙地缩水呢？谁有这么大的本事，能把一个修建完成的建筑凭空缩小了一头？如果真的是缩水了，那他这么急急忙忙穿衣服，又能去干什么呢？

唐缺却另有自己的想法。

自己买了房子，房子出了问题，如果不是自己的责任，那当然只能是卖自己房子的人的责任！一切都是开发商的错！

唐缺一手抓着牛仔裤的裤腰，一手拿着手机开始给房产公司的服务部拨电话。这牛仔裤是三年前买的，那时候他还没长成一个肥宅男，所以现在穿这条裤子显得格外艰难，一边拉扯着，一边拼命朝小了一号的裤筒里跳。

电话里传来公司彩铃声："欢迎致电纯棉房产，纯棉房产与业主共同成长……"

听了这彩铃，唐缺气极反笑，也不管对面根本还没听，吼道："共同成长？共同缩水吧！难怪叫纯棉！跟这裤子一样，一洗就缩水！"

电话那头传来温柔的女声："您好，欢迎致电纯棉房产，请问您有什么需要帮助么？"

唐缺怒吼道："你们修的房子缩水了！"

对面显然是吓了一大跳，半晌才回过神，客气地回答："这位先生，请问你是咨询我们最近房价有什么优惠么？我们目前还没有……"

"滚你的，老子刚住进你们的房子！第二天，这个房子就缩水了！就变小了！"

唐缺说出这句话，顿时才感到这事情听起来有多荒唐。他也不顾裤腰还落在膝盖上，一步一挪地走出卧室，来到客厅。客厅大约也有二十来平方米，被大沙发、电视墙、茶几之类东西填得正满。第一眼望去，客厅似乎也小了许多，但是顺着家具装饰一个个看过去，却又好像每个东西都在原地，并没有因为空间变小而挤在一起。要知道因为东西多，客厅空余的空间比卧室小许多，如果真从二十多平方米变成了十多平方米，这些家具势必会挤成一团，把所有的空隙都挤满。但是这种事情并没有发生。

以上的想法刚在唐缺脑子里过了一圈，就有另一个声音在他脑中冷笑："自己听听，这些念头成什么话？房子会缩水？你撞天花板撞成弱智了吧？"

这一来，唐缺满腔怒火一下就平息了许多。刚才还理直气壮地骂电话那边的客服，这时候就觉得电话成了一个烫手的山芋，想象中对面的客服人员必定在心说："妈的，撞鬼哟，大中午遇到一个精神病，昨晚随家仓的围墙倒了？"

唐缺脸立刻烧得绯红，赶紧嘴里发出一阵"吱……叽……"的电子啸叫声，假装信号中断挂了电话。

虽然电话是挂了，但回头看着这房间，确实还是觉得像小了许多，他想了想，从抽屉里找出卷尺来，把房间从墙根到墙根量了一遍。

南北四米，东西五米，没有问题！

顿时心下更为困惑。莫不是自己脑袋的空间感真撞出了问题？正困惑着，另一个更荒唐的念头浮现了出来。

也许出问题的是整个空间，整个空间都同步缩小了。

这个念头刚起，他就吓得一激灵，也不知道是犯什么神经，也许是因为面前茶几上正放着爱田由的DVD封皮，唐缺低头朝自己下面看了一眼。

这下子，新买的房子有没有缩水，也不算是什么问题了。

二、老师

淡定，淡定……

唐缺心中默念了片刻，闭上眼深呼吸了几口气，重新睁开了眼。

淡定你妹呀！

唐缺心中怒吼，弯腰抓起牛仔裤，把自己塞了进去。这还了得？关系自己人生幸福两个最重要的尺寸都小了一圈，还要不要人活啊？他胡乱把衬衣塞进裤子里，乱糟糟地冲出了门。

唐缺的房子买在东南大学以南，南京大学以东，正是繁华的珠江路所在。刚出了楼梯口，唐缺就发现小区的景观看着异常别扭。这地方是寸土寸金，所以小区空间并不大，放不下什么亭台水榭，只有一个小小的草坪，其间立着一个小亭。平时看着还好，今天一抬眼望过去，只觉得东西一样样看过去都在原地，但是抬头，那对面三十层的电梯公寓就好像压在自己眼前，并正缓缓向自己的房子移来，就像游乐场的碰碰车一般。他又抬眼朝更远处看去，那几个城市里散落在云南路、中央路、北京西路、洪武北路等等百米以上的高层建筑原在几条街外，但现在看去，竟像是被拉近了许多，似乎出门左拐三分钟就能走到一样。

这是怎么了？近处的东西看上去还正常，越远的东西看上去距离缩得越多！

这时候正是中午，小区门外满是行人，珠江路是卖电脑的，所以行人也是年轻人居多，街头路边随处可见大叔大妈挥舞着DVD封皮，机器人一样机械复读着："电影，游戏，软件，美剧，动画，光盘……"人们行色匆匆，似乎并没有人注意到城市的异常变化（如果不是唐缺的幻觉的话）。唐缺像被拎着脖子的鹅一般昂头头，痴呆似的盯着远处的各个地标性建筑的顶端，脑袋不断四向转动，如果不是骨骼不允许，他一定已经用脖子打了几个结。他心中茫然，也不知自己该去的是不是随家仓。

这时候一个熟人见了他，三步两步迎上前来。

"大哥，怎么今天中午出来啊？昨天来了新货，要不要来看看？有苍井空的日本原装正版，带写真特典的！还有刚红起来的那个叫凌波什么什么的……"

这人形容猥琐，头顶也只到唐缺的胸口，唐缺也不答话，头也不低，一把抓住这人领口，问道："你看看，有没有觉得对面那酒店看起来离这里比之前近了一些？"这人被这么没头没脑一问，不知所以然，也愣头愣脑地抬起头朝远处看了过去。"哪个酒店？哦……大哥你这么一说，好像真的比以前变近了……"也不知道这是真话还是假话，唐缺心知问了也是白问，一把将这人推开。

刚出门的时候，唐缺还不知道自己该干什么，过了这一会儿，他脑子里想起一个人来。

从口袋里掏出那款用了六年的MOTO手机，他艰难地从通讯录里找到那人的电话，拨了过去。

"老师！是我啊！你在南京吧？没被部队拉到什么山窝里遛弯儿吧？在？好！我找你有正事儿啊。妈的，真的有正事儿！我过来找你好吧？对了，你实验室有没有激光测距仪？干吗？量房子！真的是量房子！算了，见面跟你说！"

一通电话打完，他这才转过头，痛心疾首地对刚才那小伙说道："那个叫凌波的都退役了！还新人呢！专业素质！专业素质！"说完头也不回地沿着珠江路，朝南京大学跑去。

唐缺原想一口气跑到南大，哪知只跑了几步，就停了下来。

有些不对。

走路的时候还不觉得，跑起来的时候，明显发现不对头。

好像自己跑起来的每一步都跨得比过去更大些，一站路，自己居然只跑了四分钟，每一步跨出去，都好像在月球上一样，重力变小了，腾云驾雾地飞行一样。

唐缺愣了几秒钟，然后猛然想起了什么。

如果整个空间真的在同步缩小的话，那么他的身材自然在缩小。但同时，弹跳一个比例身长所需要克服的重力势能却减少得更快，所以自己才会撞到天花板，自己跑步腾空时每一步才会比原来更长。

这事情一想明白，唐缺更是面色苍白，再也不敢停留，朝南京大学狂奔而去。

一路只听身边喝彩声不断：

"博尔特啊！"

"刘易斯！"

"阿甘！Run！Run for your life！"

他连回头对这些人怒吼"妈的,你们跑一个看看,比老子快多了"的工夫都没有了。

一路冲到南京大学汉口路校门,唐缺瞧见一个矮矮的中年男子百无聊赖地玩着手机,才大叫一声"老师"停了下来。

这男子抬起头来,对着唐缺扬了扬眉毛,骂道:"妈的,你个瘟神又有啥事儿?除非给我介绍女朋友,要不别想你大爷再请你吃饭了!"

老师是一个神人。

唐缺认识老师的时候,他刚刚上本科,那时候老师正在读博。"有没有兴趣转行啊?我明年博士就毕业了,考我的研究生吧。"唐缺毕业的时候,老师还在读博。"我明年博士就毕业了!要是上班干了两年再想来读研究生,就来考我的吧!"唐缺辞职的时候,老师依然在读博。"明年就毕业了,不过我看你也不想读研究生。"唐缺终于买下房子的时候请老师出来吃饭,老师说:"我明年马上就要答辩了!"

老师太忙。老师本科毕业的时候,校长钦点留校任教,一边在职读直博,一边还要教学做研究,最重要的是,他时不时做些不能提起名字的单位的课题,时不时跑去没有手机信号的不知名地点"遛弯",一去就是几个月,音信全无。这几年下来,虽然已经算是高级专家,但一来做的东西都是不能写上简历的机密,二来忙得太过,自己的博士论文实在没时间做,一拖再拖,自己的学生都留学回来当老师了,自己还没拿到博士学位。

唐缺其实搞不清老师到底是哪方面的专家,他只知道一点:老师是搞物理的理工科专家,自己是一个科盲。这事情,不找老师又能找谁?

虽然事出紧急,但唐缺一见老师的面,冒出的第一句话还是:"老师,你毕业了么?"

老师身高比唐缺差得远，抬头白了他一眼，骂道："这段忙完了，马上答辩了。你要请我去玄武饭店庆祝一番？小子，到底有啥事儿，快说，你大爷我忙着呢！"

这时候唐缺才从嬉皮笑脸中收拾起来，两个人找了最近的咖啡厅坐下。

在等咖啡上桌的时候，唐缺又有些犹豫。老师跟他还是许多年前在科幻论坛上认识的，但这时候事情却又不知道该从何说起。要怎么样才能让老师不觉得自己是在屋里宅得太久，脑子出问题了呢？唐缺整理了半天，老师终于等不及了，开口说："你丫不是发现自己是GAY，今天来找我告白的吧？我可先说，我对男人一点儿兴趣都没有啊！"

服务生正端着咖啡走到桌边，只见他浑身一抖，差点儿两杯咖啡就这样洒了下来。年轻人赶紧丢下咖啡，连"请慢用"都没来得及说，三步并作两步逃了出去。

"滚！"唐缺吼道。

"那到底啥事儿？扭扭捏捏了半天也不说话。有话快说，有屁快放，你大爷我忙着！"

唐缺沉了一口气，终于吐出一句话：

"我的房子缩水了。"

他等着老师用迷茫的表情向他询问，但出乎意料，老师听了这话，神色如常，淡淡地答道："哦，原来就这事儿啊。"

三、淡定

这时候,外面突然喧闹了起来。

正是中午,南京大学的午饭点儿,外面本是人声鼎沸,但此刻却变成惊恐之声连连,女生的尖叫声和奔逃的震动让这条小街一下陷入恐慌。

唐缺和老师坐的位置是二楼临窗,一抬眼就能瞧见咖啡厅外。两人伸长脖子朝下面望去,想知道发生了什么,只见一群穿着清凉的女大学生吓得瘫倒在地上,眼睛直勾勾地盯着对面的天空。在惊叫声中,听见有人在呼喝:"快跑啊!爬起来!要倒了!"人们四散逃开,也不知道在躲什么,有几个胆大的冲上近前,拉起瘫在地上的姑娘,拼命往一边拖死狗一样拉远。

两人正顺着这些人直勾勾的目光朝上望去,就听见咖啡厅里也尖叫起来,也不知道是服务生还是客人在尖叫:"对面楼要垮了!快跑!"一片座椅乱撞的声音,大家尖叫呼喝着朝门口挤去,这时唐缺才注意到他们在叫什么。

街对面，南大二三十层高的蒙民伟实验楼整个弯了下来，像是从七八层高的地方被人拧过，朝这边倾下来的倾角足有三十多度。看那样子，那楼马上就要塌下来了！

唐缺一跃而起，拉起老师的胳膊，叫道："老师快跑！"

他手上一用力，老师却一丝没有起身的意思，拉不动，唐缺回头又大叫："老师！快跑！"

蒙民伟楼很高，这一倾斜，楼身已经压在了咖啡厅正上空，拉下一个长长的黑影。老师凝神盯着自己头顶，镇定万分地答道："淡定……坐下。跑什么啊，咖啡还没喝完呢。今天赚大了，没人来收水钱。"

唐缺瞠目结舌，指着窗外压在头顶的大楼，叫道："你没看见那楼就要垮下来了么？"

老师摇着头答道："没看见。淡定点儿，叫唤什么啊。"

"可是，可是……"

"淡定，淡定……坐下，我给你上课。"

唐缺这时候脸色苍白，满脑子都是顷刻之间就要塌下来的大楼，哪还有这个精神来听老师上什么课。说来也怪，一个房子如果倾斜到这种程度，早该哗啦啦地塌成一片废墟了，这么半天过去，这早该倒的蒙民伟楼却还安安静静地立着。

老师叹了口气。"你脑子怎么这么慢呢？你的房子会缩水，这条街的空间就不会缩水么？"

唐缺听了这话，惊得浑身一颤，指着蒙民伟楼叫道："啥？真的是空间缩水了？你是说……是说……"他语无伦次，一时不知道该怎么表达自己的意思，"这楼不会垮下来？"

老师耸耸肩，点了点头。

"真的？你确定不会？"

"我还坐在这儿呢！淡定点儿嘛。"

听了这话，唐缺又看了看头顶，心下一横，一屁股也重新坐回来，端起咖啡一口气喝了个底朝天。

"这他妈的到底是咋回事儿！"唐缺叫道。

话刚落声，就听见外面警笛齐鸣，救护车、救火车、110巡警急忙忙地绕着路冲了过来，整个南京大学开始混乱地疏散，从蒙民伟楼、图书馆、教学楼源源不断地拥出人来，眼前只见无数短裙飘舞、花容失色的姑娘和脸色蜡黄的男人惊慌乱窜。

老师抬手来看了看表，舔舔嘴唇，对唐缺命令道："去吧台给我拿瓶酒来！挑最贵的！什么路易十四，什么轩尼诗都行。"

唐缺听话地去了吧台，过了五分钟，他带着一瓶酒回来："看不出是啥，你就将就了吧！"

两人一人一杯，老师一口气吞了一整杯，这才开口说道："你小子懂弦论么？"

"我是商院毕业的啊！"唐缺答道，"我听过它，它不认识我。"

"那广义相对论呢？"

"爱因斯坦懂，我不懂。"

"量子力学呢？"

"爱因斯坦都搞不清楚的，我怎么可能懂？"唐缺叫道，"老大，我求求你了，所有物理学理论我都不懂，我的物理知识到牛顿三大定律为止了！"

老师听了这话，一拍桌子，叫道："你啥都不懂？那可就好办多了！"

"啊？"唐缺一惊。

此时楼下几个大胆的人顶着钢盔跑过，搜寻没有逃出来的家伙，一眼就看见了这两个还坐在窗户边的家伙，大叫道："喂！楼要塌了！你们快下来啊！"

老师探出头去，叫道："鬼叫什么啊！小伙子淡定！没见到我们喝酒呢？"

这话不说还好，这三个热心人一听，只当他们俩喝麻了，没反应过来有危险，三个人一合计，就冲进了这咖啡厅。

他们个个都是五大三粗的大小伙儿，冲上楼来，二话不说，两个人架住唐缺，一个人架住老师，就开始往外拉。唐缺大叫："我没喝醉，不用架我！"老师刚吞了两杯，满口酒气，干脆就拳打脚踢。这一来他们被架得更紧了，直接就朝楼下拖。

老师见没法反抗，就干脆躺成一条死狗状，人被拖着，口里却也不闲着。

"唐缺啊，你小子知道宇宙是多少维的么？"

"啊？"唐缺虽然是学商科的，但是也写过点儿科幻，作为一个不靠谱科幻作家的基本素养，他道听途说过什么宇宙是十几维的之类的传闻。"十三维的？"

"胡说八道！难怪这两年科幻小说越来越烂，你也好意思说你是写科幻的？连宇宙是多少维的基本常识都没有！"老师骂道。

"老子是写奇幻的！奇幻作家！"唐缺争辩道。

"你不是写科幻卖不掉才写奇幻的么！早点儿来考我的研究生，你的科幻至于卖不掉吗？我教你！弦论认为宇宙是十一维的，除了空间三维时间一维，还有七维不可见。另外还有比较流行的海姆－德吕舍尔空间，认为宇宙是八维的，除了时空四维以外，还有重力维、电磁力维、万有引力维、万有斥力维……"

三个戴钢盔的壮汉这时候已经把他们拖到了一楼门口,听这两人也不知道在说什么,更是当他们喝多了。

唐缺被一路拖了出去,心想,老子要不是宅了这么多年没锻炼,也不至于被这两人这么拖着走。老师说的东西他又全听不懂,便叫道:"完全听不懂你在说什么!"

"听不懂不要紧,反正宇宙是多维的就对了。记住这点就够了。"

唐缺心想,那你直说宇宙是多维的不就完了么?我又不是不知道,废话这么多干吗?这话却不敢说出来。

从蒙民伟楼的阴影下出来,视野一下开阔了许多。原本整个空间都被这楼占满了,这时候南京远处的风景才重新露了出来。

老师继续说道:"我们所见的三维空间,只是多维宇宙的折叠投影,换句话说,我们的空间只是宇宙空间在三维展开的部分而已。"

"还是听不懂!"

两个人被拖出了足有一百多米远,才被丢下来。架着老师的志愿者骂骂咧咧地说:"两个民科喝多了也不知道朝外面看看!都什么时候了!自己想死别给别人找麻烦啊!"说完急急忙忙地又回去继续寻找没有逃出来的人。

周围奔走逃命的人群呼告着,110、119、120的警笛和喧闹混成一片,老师却是全不在意,就这样双腿打直坐在汉口路的当头上,从口袋里掏出一包纸巾,从里面掏出一张,展开,啪的一声按在地上。

"这张纸就是南京。"

唐缺不解其意。

"这个水泥地平面,就是我们能看到的空间。告诉我,在水泥地面上你看到了什么?"

"……一张心相印面巾纸?"

"不!"老师叫道,"你看到了南京!"说完,他把纸抓了起来,揉成一团。"现在,你还能在我们的空间看见南京么?"

"……不能……"

"南京去哪里了?"老师把脏兮兮的纸团在唐缺面前抖动着。

唐缺这时候终于回复了作为一个科幻作家的职业素养,也不管对科学原理懂是不懂,勇敢地回答道:"叠进了多维空间里……"

这时候,老师点了点头,从地上爬了起来。

就在老师站起来的那一瞬间,刚才还奔逃着的人群突然停下了脚步。像是一群机器人刚刚从无线电中接收到统一的号令一样,他们一下僵直了,呆呆地望向远处。这些目光并不统一,有的人看的是东边,有的人看的是西面,有的人看的是头顶,但他们却有着同样惊恐的表情。不光是南大附近,在这一瞬间,整个南京城几乎所有长眼睛的人都是这样的表情。一条汉口路在一瞬间变得鸦雀无声,只留下警笛刺耳的回响声。

唐缺终于从老师手中的面巾纸里抬起头来,朝天边望去。

七月,南京的阳光正烈,此时偌大的南京城就像是被烈日烤化后随意揉起来的一个糖球。南京长江大桥挂在西北的天际,直通云霄,混浊的长江如一火车站边旅馆久未清洗的窗帘,遮挡了西北的天空,"窗帘"上还能见到蠕动的"小虫",惊恐而疯狂地鸣着汽笛。东面,馒头型的紫金山高高卷起,像被巨人扭成一颗螺丝钉,盘旋弯转拧成一个倒U型,顶端钻头一样刺进了秦淮河。夫子庙漂浮在天空的东南面,像一面旗一样摇摆不定;而夫子庙旁边的中华门瓮城却出现在西边，上下颠倒，惊慌的行人头朝下地站在倒悬的路面。南京城所有的一切扭曲在一起，如无数海市蜃楼层层相叠。唐缺扬起脖子，天顶是波光粼粼一片无边的海，过了好久，他才想明白，那是玄武湖的湖面。

唐缺也如所有南京人一样，张大了嘴巴，却一个字也吐不出来。

"淡定，淡定。"老师拍了拍他的后背，"Don't Panic."

四、橡皮泥球

南京城弯折了。

空间的缩水只是开始,而现在,南京城空间不均匀的收缩毁灭了原本的空间连续性。整个城市像是一个摔碎的玩具又被扫在一起,随手倒进垃圾堆里,各个组件乱七八糟地相互亲吻。

西北起长江,东至紫金山,南至中华门,整个南京城的老城就这样抛弃了浦口仙林江宁郊区,独自蜷缩起来,大概是打算就这么和地球划清界限,往生极乐。

唐缺呆呆地望着头顶,玄武湖湖面如镜,直照得他两眼发晕。他一把拽住老师,叫道:"怎么会这个样子!"

老师并没有答话,自顾自地说:"果然,重力维没有受到影响。"

唐缺哪儿有心思听他研究学术,这时心中只有两个念头:一.快逃出生天;二.刚买的房子咋办?

"都他妈怎么搞的?!"他叫道。

"空间开始不均匀折叠了,这不是很正常么?"老师很淡定。

到这个时候,唐缺才猛然醒悟过来。

"你早就知道南京在缩水!"

老师嗯了一声,点了点头。

唐缺恶从胆边生,一把就把老师拉着领子提了起来。

"你……你……你既然知道会发生这种事情,为什么不警告大家?"

其实唐缺心中还有更大的疑惑:既然老师知道会发生这种灾难,为什么他自己不跑?

"松手松手!"老师叫道,"搞什么啊,拿我撒气有啥用?"

这时候,人群开始回过神来,刚才寂静的围墙在瞬间倒塌,围墙之后早就满溢的惊慌失措从每个人的口中喷涌而出,像是百万座喷泉同时在南京城喷发一样,尖叫如潮,冲上百米的云霄,然后落下来biu的一声,把全城所有人仅存的心智冲进下水道,荡然无存。

然而在这之前,满城已是烟火盛放。

突然的惊变让南京人暂停了下来,但运转中的机器却并没有静止。满街的汽车依然在飞奔,司机们眼前的道路瞬间扭曲翻折,中央路从鼓楼段往北便直通天际,莫愁北路朝东前方却是万丈深渊,华侨路如艺术体操里圈圈盘旋的丝带,山西路则成了过山车的连环大环。这些司机并不懂得什么"重力维没有扭曲"之类的混话,只知道眼前的一切是司机最可怕的梦魇。这些司机各自的反应不一:有的踩刹车,有的踩油门,有的猛打方向盘,有的想踩刹车踏上了油门,有的想踏油门踩上了刹车,还有玩极品飞车出身的司机把两个踏板一起踩下想漂移,却找不到键盘上的方向键只好拼命按喇叭。

然后就是——

嗞……

呜……轰！

砰！砰砰砰！……

轰！轰轰轰轰轰！

冒火的轮胎呼啸着飞过头顶，还没来得及庆幸，炸飞的车门就切掉了身边的半个肩膀。刚刚从写字楼、饭店、办公室、卖场、游戏厅、桑拿房里源源不断拥出的人群与外面连环不断的爆炸相撞，头顶的玄武湖在火光中映成一片颤抖的血红。

像内空糖球一样的南京拉起无数粘丝，画出城市空间混乱的链接，人群开始狂奔，从一个个烟火燃放点逃离。但是这原来摊平的城市如今卷了起来，从长江大桥脚下家乐福门口抬起头就能瞧见新街口的沃尔玛挂在自己东墙上，城里没有一处是远得看不见，也就没有办法再能幻想那里还平安。所以逃跑只是一种本能，只有跑起来才能稍有一点安全的幻想。

仿佛倾盆暴雨砸在地面，每个地点都有无数水粒朝别的地点涌去，每个地点都有别的地点的水粒涌来，新街口的跑往夫子庙，夫子庙的跑往中华门，中华门的跑去紫金山，紫金山的跑去新街口，正如太极流转，生生不息。

在这样的环境里，想要说话，只能用吼叫。

"咋办！咋办！"唐缺像甩动一个布玩具一样摇着老师，"这一切是不是你们实验室搞的？你个老处男！赔我十七万首付买来的房子！"

"淡定！淡定！"老师咳嗽着挣扎，"我们要是有这个技术，早就征服米国了！"

唐缺也不知老师说的是不是真的，这人虽然笨，但是活命和算钱两项本事却是不笨。现在也别管到底是怎么回事儿，自己要活下去，并且保住自己的房子，却只有着落在老师身上了。

唐缺放下老师，大吼道："妈的，我们现在应该怎么办？"

老师抬起头来看了唐缺一眼。"你我可不知道，反正我是留下来保证各种测量仪器正常运作的。"他又抬起手腕看了看表，"现在几个仪器工作都正常，中微子通信设备的数据传输也没有中断，我要守在实验楼边上。"说完，他伸手指了指校门里的物理楼，那楼看上去像是用Photoshop做了压缩，纵向扁得只剩下原来的一半。

唐缺这才注意到，老师手上哪儿是什么手表，那是一个监控器，上面的液晶闪着乱七八糟的数字和彩灯。原来老师对这次异变早有准备，预备了仪器来测量和记录这次异变的状况！

"你早就知道这事会发生！"唐缺忍不住叫道。

老师听了这话一愣，也不理唐缺，瞪大眼睛看着自己的手表："时间维也开始折叠了？为什么他开始重复自己说过的话？"

唐缺正要发作，顶上的南大校门突然一矮，直坠下来。他半个身子正在校门内，自己整个身子就变了形，校门内的一半矮了下去，校门外却还是那么高，整个人像蜡像馆半边熔化的雕像似的。这一惊，他就地一滚，闪往门外，就看那半个身子重新高了回来。还在惊魂不定，唐缺一回头，看见老师本来不高的身子就只有不到半米，而南大的校门却落得只有一米来高，似乎伸腿就能跨过去。

这下老师看唐缺就像看一个巨人，他磕磕嘴，连忙从那边走了过来。唐缺躲得太急，这时候才看清这不到三米宽的空间已经扭成了什么样：先是压扁，然后突然拉成斜立四十多度、五米来高的杆子，接着瞬间盘成螺旋状，最后才回复正常。

唐缺惊恐地咽下一口唾沫，心想好在自己向来坚强，要不这会儿早已经疯了。

老师这才回答唐缺之前的问题:"我们可不知道会发生这事儿,只是有猜想到这事儿的可能性而已。"

"这……"唐缺仔细想了想这话,"妈的,有啥区别?"

"区别大了,我们只是发现了空间开始多维折叠,并没有准确预料到折叠的范围和规模。眼前这种情况,只是我们预想的若干种可能中的一个。"

"就算只是其中一个,你们不该把我们都疏散掉么!"

"没错,我们还预想可能整个地球都会像礼花一样炸开,然后折叠成几万亿个拇指大的小球,我们也就顺便计划把地球都疏散了。可惜企业号去了黑洞,要从白洞回来还需要点儿时间,所以这个计划只好暂时搁下了。"

唐缺被狠狠地噎了回去。

"空间折叠是在我们知识以外的东西,没有人能知道到底会发生什么,也许只是你下面小上五公分,也许整个太阳系都会消失,谁也说不准。"

唐缺眼睛瞪得滚圆:"只是?!难道那不是比银河系毁灭还要可怕的灾难么?"

"至少对牙晓的其他追求者就不是。再说了,现在南京城成了这样子一个球,你能保证这个南京球外面的世界,就比这里好?"

在这样的专业领域,唐缺被打得无力还击。他心知老师说得都对,但是作为一个动物,唐缺还保持着原始的野性——那就是当灾难降临,就要逃,远处可能是安全的,特别是看不见的远处。

他一把抓住老师。"现在还能不能离开南京?"狠心说出这句话的时候,唐缺的心在滴血。他仿佛看见一个姓房的少女向自己挥手远去,这个少女身姿摇曳生风,风华绝代,自己为了她苦追了多年,勒紧裤腰带连五块以上的盖浇饭都不敢点。当终于有一天自己熬到了头，能和她走进洞房的时候，一阵狂风吹来，把这少女就这样掠走了。

"我怎么知道？整个空间的关联性都在破碎重组，关于这次折叠的细节我们知之甚少，那些看似消失的空间去了哪里，这些重新构成的空间关系怎么维持，我们都一无所知。也许你一路从长江大桥出去，还是连在城外，也许这个城市的边缘已经连往了高维虚空，更也许南京城外都已经折叠了起来。"

在这么一席话里，唐缺只听到"也许你一路从长江大桥出去，还是连在城外"，后面的就只有"布啦布啦"的噪音。他又一把抓住老师："老师！你带我出去！"

老师大力摇头说道："我还有工作要做呢，我必须守住实验室的仪器，保证它们的工作正常。"他说着又抬手看了一下手表。

这时，液晶屏上的图像一晃，突然黑屏了。然后一排小字现了出来：

"No signal, please check the signal source."

老师赶忙抬头，正看见南大物理楼悬空成了一个薄片，接着从边缘开始，一块一块地不规则地凭空消失。就像是刚出炉的饼干被巨人吃掉一样，甚至还有点点碎片落下来，还没有着地，那些空间碎片就化成细粉，消失不见了。

唐缺以为自己已经能见惯不惊，但目睹了这一幕，依然吓得六神无主，但身边的老师却淡定依旧。

"告诉你个好消息，我工作结束了，要陪你去找出城的路么？"

五、圆环套圆环娱乐城

南京大学本来几乎是处于南京城的正中央位置，南京城南北两大出口——北面的南京长江大桥和南面的中华门都离这里甚远，但只要南北向一路笔直走过去，就能到达。这城市并不是太大，就算走路，也不过两个小时就足以穿城。

但那是南京城像煎饼果子一样被卷起来之前。

有的空间缩小了，有的空间变大了，有的空间消失在未知的缝隙里，有的空间内外翻转。现在哪儿能算是南京城的出口？

西面和北面被长江围绕，已经成了遮天的幕布，南边的东西碎成散件，乱七八糟地丢在各处，似乎只有那通天的长江大桥可以尝试一下。

唐缺在超市里拿了两瓶运动饮料、四包饼干和一个小包，和老师一起一路朝北走去。

他在路上试图打电话求助，病急乱投医，也不管是什么号码，记在手机里的就往外打,但不是打不通就是对方关机。好不容易突然接通了一个电话,唐缺兴奋地朝话筒喊:"喂喂,我们南京被折叠了!救命……"

"关我屁事啊,我很忙……"话筒那边传来一个怒气冲冲的声音,啪的一下关了。

唐缺大怒,看了下手机屏幕上显示的号码,恨恨地想:好你个陈楸帆,患难见真心啊,这样的人不能当朋友。

此时离蒙民伟楼开始扭曲的时间已经过去了一个小时。人们最初的恐慌已经随着体力迅速地消耗开始淡去,这才是最糟糕的开始——在这个光怪陆离的世界里,大家开始回复理智。

当恐惧控制住人类的时候,他们都是野兽,遵从同样的基因本能;而当理智回复之后,他们变成了百万个愚蠢的会自我思考的个体。

百分之五十三点二的幸存者和唐缺一样蠢,选择寻找逃出南京的路,这个选择一般只用花几分钟;其中超过百分之八十的人继续和唐缺一样蠢,选择南京长江大桥。

人流汇集,通天的长江大桥像是拔掉塞子的下水道管子,伴着嘶嘶的叫嚷,打着旋儿把数不清的人吸了进去,吞的人太多,还会不时发出 biu 的一声轻响,那是宽阔的四车道大桥上车辆被人推下长江的落水声。上层的汽车道与人行道挤满了,路面就像沸腾的粥面,不停地漫出来,落到下面的火车桥,很快地,火车桥也满了,大桥便成了拉长的香槟瀑布,酒水一路淌入长江。

站在鼓楼,抬起头朝前看,唐缺和老师就能欣赏到这挂在空中的妙景,但他们的关注点却沿着大桥一路向天顶——潮涌的人流消失在天际尽头。

"如果运气好,"老师说,"下雨的时候我们就不会看到那些人从天顶掉回来。"

"啊……"唐缺听了这话,吓得心里一寒,"那如果运气不好呢?"

"如果运气不好,要么南京是一个炕熟的煎饼,刚才那个把物理楼当饼干吃掉的大嘴等下就会一口口把南京吃了,或者马上玄武湖里就会有一个哥斯拉掉出来。"

唐缺想起刚才的物理楼,肌肉抽搐着说道:"老师,别他妈的再开玩笑了。"

老师回头来看他一眼。"谁给你开玩笑啊?你知道隐藏在高维空间的到底有些啥?我的包!"

一辆摩托车从他们身边飞驰而去,手中拽着刚才还属于老师的包,开车的姑娘和抢包的小伙儿都挎了一身各式各样的包,看来收获颇丰。

唐缺和老师专门选了比较僻静的山西路,避免和主干道上逃生的人群拥挤在一起,他们已经走出了一公里多。

实际上山西路很宽,在空间折叠之前山西路去往大桥也并不绕,但这时人却极少。

因为它看起来变成一个巨大的直立圆环,沿街的建筑沿着这大环卷成两头尖的纺锥状,看上去第一眼就头晕目眩。

"看地!不要看前面,更不要看两边!"老师这样指导他,"记住,重力维并没有发生折叠,重力依然是按照原来城市的平面状况分布的,不管看上去怎么扭曲变形,原来重力是什么相对状况,现在就还是什么相对状况!"

唐缺只觉得自己是在拍摄电影的蓝幕布下行走,只是后期才加上的布景被提前投影了出来,眼前所见是环绕的弧度螺旋,但脚下踏出的每一步都是平整正常的土地,视觉带来的所有信息都与重力感相左。好像自己并不是真的在行走,而是光影在身边轮回变换。不过是区区一公里,唐缺就恶心得想吐。

所以这条路上几乎没有人。

这个"几乎"是相对被逃亡人群挤得快爆炸的中山北路说的。

百分之五十三点二人选择逃离,还有百分之四十六点八做了其他选择,比如有百分之三十一点七的人正在掠夺这个失去秩序的城市。

其中包括飞车抢夺的那两位。多少人恢复理智之后,第一反应是:南京完蛋了!第二反应是:我要活下去!这个"我要活下去"就有了无数的分支,冲进超市抢饼干、矿泉水的最多,冲进金鹰国际和德基广场抢 Louis Vuitton 和 Burberry 的其次,紧接着是在新百和中央商场扫荡珠宝首饰的,最后还有无数面白如纸的肥宅男闯进百脑汇和雄狮国际,气喘吁吁地抱着 ThinkPad、Macbook 和 iPod 狂笑不已。

以上人群的疯狂度从前往后依次上升,正如人类物欲进化的趋势。

山西路一路都是商场,于是从这些商场里源源不断地有人拥进拥出,这些人就像这条扭曲公路一样疯狂,满脸满足的痴笑,捧着一怀不知道能做什么用的东西——光脸男捧着七八个电动剃须刀,短颈女胸前挂了二十条黄白闪烁的链子,手上满是闪闪发光的石头,如果再有数字拨号键,就活生生是电视购物里卖九百九十八的山寨手机。他们最大的作用似乎是给路上持刀舞棍的人们带来更大的幸福,这些人叫嚷着:"抢劫!"然后前面就会有人回答:"呆B,先来后到还不懂啊,排队排队!"

唐缺和老师一路在这多重混乱中缓缓前进,也不敢抬头,过了湖南路口,突然听到扩音喇叭的啸叫,像是在调音。还有人要用广播?唐缺一愣,突然想起南京军区司令部正在这附近,生出一线希望。"难道是组织上派人来了?"

只听喇叭里传来疾呼声:"第一位天使吹号时,雹混着火与血自天而降,树木青草等均被烧去三分之一;第二位天使吹号时,燃烧着的大山滚滚落入海中,海水即成血水,三分之一的海中生灵、船只死的死,坏的坏……"

唐缺一愣,随即恍然大悟:先是逃亡,再是打砸抢,然后是传教的神棍,妈的,如果再来个英雄救美,就完完整整是自己写的三流末日故事了。

这传教的声音猛然中断,伴着几声"啊!!啪唧……呃……"的怪响。唐缺小心翼翼地抬起头来,生怕这光怪陆离的场景搞晕了自己的脑袋。传教士挂在唐缺右手边的平台上,那原是苏宁电器的促销活动平台,现在峭壁一样四十五度倒悬着。教士吐着舌头,摊成一个大字,远不如基督受难那么端庄。从唐缺的角度看来,一个姑娘像蝙蝠一样倒挂在教士胸口,大头朝下,脚踩滑板,转着脑袋四处张望。

在唐缺和老师回过神来之前,那姑娘一跃而下,滑板不离脚在空中转了两周,落在唐缺身边。然后她根本没有理会目瞪口呆的两人,也没有对自己刚刚撞死的传教士投与一点儿关注,便踩着滑板,以不可思议的速度灵巧地穿过挥舞着金项链、剃须刀和菜刀擀面杖的人群,消失在视线里。

然后他们听到了周围几个尚存理智的人的惊呼,顺着旁人的视线,唐缺和老师抬头向天顶望去,一个踏着滑板的身影从天际划过。

这时候头顶上空已经扭曲压缩得惊人,原本相隔数里的高层建筑竟在空中交会。滑板姑娘从金鹰国际楼顶跳起,在怪异重力线的拉扯下直线坠落几丈再拉起,跨过几十米的距离,着陆在玄武饭店楼顶。她在空中高声叫嚷着没人能听清的字句,飞跃而起,炮弹一样直线斜上冲出,又跳到福鑫大厦上。这姑娘宛如踩滑板的蜘蛛侠,顷刻之间就穿越了大半个城市的高空,也不知是幸运还是疯狂开启了她对新空间的认知,她那看似寻死的跳跃却没有一个落空。

疯了疯了,都他妈的疯了。唐缺和老师对望了一下,交换着这样的眼神。

在这样的南京城疯掉很正常,这时候还在担心自己房子的唐缺疯了,人群中耸动着朝大桥挤去的是疯了,疯狂掠劫财物的是疯了,更别说明知南京会空间塌缩还留下来看守仪器的老师。如果面对这样的世界,还能心智如常,那说明这人早就疯了。

两个疯子穿越过更多疯子组成的一片混乱,缓慢地朝着大桥的方向继续前进。

此时,城北的街道已经空空荡荡。前几个小时被逃生的人们挤得满满当当的街道如今不见人烟,除了街旁越烧越大的火和争斗拥挤践踏中诞生的尸体外,已经没了多少别的东西。这给了唐缺无限的希望,似乎是人们通过了大桥,到达了南京城外。

他们走到了桥中央,头顶前方挂着的已是玄武湖,背后则是南京几乎全部城区。城区已经拧成一团乱麻,似乎能听见空间挤压得吱吱作响。

也许是之前逃亡的人群对下层的铁路桥造成了不应有的损坏,这时下面突然传来呻唔的钢筋摩擦声,然后突然一震,满是巨型钢筋的铁路桥一倾,朝长江塌落下去。巨震中,唐缺和老师都身不由己地滑向看起来已经摇摇欲坠的水泥护栏,他拼命地在路中央稳住自己的身子,又靠着自己的体重死死拉住了老师,好容易才没有被颠出去。

震动停了下来,唐缺刚刚松了口气,江面传来哗啦啦的巨响,人群落水的声音此刻才传回桥面,更有人觉得这条母亲河是更好的归宿,自己张开双臂朝江面泛起的无数白色浪花扑了下去。

两人说不出一句话,呆坐在桥上半天。唐缺从桥栏杆犄角一个被踩踏至死的尸体上衣口袋里掏出一包九五至尊烟、一个打火机，和老师一起一人点上一根。直到这根烟抽完，他们都没再交谈。

唐缺站起来，把剩下的香烟撒落长江，两人默不做声地继续朝前走。尽头越来越近，他们终于从盘卷的空间中看到了大桥通往何方。

依山石阶似只有一米来宽，石阶上密密麻麻地挤满了百万人群，如蝼蚁在暴雨前倾巢而出。入口的石坊却大若撑天，上书四字："天下为公"。

唐缺颓然倒地，深深一叹：

"国父先生，我们来看你了。"

这时，还应是三四点的阳光在一瞬间消失。

唐缺听到了最后一个声音——

"好嘛，电磁力维终于也……"

六、著名旅游景点

"接下来大家将要看到的是这条线路又一个著名旅游景点,六朝古都——南京。南京,古称金陵,素有'江南佳丽地,金陵帝王朝'之称……"

旅客们下了车,见到眼前的景点,瞬间石化。

荒地中插着一块木牌,木牌插得有些斜,上面的字显然也是随手乱写的。

国家级景点——南京

旅客们还在目瞪口呆中,只听导游说道:"……我们这个团的游客朋友们是非常幸运的!你们将有幸听到一段极其珍贵的历史资料。这段资料是什么呢?这段资料就是南京城消失时留下的最后声音,千年古都南京就是在这么一声的伴随下消失得无影无踪的。这段珍贵的历史资料是三天前才刚刚解密的,各位有幸成为国内外游客中第一批听到这珍贵声音的人!现在请大家安静下来,仔细听!"

劣质喇叭咿咿呀呀地发了半天噪音,终于安静了下来。

……

……

……

Biu!

……

……

……

游客们愣了半天,才终于爆发!

"狗日的,啥子东西哦?"

"您这不是忽悠人么!"

"退钱!退钱!"

"不带这么骗人的呀!我们要投诉!"

"投诉到底!"

播 种

文/万象峰年

幽灵列车

"我要一个故事！给我一个故事，马上！"我拽着涛哥的袖子说。

三个小时前，我也是这样拽着《柳州生活报》主编的袖子，可怜兮兮地央求："别把我的栏目撤下，我保证三天内交稿！"

我是一个靠给小报写灵异故事糊口的无业者，对外声称自由职业者，三十岁了还在混日子，房子没着，老婆没望，孔子说"三十而立"这句话的时候一定没有考虑到我的心理承受能力。靠几份地方报纸的故事专栏和一些网上的收益，我每个月刚刚可以供养一套出租房，碰到人品爆发灵感喷薄的时候还能有些余钱。但是吃这口饭就像打鱼，总有旺季和淡季，如今碰上经济危机，人们的目光紧盯着财经版面，灵异小说成了可有可无的栏目，有些评论家说经济危机会使人们去远离现实的小说里寻找心灵慰藉，全是扯淡。偏偏我又连着一个月憋不出一个故事来了，灵感像一座死火山一样，现在我急需一个小小的火星，哪怕能写出一个不怎么样的故事，也可以让我换口饭吃先。

涛哥努力想把袖子抽回去，但是我一点也不动摇。终于，他朝桌子努努嘴。我说："老规矩，你讲故事我请客。"

晚上的青云市场热闹非凡，来吃宵夜的食客络绎不绝，各个摊位上蒸汽腾腾，各种小吃的味道杂陈在一起，变成本地人最熟悉的夜生活的味道。我点了一壶罗汉果茶给涛哥倒上。

涛哥一边喝茶一边整理被扯长了的袖子。"你知道吗？"他说，"春节反扒的时候我们捉过一些老油条，能拖着你的衣袖拖过几条街，也没碰到过你这么难缠的。"

"都为找口饭吃，不容易啊。"我说，又叫了两碗螺蛳粉，给涛哥的那碗加了卤蛋和鸭脚。

"你还住那个烂房子？"涛哥低头唆着粉，辣得直吹气，用稀哩哗啦的声音问我。

我说："没换，没钱。"

涛哥哦了一声，继续低头吃粉。

我说："我是我们那帮同学里面最没出息的了吧？"

涛哥摇摇头，说："你是最自在的。"

"自在个毛，坐吃等死，同学通讯录里面唯一写着'自由职业'的，就和无业一个意思。"

"别说，我就佩服你的脑袋，你写的那些神神叨叨的故事别人还写不来咧。"涛哥抬起头来抹了一把汗，伸手想叫纸巾。我赶紧拦住他说："我带着有。"

我掏出纸巾递给涛哥，说："上次你讲那故事我没用上，但是你讲那人物我用上了，就是那个公务员杀手。"

涛哥心不在焉地嗯了一声。"你让我到哪儿找那么多故事给你？我们警察又不是天天办大案的。"

"你——"我没好气地说,"你编啊!"

"编?对了,编!倒是有一个!"涛哥被我提醒了,"我听说昨天接到一个捡破烂的人报案,那老家伙特能编,硬说他看见了一列火车,呃……没有人的那种,凭空冒出来,开着开着又不见了,国外也有过这样的故事,叫什么来着?"

"幽灵列车。"我提醒道。

"对!幽灵列车。"他说完看着我半天,最后冒出两个字:"完了。"

我意识到与其等涛哥说出个名堂来还不如亲自去看看那个人。"知道他在哪里吗?"

"听说送去龙泉山医院了,还能去哪里?"涛哥嘿嘿笑着说。

第二天在龙泉山医院里我见到了那个拾破烂的阿伯。医生听说我来找他像见了亲人一样。"你认识他?快快快把他接走吧!他正常得很呢!"

阿伯把故事对我说了一遍,给我的感觉是:这个故事条理清晰,细节逼真。这个人虽然情绪激动,但是没有很强的表演欲望,他所描述的东西不会受到暗示而动摇。

他提到火车不是在铁轨上行驶,而是脱了轨,擦着地皮走,声音很大,碎石块打在他的大腿上和背上,他给我看他大腿上的淤青,我检查了他的背上,发现背上也有他不知道的淤青。

我有一种很奇怪的感觉,决定去现场看一下。

涛哥一定以为我被疯子传染了,为了一个故事打电话叫他来。他一下车就对我嚷道:"我这可是执行公务的!你要是给不出个解释你的罪名就是调戏警察!"

"你的痕迹鉴定水平怎么样?"我指着地上说。这里是铁路沿线的郊外，周围是成片的甘蔗地。

地上有一排像是被犁过的痕迹，草根和泥土被翻起来了，白花花露在外面。

涛哥摸着下巴说："嗯，看起来像是一辆重型货车侧翻着向前滑出去造成的，时间不超过三天。"

"这里没有公路。"我提醒他。

涛哥在地上寻找撞击物的碎片，但是一无所获。"痕迹的起始点是这里。"涛哥拿起相机拍照，顺着痕迹用步幅丈量长度，在大约七十五米远的地方，痕迹撞开一道田坎延伸进甘蔗地里，形成一道宽约四米长约二十三米的压辙，在压辙的尽头连接着一个直径达十八米的圆圈，圆圈里的甘蔗被连根拔走了，更外围的一圈甘蔗被某种力扭成顺时针。

"蔗田怪圈？"涛哥迷惑地望向我。

"现在可以推断的基本事实是……"

"有一个大东西被放到这里来，拖行了一段距离，然后被转移走了，然后制造了一些假象。"涛哥接过我的话说。他目测了一下泥土溅出的距离，又补充道："不，不是拖行，这个东西有很大的初速。"

我点点头说："别忘了我们有一个目击者。"

"你真相信那幽灵列车？！"涛哥叫道，"什么鬼东西！"

职业本能使他望向四周拼命寻找可以解释的东西。最近的铁路线离这里也有二百米，铁道旁的速生桉完好无损。一列火车开过去，汽笛声尖啸着传开来，仿佛这是这个世界里唯一的声音，周围的植物被风吹动，仿佛也和汽笛共鸣发出细小的颤音。

涛哥转过头来惊恐地望着我，我和他面面相望，这真像一个让人脊背发冷的冷笑话。

晚上我们在青云市场吃宵夜，涛哥一脸沮丧地灌着啤酒。

"我写了份现场勘察记录交给领导，被臭骂了一顿。"他哭丧着脸说，"你说我没事去管这些和人民生命财产安全没有关系的事做什么？"

我碰碰他的杯子安慰他："没事，领导当到这年纪早已成佛了，哪还像我们这些老妖精？"

我叫了四串炸鱿鱼，涛哥自己要了一碗绿豆沙，他说："吃不了这些，这几天火气大。"

"对了，"涛哥说，"我照你说的查了，这里历史上没有发生过火车失踪的案件，在全国也没有。另外前几天也没有发生过火车出轨的事故。"

我"嗯"了一声，摇摇头说："我原以为可以用时空虫洞来解释，比如某时某处的一列火车恰巧通过虫洞出现在我们这里，不过，现在也不能排除这种可能。"

"你玩得太玄，对我们警察办案没什么指导作用。"

"废话！"我和他碰了一下杯，"我们就不是一条道上的，我跟你讲就是鸡同鸭讲。"

"不不，挺有启发的。"涛哥连忙说，生怕我把他扔在这个光怪陆离的世界上。"我们这行嘛，也像你写东西那样，有时就走到死道上了，需要一个行外人从不同的角度打开思路。"

我知道，涛哥这人最怕的是某件事解释不了，比如魔术，以前班里面有人学了一手魔术来显摆，他硬是缠着人家要问清原理，缠了一个月，最后人家不得不教给他了，现在他最恨的就是刘谦。什么事你只要能给他一个哪怕很蹩脚的解释，他就能乐呵呵地落得个心里踏实。

这件事情到这里就算到一个段落了，往后几天也没有再听见什么消息，我用所见的事实作开头编了个东方快车穿越时空来到现代的推理爱情故事，并且决定把它写得啰唆点，估计可以连载十五六期。

一天晚上，涛哥急急地打电话给我："喂！老万！你快来，出大事了，我们逮到了一个活的！"

"什么活的？"我一下懵了，以为自己掉到了皮卡丘的世界里。

"就是铁的！真的！火车！"

我哧溜一下弹起来，绊到网线把笔记本电脑甩出三米远，我顾不得这么多，噼哩哗啦奔出门。

我打的到涛哥说的地方，在一个路口外就封路了，涛哥来把我领进去。那火车一头扎在龙潭公园附近的一片树林里，几乎打了个对折，周围围着五六辆警车，车头大灯照着火车中部撕裂出的一个大口子。

火车铁皮被烧得焦黑，但还可以看出蓝白两种颜色。

"火车外壳被高温烧灼过，里面没有太大损坏。"我听见有人说。

我问涛哥："查出车的身份了吗？有没有幸存的人？"

"没有，啥都没有。"涛哥一个劲推我往里走，一边递给我一个手电筒。

我们从撕裂的大口爬进去，一瞬间像进到了另一个世界，光亮和声音都被隔离在外面。

"为什么是我和你？"我这才想起这个问题。

"因为我是第一个上报幽灵列车事件的，我跟领导说你是第一个调查幽灵列车事件的人，你手里有第一手资料。"涛哥嘿嘿一笑。

我向涛哥投去一个感激的目光，可惜光线太暗，他没有看见我火热的眼神。

我们往车头方向走，车厢以十五度倾斜，扭曲严重，车厢里一片狼藉，脱落的坐椅和碎玻璃挤在一侧，没有看见尸体什么的。

"好像整车的人都消失了。"涛哥说。

涛哥的话提醒了我,我猛地站住,他不解地望着我,我说:"还记得上一列火车吗?如果这列火车突然消失……"

"我们也可能跟着消失!"涛哥惊叫,"那我们出去?"

我望望窗外树林的影子说:"不,既然来了,就赌一把。"我继续朝着黑洞洞的车厢摸去。

爬过几节车厢,我想辨认车厢号,竟然一个都辨认不出来。进火车以来一直有一种奇怪的感觉萦绕着我,我想涛哥也有这样的感觉。

我们走到应该是乘务员车厢的地方,这里也没有人,四壁上沾着类似炭化的粉末。我挤开已经有些变形的厕所的门,厕所里湿漉漉的,脚下散落着一些白色的碎片,我拣起来查看,好像是花盆的瓷片,这里也没有任何生命的迹象。角落里一个胀鼓鼓的小包引起了我的注意,我拣起来打开,小包里塞满了手纸,显然是用来保护什么的。果然,我在里面掏出一台手机。

我按了一个按键,手机屏幕竟然亮了起来!我吓了一跳。手机屏幕上显示着一条信息,这时我明白过来那个奇怪的感觉是什么了——我们的文字认知能力被大大地降低了。我竟然看不懂手机上的方块字,还有一路走来的那些标识文字。

我把手机递给涛哥,他也摇摇头。我想了想,把自己的手机递给他,这回他能看懂了,我也能看懂了。我明白过来了,我们的文字认知能力没有被降低,而是这列火车上使用了另一种文字。

"外星人?!"我和涛哥几乎同时叫起来。我开始后悔怎么没有借一套体面的西服来参加这场载入史册的约会。

但是我很快又把自己的猜测推翻了,自从我打开手机滑盖看到键盘布局的那一刻起,我就有一个感觉:对方是和我们一样的人。

"我有了另一个想法。"我说。

"从所有物体的外形设计到功能设计,都遵循着和我们一样的人本设计理念,可以推断他们是和我们差不多的人……"我滔滔不绝地讲着。

手机当时就被封装好,送到北京请语言学、符号学专家破解,在火车残骸里找到一些印刷文字也一并送过去作为参照。火车头被整体运走,送到哪就不知道了。我被叫去警局录了一通笔录放了出来。

"优先破译符号,这是对的,这个文明和我们有着极大的相似性,符号是一个容易的突破口,它传达的信息最直接最准确,相信过不了多久就会有结果。"

无论我说什么,涛哥都呆呆地望着面前一盘嗞嗞作响的烤鱼,他的眼窝深陷,好像一个沉思了一千年的思考者。

"老兄,"他终于发出声音来,"如果你今天不给我个解释,我今晚会睡不着的。"

我笑了笑。"还是老规矩,我给你解释,你请客。"

"你还记得平行世界理论吗?"我剔着牙问。

涛哥点点头,又摇摇头,问:"是哪个?"

"幽灵列车就是通过虫洞,从平行世界掉过来的。"

涛哥好半天才反应过来。"为什么光是火车?"

"因为虫洞刚好出现在火车道上。"

"两次都刚好出现在火车道上?"

这个概率太低了,这下我也蒙了,我骂道:"这鬼名堂搞的!今晚我也睡不着觉了。"

那天晚上一堆火车在我脑子里撞,撞了一个晚上也没撞出条路来,第二天它们都散去了,我也就昏昏沉沉地睡了,无业者的好处就是没有人会拖你起来干活。

中午时被叫去公安局开一个电视电话会议,据说是通报破译的结果,参加的有一堆领导还有眼睛熬得通红的涛哥。

我悄悄问涛哥:"你用了什么方法让我有如此待遇?"

涛哥神秘兮兮地说:"我跟领导说你是研究超自然现象的民间科学家。"

我差点儿没把一口茶喷出来,强忍住掐住涛哥脖子的冲动,恶狠狠地说:"下次的宵夜还是你请!"

北京的专家在电话里说:"这条信息破解出来了,组成信息的符号和我们的汉字大体相同,只是把一些指形会意的部分在写法上做了改动。另外,手机上的时间也是和我们的时间同步的。"专家说完像是看恶作剧的孩子一样看着我们。

"那句话是什么意思?"公安局的领导迫不及待地问。

"意思是……"专家有点窘迫地说,"到播种的季节了。"

"什么?"几乎所有人不约而同地发出疑问。

"这是比较文学的说法,'播种'可以解释成'播撒'、'弹射'、'释放',整句话可以解释成'到弹射的时候了','到释放的时候了'。"

"列车组成员接到命令弹射出去了?"有人问。

底下鸦雀无声。

"万老师,你发表一下高见。"坐在首位的领导严肃地说,听起来又像是命令。

我惊出一身冷汗,只好硬着头皮说道:"我找到那个手机的时候,它显然受到了很好的保护,像是在紧急时刻要传达什么信息。可以想象,在危急时刻,一个列车员躲进厕所里,这个狭小的空间可以更大地抵抗车体的变形,他没有笔,只能在手机上写下一段话,装进随身的腰包，用手纸作缓冲保护，这段话是他冒着生命危险也要传达给后来的人的。"说到这里我对那个不知名的列车员由然升起敬佩之情。

会场一阵沉默，北京的专家说："发言的同志是谁？"

又是一阵沉默，还是涛哥打圆场说："他是我们的顾问。"

"很好，就请你们好好调查这段话的内容，我们符号学的分析到此为止，手机我们将移交电子专家做电子工程学方面的分析。"在专家挂掉电话之前，我听见一声如释重负的吐气声。

回到家里我洗了一个澡，准备把脏裤子扔进洗衣机的时候，从裤褶里掉出来几粒黑色的颗粒。我把黑色颗粒捧在手里仔细看，它们的表面上有些皱褶，像是某种植物的种子，好像是在火车里粘上的。我仔细回忆，想起来我翻开装手机的腰包的时候，曾有一些黑色的碎片散落出来，它们就是这些黑色的小东西？

我的潜意识里立即蹦出一个地方，但我搞不清楚它们究竟有什么联系，我决定跟着感觉走一次。

出租车司机载着我在市区里转了好几圈，他以为我是离乡很久的归人。"想起来了吗？"他热心地问。

"没，还差点儿，等等，"我努力使头脑中的画面变得清晰，"好像在一个大立交桥下。"

"好，我拉你去几个大立交桥。"他说完一踩油门。

车子开到潭中立交桥下时，我叫司机停下，我走出车门，抬头看交叉的桥面，又转头看四周的环境，感觉告诉我应该就是这个地方，但它想让我找到什么？我小时候曾在这里玩耍过，那时这儿还是一片荒草地，现在已经面目全非了。小时候的世界是简单而平面的，后来世界被压缩得更加立体、更加复杂，人们向有限的空间无限挖掘，纵向发展的居住区，空中的交通线……

花坛里一种微微摇摆的小花打断了我的思绪，紫色和红色的小花已经到了花期的末尾，只剩下孤零零的几朵。枝头上已经结了好些像紧收的鸟爪一样的果实，我刚一碰上去，"鸟爪"噗的弹开了，黑色的小种子弹出来落到泥土里。

我拣起一颗种子，和裤子上找到的作对比，是一样的。我的记忆里有这种东西的影子，它带我来了这里。

"这是什么花？"我问司机师傅。

司机师傅说："这？这叫指甲花！挺常见的。"

说到指甲花，我记忆里的另一根线被接通了，我小时候常爱玩指甲花，它们的籽荚成熟后，用手轻轻一捏，就会弹射出花籽来，指甲花的花还可以用来涂抹指甲，小孩子家常说的"臭美"。甚至这种花的学名我也想起来了，叫凤仙花。

指甲花的种子暗示着什么？我却一点头绪也没有。司机以为我在回忆什么，就没有打扰我，他独自点起一根烟坐在车盖上。我也坐在车盖上抬起头，桥面像层叠交错的枝条遮挡在天空，汽车像飞鸟一样穿梭而过，不同时代的背景在这幅画面上迭代变换着，达达的马匹，中世纪的战车，铁皮的轿车，未来的飞棱……然后建筑也跟着演变起来，高楼长向天空，通过管道对接，空中公路飞架南北，密集的灯光像繁星点点……

一个感觉闪了一下，我对司机喊了声："别理我！"一头钻到路中间。两辆汽车打着喇叭从我身边擦过，我闭上眼睛，汽车唰唰的声音在四周围飞过，左，右，左上，左，右上，到远处就辨不出方位了。声音连成线条，汇聚成束，旋转缠绕，越绷越紧……这个线条世界的势能变得越来越大……释放！弹射！播种！一辆车尖啸着从我身边擦过，车带起的风吹在我脸上，我慢慢睁开眼睛，看着这个世界。

司机张大嘴巴望着我，我塞给他一张一百块，这是我这么多年来少有的一次大方。

涛哥很快开了警车来，车上下来的都是些有头有脸的领导，我不知道"民间科学家"什么时候变得这么风光了。

涛哥小声问我："你真的找到答案了？这次可不是闹着玩的。"

我点点头。这时候心虚已经来不及了，索性硬着脑壳充"砖家"，我望了望众人，清了清嗓子说道："为了便于理解，先从我们的世界讲起，纵观我们社会的发展历程，随着人口膨胀，对空间的需求越来越大，解决的途径无非就是多占地和起高楼，也就是扩张和空间的深挖掘。而交通的密度只能通过空间的深挖掘解决，比如这座立交桥。"我指指头上，领导们望望上面，点点头。

我继续说："以下的完全是假设，我们假设另一个平行于我们的世界，它和我们的世界几乎一样，空中交通技术还未发达，而他们先突破了对空间进行小规模卷曲的技术，自然而然会尝试把这种技术应用在交通上，最理想的是大型交通——铁路，于是出现了空间卷折调度技术。一张纸上的一群蚂蚁，通过卷折纸张就可以不经过纸平面而进行调度，正如现代航空调度系统大幅提高了航班密度一样，这种技术一旦系统应用，就可以大大提高铁路的交通密度，降低空轨时间……"

一个领导抬手示意我停一下，他用手摁着太阳穴沉思，另几个人的额头上也渗出了汗珠。过了一会儿，领导示意我继续。

"如果要选择一个城市作为试点，柳州无疑是最合适的地方，它是南方的铁路枢纽，又不是省和国家的政治经济中心，可以承担意外风险。现在，平行世界和我们的世界是重叠的，就像两张叠放的纸，在纸上的一个重叠点——柳州上，空间卷折调度技术出现了意外，空间承受的力场超过了临界点，就像这个指甲花的种子。"我走到花坛边，轻弹一个指甲花的籽荚，籽荚噗的挣裂开来，黑色的种子弹射出来。"于是，砰，卷曲空间中的火车被弹射出来，击穿了纸面，掉到另一张纸上。"

领导们纷纷围到花坛边捏指甲花的种子，他们猫着腰，把头凑在花丛里，解决掉一个又一个籽荚。我咳嗽两声，他们从童年的回忆中惊醒过来，严肃地挺直腰板，变回了领导的身份。

"怎么证明这个假设？"一个领头的领导问。

"我不能证明，我只能通过线索来还原一个可以解释的模型。"我忍不住想直说我是一个编故事的人，是涛哥把我推到这个份儿上的。"我从火车回来后，身上沾了一些指甲花的种子，是从那个小包里掉出来的，我之前忽略了这个线索，后来它引导我来这里，得出了这个结论。我想是那个列车员察觉到灾难已经不可避免，用这种方式作为他最后的列车日志。"我忍不住插一句问道："后来在手机里面找到列车员的名字了吗？"

领导摇摇头，我心里有点失落。他想了想，说道："有必要用这种隐晦的提示吗？"

"别忘了，这种隐晦是对于我们来说的，也许在他们的世界里，关于空间卷折技术安全性的争论早已是个公众话题，'播种'这个词语已经成为一个热点词语，那个列车员在情急之下就用了他习以为常的表达方法。"

众人沉默下来，过了许久，领头的领导问道："那，这个假设有可能成立吗？"

"从常识上来讲，几乎不可能。"我坦诚地说。

"局长，从常识上讲，火车凭空飞出来的事情也不可能。"涛哥笑嘻嘻凑在那个领导耳边说道，我这才知道他是局长。

另一个人白了涛哥一眼，凑在局长耳边说："局长，那小子是个写鬼故事的。"

涛哥的脸唰一下白了，这时我心里反而踏实了。

局长叉着手，面无表情地说："根据线索来编故事，到底还是个命题作文。"

我说道："那是我的工作，不代表我对所有事的态度。"我第一次理直气壮地说出"工作"这个词，这让我自己都感到吃惊。

局长点点头说："我了解，感谢你给我们一个新的思路。"他转身对手下说："我看可以了。"说完甩手上了车，涛哥灰溜溜地跟了上去。

晚上，涛哥一肚子郁闷地约我在青云市场吃宵夜。

我们点了一盘螺蛳坐下来，涛哥不吃东西只喝啤酒。小吃摊上的人都在议论神秘火车事件，各种版本的说法都有。有人说晚上听到了火车的汽笛声，这个说法引出了一片赞同声。其实夜深人静的时候汽笛声可以传很远，在整个城市几乎都可以听到隐隐约约的汽笛声，只是平时谁也没注意。摊子上挂着一个油腻腻的收音机，用油腻腻的声音滚动播报着火车事件的最新进展。专家组已经对火车和火车上的物品进行了分析，这是与我们的技术高度相似的产品，越来越多的声音质疑这是一场炒作。

"你被领导骂惨了吧？"我问涛哥。

"没有，局长倒没说什么……只是你以后可能不能参与调查了。"他咧嘴一笑。

"没什么，恐怕到时由不得谁了。"

"什么？"他惊讶地问。

我凑过去小声地说："我担心，正剧要上演了。"

涛哥伸长脖子等我往下说，我慢吞吞地用牙签挑着螺蛳，一副天机不可泄露的表情。涛哥说："今天我请！"

"今天本来就你请好吧，下次也是你请，谁让你是公务员呢？"

涛哥咬咬牙说："行！"

"我今天跟你们说的是简化的解释，按照平行世界的理论，平行世界很可能远远不止一个。每个平行世界中的空间卷折设计都是小于最大承载量的，但是多个平行世界在同一点上对空间进行挖掘，就引起了崩塌。如果是由多世界引起的崩塌，那么真正的总崩塌还没有到来，那将是超大规模的连锁反应。"

涛哥被啤酒呛了一口。"我靠！幸亏你只是个编故事的。有一点你说不通，为什么恰巧每个世界都发明了火车？每个世界都发明了空间卷折调度技术？每个世界都选择柳州作为试点？"

"平行世界理论中有一个'世界相似原理'，平行世界的熵流动总是趋于一致的，所以平行世界的宏观状态总是趋于一致的。科技发明、政策的决策这些都属于宏观决策，在这个尺度上它们是趋同的。"

"可我们的世界没有空间卷折技术！这不是宏观差距吗？"

我想了想，说："在这个技术爆炸的时代，一个原理从发现到应用可能只有几十年的时间，几十年的差距在大尺度上其实很小。"

"会不会这次事故就是平行世界为弥补这种差距而做的调整？"

我愣了一下，拍桌子惊叫道："涛哥你太他妈有才了！我怎么没想到？！"

"算了吧，"涛哥有些醉了，摆摆手说，"我自己都不信。"

"别、别啊，你想想看，这次事故证明了，在任何地点应用空间卷折技术都是不可行的，因为一旦做出决策，别的世界也会做出相同的决策，就算用随机决策也不能确保安全。这样一来，所有世界都不能再使用这项技术,所有的筷子被截到一样长短——世界相似原理。"

涛哥愣愣地呆了一会儿,说道:"好吧,我只能暂且相信这个了。要是什么时候世界末日了,我还真想看看呢。"

"等着吧,我们这是重灾区,火车会有更大的概率从空间卷曲的世界弹向空间平滑的世界。"

这时旁边的摊子上两个人因为各执一词争吵起来,吵着吵着就有凳子飞起来,一张凳子哐的一声掉在我们的桌子上,把螺蛳砸散了一地。

"争争争争你大爷!你们这帮愚民!"涛哥噌地站起来,上去一脚把那个人扫了个嘴啃地,然后顺次把另一个人又起来扔了出去。

我看得目瞪口呆,趁那两个人还在地上哼哼唧唧的时候赶紧把涛哥拉走了,临走时还是我把钱偷偷塞给老板。

没想到第二天公安局长又把我叫去了,在科学家不顶用的时候,人们总会回到神棍那里寻求寄托。

局长很客气地请我坐到沙发上,给我倒了一杯茶。他的眼皮肿胀眼睛发红,看得出这几天没少费神。他望着我一时尴尬地不知道怎么开口。

我很理解他害怕什么,这是关于职业自尊心的问题。

我说:"你可以不相信我,这很正常,我不会介意。"

"不,不是相不相信的问题……现在连科学界也在质疑我们炒作。"他苦笑了一下,"可是我们有什么能力在没有人知晓的情况下,把一列火车加速到时速一百六十公里?"

我说道:"我在这里只是一个说书匠,如果您愿意听故事,我可以说说。"

局长连忙点头,问道:"你觉得这事会恶化?"

我知道涛哥已经对他说了，我笑了笑说："如果我编故事，我巴不得它恶化。"

"有什么办法阻止吗？"

我摇摇头，说："没有办法，因为原因不在我们的世界。"

"你有什么建议？"

"制订预案，发布预警，强制撤离。"

"这不可能，制订预案需要市委、市政府操作，强制撤离需要上报国务院批准，就算能通过，执行起来经济损失也会是天文数字，这太离谱了。"

"是不可能，所以只有见机行事。所有猜想都还只是故事里的情节，没发生是正常的，如果发生了也不是谁的责任。"

局长低头不语，过了一会儿他抬头语气坚定地说："我还是第一次跟一个连是否存在都不知道的对手作战，如果它要来，我奉陪到底。"

"你觉得它真的会来吗？"涛哥坐在车盖上，抽着一支烟，凝望着头上的立交桥。这家伙以前不抽烟的。

立交桥稳定地站立着，桥面呈现出怪异的空间感，车流像平常一样拖着空旷的嗡嗡声飞驰而过。

此刻我在想着那个不知名的列车员，他的名字到现在还没有找到，我感觉我和他之间有一种奇妙的感应、奇妙的缘分。如果我知道他的名字，说不定我会像见到老朋友一样说："嗨！原来是你！"

我问涛哥要过烟来抽了一口。"我相信他说的话。"我说。烟在空中化成迷雾，我拿起一个指甲花的籽荚，在迷雾中挤开，小小的黑色的种子争先恐后地弹出来。

迷雾渐渐被风吹散，我裹紧了外衣说："到播种的时候了。"

大播种

车厢里的红色警报闪烁着,烟雾弥漫在空气中,震动已经使人无法站立。列车长还在试图用无线电和调度室联系,他叫我们待在各自的铺位上用被子捂住口鼻。

外面不断传来尖啸声,车窗被映成橘红色。我向窗外看去,环绕着列车的巨大轴线圈被暗红色的气流包裹着,线圈周围产生的激波挟着滚烫的空气吹过,火车就像在一个巨大的充满火焰的风洞里,非常不巧这个风洞还是一只掉入大气层的烧鹅。火车里的杂物被吸出去,形成一条披着白鳞的长龙,长龙在靠近线圈的地方燃烧起来,瞬间化成灰烬。

激波产生的电离层在线圈周围造成了黑障,无线电联系被切断了。列车长放弃了努力,他放下电话,逐一扫视了我们一遍,说了一声"晚安",然后回到了他的房间。

我放在桌子上的那盆指甲花一下一下敲打着车窗,籽荚被撞开来,把种子弹射出来，这一幕幕像闪电打入我的眼中。我竟然有些解气，那帮不相信忠告的人终于得到了教训，但更多的还是悲哀，因为我们成为了无辜的牺牲品。播种理论是对的，播种到来了。

我从铺位上跳起来一头冲进厕所，同事惊讶地望着我，他们准在想这家伙死到临头了还有心情上厕所。我把指甲花抱在怀里，思考着，如果我就这样挂了，我得留下点什么信息，从我知道死亡的那天起，我就认为死也是一种艺术，如果我哪天还没来得及反应就被车撞没了那将是最大的悲剧。好在老天还没把坏事做绝，它给我安排了一个前无古人的死法。

手机的屏幕蓝幽幽地照着我，也反射着窗外橘红色的光芒，我呆了片刻，打开录像功能，伸到窗外拍了一圈，然后尽量稳定下声音说道："列车没有到达调度接口，空间位置出错了！这里像一个风洞，气流很强！没有信号！"这时火车像被一根橡皮筋弹了一下，向前猛窜了一段距离，旁边的墙向我迎头撞来。我昏昏沉沉爬起来，左边肩膀失去了知觉。我捡起手机，无力地补上最后一句："我是 N6670 次列车员万象，如果我死了，请记住我曾经活过。"

做完这些我靠着墙壁，火车又晃动了几下。地上散落着白色的碎片，这是指甲花的花盆的碎片，这些碎片提醒了我，得保护手机的存储卡。我把腰包解下来掏空，用手纸把它塞得满满的，这道工序让我想到了岁末小巷子里家家户户都会挂的腊肠，可惜我再也尝不到那种味道了。

然后我做了个小彩头，把指甲花的种子放到腰包里，把手机放进去时我在屏幕上打了一条短信："到播种的时候了。"

"到播种的时候了。"我望着窗外说道，这时候火车正穿过一个水面一样的界面，一道光线刺进我的眼睛然后扩散开来，把我拉向永恒的白昼。

我从梦中惊醒过来,已经日上三竿了,太阳从挂着一半的窗帘照进来晒在我的肩上。我坐起来喘着气,空气中仿佛还飘着刺鼻的烟雾,仿佛在那个世界真有一个列车员,他的命运和我的命运冥冥呼应着。要是在平常这会是一个好素材,可以写成一个好故事够我吃一阵子了,然而现在我担心现实比故事走得更远,这些天来发生的事情已经让我有点跟不上节奏了。

我推开堆满方便面空碗的桌子,走到洗脸池前准备洗把脸,镜子中的自己胡子拉碴,眼神疲惫,好像灾难片里幸存下来的一个小角色,而且这个电影还远远没有结束,你不知道后面还会有什么东西冒出来。

见鬼,我喜欢这样的生活,对于一个胡思乱想混吃等死的人来说,这就是他的世界。

这时门外传来敲门声,我已经来不及洗漱了,只好擦擦眼屎厚着脸皮去开门,听声音我知道这不是涛哥,这是……我从门孔望见外面站着一挂腊肠。见鬼!我打开门,包租婆笑嘻嘻地从腊肠后面探出脸来,这个肥婆从来都提防着我,这次不知又安了什么心。

她把腊肠凑到我脸前说:"万老弟,给你。"见我不说话,她说:"怎的,不爱吃?"

我忙说:"不,不,我做梦都想着这东西。"

她堆着笑说:"嘿嘿,这就好,我在楼下晾着腊肠,你闲着没事帮我看着点儿。"

我明白这个女人的心思,她是怕我偷她的腊肠,先用一点儿好处来收买我,还可以得到一个义务看守员。我心安理得地收下了,如果我不收下她会不安心的。

我把腊肠挂到阳台上，又想起了那个小包和手机，很可能手机里会存着更多的信息，现在也应该破解出来了。我正想打电话给涛哥，涛哥的电话打来了。

"你小子还在睡觉！快来三中路！"

我冲到街上拦出租车，过往出租车的电台唧唧喳喳地叫着，司机一听我要去三中路都连连摇头开走了。好不容易拦下一辆愿意去的，因为那司机也想去看看。

一路上有救护车从文昌桥方向源源不断地开来，车子开进三中路没多远就停下来了，前面黑压压挤满了人，我情不自禁说了声"我操"，里面就算有只哥斯拉也看不见了。

还好我比较瘦，几经努力钻进人群，终于看见了前面的情况。一列火车歪七扭八地塞在路中间，路旁的路灯和树全部被连根扫断了，地上落满了碎玻璃和碎砖。装机青年的集散地——好机汇电脑广场的当街一排门面也被铲掉了，一群人正在那里哄抢商品，一队消防队员在旁边抢救被压的人。火车这边的路面被铲得干干净净，火车那边一定堆满了大大小小的车子。一辆公交车横停在路中间充当着路障，警车闪烁着警灯。这才像发生大事的阵仗嘛，我吹了声口哨。

市里面的领导已经赶到了，大大小小的领导站了一圈。我找到涛哥说："怎么不疏散人群？再来个火车就好看了。"

涛哥沙哑着嗓子说："已经在疏散了，妈的这帮人都不知道大难临头了。你来看。"他把我扯过一边说："这次的火车和上次的样子不同了，这是从火车里找到的一片报纸。"他递给我一张塑料薄膜袋装着的纸片，又拿出一张表格说："这是根据1号火车破译出来的文字对照表。"

我找到对照表上"的"字的写法，和纸片上的文字对照，没有相同的。根据纸片上的符号频率，我在手上写下两个符号，对涛哥说："这两个符号有一个是'的'字，另一个也是常用字，都没有在对照表里出现。"

涛哥和我面面相觑，他说："这么说……它们……不是同一个世界。"我点点头。涛哥说："你的猜测是对的，平行世界发生了连锁反应。"

"播种开始了。"我说。

"还真像播种，前次是西南郊外，上次是城南，这次是城中，下次不知道又会是哪里……"

涛哥车上的对讲机响了，过了片刻他脸色沉重地对我说："这次是谷埠街。"

我们驱车往河南方向狂奔，车子开上柳江大桥开不动了，逆行的车辆已经占领了顺行的车道，从那边过来的人一个个都像从地狱里逃出来的，不要命地往前钻。

涛哥把车门踹开对我说："走，下车。"刚打开的车门马上被对面过来的一辆车别上了，涛哥打开警笛朝对方大骂了一通，然后在怀里揣上警戒带，从窗子爬出去，叫我跟上。

我们爬到车顶上，从一辆辆车上面跨过去，下面的司机纷纷打喇叭抗议，但是他们也只能抗议而已了。我们走到前面看见几辆车的车主已经弃车，还有几辆车已经撞坏了，车阵被卡死在桥上了，还好我们及时做出了弃车的决定。

涛哥一路撞开人群，奔到出事地点拉警戒线。我在后面跟得上气不接下气，让一文青追一警察，真是要了命了。

跑到谷埠街我倒吸了一口冷气，一列火车一头撞进了国际商城的门脸里，把一层楼撞塌了一半，玻璃外墙垮了一大半，残墙上摇摇欲坠的玻璃还在往下掉。

涛哥望望这个大摊子，又望望手上的那卷警戒带，大骂了一声把警戒带扔在地上。

附近派出所和市政公司的人先后赶到了，他们把现场隔离起来，就要到大楼里面去找人。涛哥把他们拦住了："没看见天上正在下锤子和镰刀吗？切你们的脑袋就像切西瓜一样容易！等消防队来。"他转过身来小声地嘀咕："妈的我还有这儿的购物卡没花呢。"

我指着河北方向对涛哥说："警察同志，我要报案……"

河对岸升起滚滚的浓烟，夹杂着火光。涛哥对着对讲机说了几句，对我说："走吧，局长叫你跟我回去。"

他对围观的群众挥手说："都散开都散开！每个人都回家收拾好东西等消息，不要乱走动。"

往回走时桥上的车辆已经全部变成了空壳。回到公安局，很多人正在会议室开会，我看见市长和市里的一些领导也在，涛哥带我悄悄溜了进去。

公安局长说道："我建议，应急方案的主体参照重大突发公共事件应急预案，我还有一份补充方案……今晚就组织一部分人先撤离，剩下的全部要进入地下躲避，二十四小时内全城撤离完毕。现在要立刻疏通道路，确保最大运量……"

市长说："我同意，立即启动Ⅰ级预案，正常情况二十四小时内撤离完没有问题，只是不知道一天之内事情会恶化到什么程度。"

局长说："听天命，尽人力吧。"

市长阴沉地望着局长，过了一会儿才缓缓点点头。我这才注意到这个临时会场的特别之处：地点在公安局，而不是在市政府。

局长说完小声叫我过去问："你还有什么建议？"

我说:"没有了,这么迅速做出的方案已经很完美了。"

局长一笑说:"谢了,这是事先做好的预案,算是你的提醒,对付摸不透的敌人,既不能乱动,又要抢占先机。"

我突然想起了什么,对局长说:"最好协调下游水坝开闸泄流,要是火车积塞在河道就可能抬高水位。"

"你预测有那么多吗?"

"难说。"

局长点点头说:"好,我跟上头说,但那只是提议,最终决策是由市领导来做。现在做出的每个决策都是决定命运的……你说,会不会每个平行世界里都有一个不知死活的公安局长在指手画脚?"局长一扫多天的疲惫,露出一个洒脱的笑容。

我笑笑,我相信每个世界里都有一群这样的人。我想起了手机的事,问局长:"有没有从手机里破译出新的信息?"

局长一拍脑袋。"我差点儿忘了这事。"他凑到我的耳朵旁小声说,"现在这事保密了不让说,我就违反一次纪律告诉你吧,在手机里破解出一段七秒钟的视频,视频太晃,看不到东西,但是录到一句话,是你一直想知道的列车员的名字。"

我的心扑扑狂跳起来,梦境真的和现实重合了?这个无数次在我脑海中出现的老朋友,我们终于要说"你好"了,也许不是"你好"……

"他叫什么?"我激动地催问。

局长嘴唇动了动,望望我,终于说道:"陈晓昆。"

"什么?"我愣愣地说,这三个字没有触动我的任何一根神经,我本以为会是个很熟悉的字眼。

局长把名字的同音字写给我。"光是这三个字我们市就有同名的七十三个,如果加上其他同音字组合不知道有多少。"

我努力回想了一下,没有什么印象。我随即释然地一笑:一个名字本来就没有什么联系,两个世界连文字的写法都不同,那只不过是我一心的想象罢了。

我回到出租房里收拾东西,收拾了几件实在想不起有什么非带走不可的了,我几乎是个一无所有的人,连一张和女孩子的合照都没有。一堆发表过文章的报纸和杂志我忍痛不要了,我把U盘、光碟收罗起来,又把电脑的硬盘拆下来揣上,这些里面有我的小说、资料,还有搜集多年的毛片。

全市已经进入紧急状态,电视里、广播里都在播送紧急通知和最新情况,手机接连不断地收到短信通知。好在除了上午的三起撞击,到现在还没有发生新的情况。没过多久街道办的人就来动员撤离了,过了一会儿又有政府的动员小组来用喇叭喊话。

临近傍晚的时候,撤离开始了。楼道里响起零乱的脚步声,包租婆抱着她的卷毛狗挤进来半个身子说:"万老弟我先走了,楼下的腊肠你拿去吃吧,不过空出去的这几天房租可是照交的啊,我有什么办法,这又不是我的决定。"

我没理她,我心想到时候你的房子还指不定在不在呢。我装了几瓶水,几袋饼干,还想下去买些干粮,撩开窗帘一看,每个小卖部门前都排了几十米的长队,我只在非典的时候看见抢购板蓝根的人群有这个阵势。

我走到楼下,把挂着腊肠的竹竿挑起来扛在肩上,像个剑侠一样大摇大摆地走出去了。

我看见包租婆开着的车被拦了下来,她不得不下车,抱着一堆东西骂骂咧咧地走到人群里。人们从院子和巷弄里走出来会合到一起,因为不知道"播种"什么时候会大爆发,所有人必须尽快赶到撤离点或避难所。人们推推挤挤,有些脸上带着恐慌,有些脸上带着好奇,有些脸上不知道该带着什么表情,毕竟好几代人都没有经历过逃难的感觉了。小孩子们却兴奋地到处乱窜,我向一个抱着奥特曼的小孩子挤挤眼,教他哼起《共青团员之歌》来。一路上都有疏导员把人群引到空余的避难所里。那些小时候跑进去探险的防空洞,我以为永远见不到它们了,这时候它们又纷纷被挖掘出来,幸运的人会在里面找到我藏的弹珠。

这时候我才感觉伤感起来,这个城市带着我的全部记忆:我骑单车走过的小巷;巷口的麦芽糖;父母搬走前我度过了童年的职工宿舍;被我砍下树杈做弹弓的桃树;砖墙上长出白毛,刮下来可以配成火药,我被火药烧了眉毛,就偷偷用黑笔画上;还有青云夜市,还有指甲花……太多太多了,在必须离开的时候才想起来。

后面的人催促起来,又有人抱怨我的长竹竿,我故意把竹竿挥扫了几下,得意洋洋地大步走上前去。

涛哥的电话打过来了,他在电话里嚷道:"妈的终于打通了!你快来中心广场和我会合,不知道手机信号还能维持到什么时候。"

我一路拍照一路遛达到广场,广场上集中了几万人,首尾衔接的车队正在把成批的市民撤往市外。工程队在广场的周围建筑起防护工事——一根根钢柱子组成的宽二十米的隔离带,钢柱据说是从西江造船厂赶运过来的特种钢梁。这个城市在最短的时间内接受了这个离奇的事实,并且做出了快速的反应,这是我没有想到的,也许科幻大片让人民的神经变得像小强一样强悍了,灵异小说也有一些些功劳吧,我厚脸皮地想。

广场下面的大型地下停车场成了最大的避难所,我走进去看见这里已经安置了七八千人。涛哥他们设置了一个临时岗亭维持秩序。所有的易燃易爆物都不充许带到避难所,涛哥正在把一堆野炊的炉子、气罐、烤箱拖出去,我不由得赞叹这些人的心态真是太好了。

我拒绝了涛哥先送我出城的提议,这是一次绝佳的体验,想想看,你终于看到现实追上了你的想象,在想象的屁股后面狠狠地踹一脚,简直让人激动得要大喊一声。这是那些一年写N本悬疑小说在畅销榜上久挂不下的作家也没有经历过的,以后他们只能生活在想象中,而你可以用冷酷的语气说:"It's my life!"

于是我和所有抱怨不能先走的人一起留下来了,也许正是这个决定救了我一命,晚上听说又有一列火车落在路上,十几辆公共汽车撞在了一起。此外一切都平安无事。

在临时避难所里恐慌的情绪似乎远去了,人们咒骂着一切不靠谱的事情,柳州方言的粗口带着睥睨一切的气势,让我感到无比踏实。在远方读大学的老乡们会说起一个共同的体验,当踏上开往家乡方向的火车,一句地地道道的"乡骂"传来,一种回家的亲切感便油然而生。

有人眉飞色舞地讲起各种传言,大家提心吊胆地耸着脑袋听,添油加醋地说,这时恐慌变成了一种酒精饮料,滋长蔓延,却让人沉醉其中。大家很快熟识起来,客气地分吃东西,入夜便有三三两两的扑克摊摆起。甚至广场上有人推车卖起小吃来,青云市场的一个小吃摊老板也在其中,他瞪大眼望着我说:"怎么每天都能见到你?"

我拍了好些照片,然后我坐在广场北边的草地上,把经历的一切记在手机上。高压钠灯把广场照得一片通明,一整夜车队都在把一批批的市民运往市外。城市的街灯依然流光溢彩,高楼像灯火上漂浮的云山。这个我曾经无数次想逃离的城市,在每个人都逃离的时候我又想留下来了。这天晚上我像个流浪汉一样在这个城市的灯火中睡着了。

到了第二天中午,大部分人已经撤离完毕,停车场里还剩下大约两千个年轻人。撤离行动进行得很顺利,正是因为太顺利了,使大家产生了动摇:到底还有没有必要继续撤离?也许"播种"已经结束了。

最后两千人的撤离就在一片怀疑和反对声中开始了。人们走出地下停车场,看着空荡荡的城市。空荡荡的城市使他们产生了这样一种感觉:我们是这座城市最后的守护者了,我们不能抛弃这座城市。热血沸腾的年轻人纷纷要求回家去,人群里起了不小的骚动。

突然有人喊:"听!什么声音?"人群安静下来,一串轰隆隆的雷声贴着地面传来,在这寂静无声的城市中显得特别清晰,接着是一长声尖啸,如同一只巨大的怪鸟的叫声。我明白过来,这怪鸟的叫声是钢铁撕裂的声音。更多的隆隆声和尖啸声从四面八方传来,有远有近,如同一场合奏。

"我操!"一部分人惊恐地叫起来,其他人抬头朝他们望的方向望去。龙城路方向,一个庞然大物一头撞穿前面的一座写字大楼,在十几层的高度,它后面的部分像一根钢鞭继续向前甩去,发着尖啸声扭曲缠绕在大楼上。大楼像被剥皮器削了一圈,玻璃幕墙全部被打得粉碎,哗啦啦的掉下来。这条钢铁巨蟒在空中跳着诡异的舞蹈,甩出银光闪闪的鳞片。我的脑海里闪过一句诗:"战罢玉龙三百万,败鳞残甲满天飞。"巨蟒被自身的重量扯成几截嘎吱响着坠下来,轰然落地,剩下的几节车厢悬在大楼上。

正当人们惊魂未定的时候,另一列火车向广场抛来。这次我看清楚了它出现的过程:十几米高的空中出现一个水面一样的界面,就像我梦中看到的那样,界面后面的景物像汽浪一样扭曲。突然一片涟漪扩散开来,一列火车在涟漪中横着抛甩出来。

火车翻滚着直飞向我们，人群呆若木鸡。涛哥一把把我扑倒在地，大喊："趴下！"反应敏捷的人迅速趴下了，有些是吓得瘫软下去的。广场周围的隔离带发挥了作用，火车撞在隔离带上被猝然阻挡下来，强大的动能把火车撕成碎片，撕裂的铁皮在钢柱间翻卷撕扯，发出刺耳的尖叫，像地狱的刀山里挣扎的鬼魅。火车上的玻璃撞得粉碎，像子弹一样射过来。

涛哥紧紧护在我身上。听着头上的嗖嗖声过去后，人们才纷纷爬起来，有的人满脸是血，有的人躺在地上呻吟。看到涛哥没事我松了一口气。

"大播种。"涛哥怔怔地说，然后他扯着嘶哑的嗓子大喊："大家回停车场！"

几分钟后接应撤退的车队赶到了，有几辆车的车窗玻璃已经没了，车队里混杂着公共汽车、大巴、军用卡车，还有一辆轻型装甲车。装甲车上下来几个指挥员，催着人们上车。刚刚还闹着要留下的人群现在都哭着抢着往车上挤。

涛哥拍拍我的肩膀说："走吧。"

我抱歉地摇摇头说："我不走了，对于一个写灵异小说的人来说，见证这样一件事是他的无上光荣。"

涛哥恨得抓了一把头发，他已经没有力气和我争辩了，他叹了口气说："我不管你了，但是我们不允许任何一个人留在这里，你跟我来。"

他让我藏在一根柱子后面。所有人走完后，指挥员进来检查，涛哥朝他们挥挥手说："我这边干净了！"

涛哥把他的枪扔在我的脚边，小声说："保重。"

涛哥的脚步声消失后，我轻轻地说："你个死鬼也要保重，你别忘了欠我多少次夜宵。"

最后一批人也走了,我在空旷的停车场里坐下来,外面仍然传来巨大的响声,仿佛这个城市被一头犀牛放在嘴里使劲咀嚼着。我感到无能为力的孤独,这感觉我曾两次感受过,第一次是十六岁时父母搬离这个城市,我一意孤行要一个人留下来,坐在空荡荡的家里感觉仿佛亲人都离我而去了,我哭了一整天。第二次是大学毕业,我是最后离开的,在空荡荡的宿舍里想到哥们都再不相聚了,我哭了一个小时。这次是整个城市的人离开了,我坐在空荡荡的城市的中心,没有哭。

手机信号没有了,过了一阵子,停车场的灯光闪烁了一下也熄灭了。我找来一堆废材料生了一堆火,点燃这个城市唯一的文明的信号。然后我拆下几根腊肠烤来吃,我就像一个在山洞里烤食生肉的原始人,任外面霸王龙横冲直撞,翼手龙破空长鸣,我自吃我的烤肉。

兴许是自我感觉越来越好,我决定到外面去录一段录像,这将是珍贵的历史资料。

我观察了一下路线,然后以百米冲刺的速度冲到旁边的五一路上。路边停了十来辆车子,我找到一架插着钥匙的摩托车,扔在路边的不会是什么好车,事实上坐上去以后我发现这是一架电动车。

电动车响着安静的嗡嗡声载着我驶出街口,这场景的名字应该叫"一个街道巡视员的一天",但是市区内四处冒起的烟尘提示着这一天并不寻常。

沿龙城路往南驶去,首先和我遭遇的是那列一半撞进大楼的火车,掉下来的一截砸在地上,铁皮车厢被挤成一堆烂铁,像一筐砸破的鸡蛋。大楼上残留着另一截。我想起了"九·一一",不敢靠近楼下。

我打开数码相机的摄像模式录了一段视频。这时后面传来一声巨响,我把画面猛转过去,这次没有看见车身,因为火车是从临街门面的后方撞过来的。三层楼的门面被撞开了一个大口,碎石像一道弹幕飞过对街,把对面的卷帘门也撕开了几个大口。被撞开的缺口上露出一个子弹头的车头,车鼻子瘪进去了一块。

继续往前开,四面八方的响声越来越密集,好像一群愤怒的兽群要冲过来,要把这座城市撞得粉碎、踩成齑粉。突然间一列火车从一幢建筑里破壳而出,我猛地刹车,火车从我前面十几米处扫过马路,撞到对面的商店里,商店的外墙整个倒塌下来。

惊魂未定,紧接着另一列火车从后面冒出来,追着我的屁股冲过来。我也顾不上录像了,赶紧加速冲出去,一块石头把车轮绊了一下,车子摇摇晃晃几乎要摔倒,我终于还是稳住了车子。火车在后面紧逼不舍,我冲过有碎石的路面,把速度加到最大,如果这时前面再冲出一列车我只能认命了。火车在往前冲的过程中斜了过来,连续扫断了五六棵树,终于慢下来,在后视镜中离远了。

我压低身子以五十码的速度往前飞驰,这时我在心里狠骂提议电动车限速的人。柳江大桥头有一条防空洞改造的地下街,可以作为暂时躲避的地方。

驶出龙城路口,视野一下子开阔起来。地上掠过几个巨大的影子,我猛地抬头望去,仿佛进入了太空舰队空间跃迁的集结点,钢铁的"飞舰"源源不断地从空中飞出,轰击着这座城市的身躯。大楼被"飞舰"击中,飞散开大片的碎石,夹杂着亮闪闪的玻璃,纷纷洒洒落下来。有些火车在地面冲行,像除草机一样铲掉地面上的花坛、行道树、灯杆,以及所有遇到的东西,一个电话亭翻滚着停在我的不远处。有两列火车在空中撞在一起,车厢被巨大的冲击能量折叠起来,发出惊心动魄的响声,然后轰然坠地变成了一堆废铁。

这仿佛一场惨烈的自杀式袭击。我一只手举着相机,捕捉着镜头,像一个责任重大的战地摄影师。驶到柳江大桥头,便见滔天的巨浪此起彼伏。一列火车一头撞入江水,如摩西投鞭一样把江水劈开,掀起十几米高、上百米远的巨浪,细小的水花甚至被风吹到我的身上。劈开的江水又轰然合拢,涌起巨大的波峰,波峰如黑色的兽脊涌到江岸上,打出白花花的浪花。

一些火车被桥墩截住,桥墩下堆积的火车形成了一个水坝,堵塞了河道。不过还好上游已经提前泄水,一定程度上抵消了抬高的水位。

大桥已经伤痕累累,随时都可能倒塌,我没有冒险往桥上走。

这时一块碎石砸在我的头上,我抬头望去,一个巨大的影子正朝我的头上压来!我向前跑了几步扑身滚倒在地,一列火车轰地砸在电动车所在的地方。只差一点我就变成肉酱了。

我爬起来后不敢发呆,立刻向地下街跑去。旁边一幢大楼在我奔跑的同时倒下来,我刚跳进入口,大楼轰地压过来,气浪把我冲到了台阶底下,碎砖石和烟尘跟着涌进来。

我咳嗽着从砖头堆里爬出来,躺在地上长吐了一口气。好在防空洞有着足够的抗冲击力,我暂时安全了。

一直躲到下午四点,外面的声音暂时消停了一些。我冒险出去看,好家伙,就算是煮一锅粥也该开锅了。我一辈子没见过这么多火车,它们用各种新奇的姿势翻在路上,卡在楼房里,挤作一团,这些火车埋葬了我记忆的城市。柳江大桥只剩下几截桥墩,水位又抬高了一些。如果不是有柳江作参照物,我差点儿认不出方向来。我想了个问题,这些火车拣了当废铁卖能卖多少钱呀?看着远处还在倒塌的建筑物,我没有继续想下去,这肯定不够重建这座城市的。

我又往广场方向返回,因为食物和水还在那里,更重要的是,那里是城市中心地带,灾后救援最可能从那里开始。这些火车残骸让最近的距离也如隔崇山峻岭，我费了好大劲才钻过几节车厢。两个小时后我回到了停车场，太阳正落下，照在火车的残躯上仿佛是铜铸的工业雕塑。有几列火车掉到了防护栏里面，最近的一节车厢离停车场入口只有几米远。

我狼吞虎咽补充了食物和水，晚餐是腊肠。夜幕降临，我像一只鼹鼠从"地洞"里钻出来，停车场里黑漆漆的一片，让我觉得毛骨悚然。好在地面上月光还不错，城市没有了灯光污染，星星变得明朗起来，即使在明月的照耀下，星星也比平时多得多。

我打开手电走进废墟中，这片诡异的废墟如同一个远古战场，那些躺在夜色中的黢黢黑影，如同上古的大战后留下来的神兽的尸体，那些逝去的灵魂就在废墟中逡巡。这些钢铁骨架时不时发出嘎吱嘎吱的声音，伴着远方传来的钢铁挤压和撕裂的声音，让人直打哆嗦。

我爬上一栋损坏不算严重的大楼的楼顶。月光还是不足以让我看清地面上的景象，除了远远几处着火的火光。我想了个办法，架起相机长时间曝光。在照片上终于可以看到城市的面貌，没有一个方向是受灾较轻的，如果"播种"是正态分布的，那么空间卷折的中心其实就是城市的中心。

一张照片引起了我的注意，照片上有一束绿色的光线射向远处，或者从远处射过来，我又拍了几张，同样的光线还是出现在照片里。那里有什么情况，可能是一个幸存者，可能是随着火车发射过来的一个信号装置。

我借着月色向那个方向行进，那束绿荧荧的光在天上越来越清晰，它以某种频率的脉冲闪烁着，像在传递什么信息。快要接近目标时我关掉了手电筒，当我走到和那道绿光只隔着一排车厢的地方，绿光突然消失了。

他发现了我？我躲在车厢后面听那边的动静，过了许久也没有听见响声。我知道深海里有一种鮟鱇鱼，用光源吸引猎物上钩，还有一种捕鸟的方法，是用亮光诱骗鸟群飞下来。也许我已经游到猎人的眼底，他正在暗处欣赏猎物最后的舞蹈？我不由得暗暗地摸住怀里的枪。

这时不远处传来一声巨响，又一列火车被抛甩出来了，它与其他火车撞在一起迸发出大朵的火花。绿光又出现了！这次它射向火车抛出的方向。我猫腰摸到车厢连接处看去，只看到那束光发出的源头，其他什么也看不见。

过了一阵子绿光又消失了，我静静等待着。终于，月光下一个身影跃上车厢，像一个少年，他背着一个背包，脚步如飞，矫捷地腾挪跳跃着，不一会儿就消失在黑夜中了。

我没有追上去，因为我肯定追不上，那家伙就像在这个环境里面进化了几万年的新人类。

就在我站着发愣的当儿，又一幢大楼轰响着倒下来，巨大的响声和碎石打在火车上如弹雨倾泻的声音在夜色中传得很远。听着这座城市倒下我有一种说不出的心酸。

又一阵"播种"潮来临了，我躲回地下停车场。我想摸出几根腊肠来烤，但是我放在一根柱子下的腊肠已经不见了，我记得清清楚楚是放在这里的。我打着电筒到处找了一遍，然后确定确实是不见了，连同挂腊肠的竹竿一起不见了。顿觉这里充满了危险，我挥动手电筒四处乱扫，时不时有白色的柱子闯到视线里来，把我吓个半死。

这时我多希望涛哥在我身边，我虽然是个写灵异小说的，但是不经吓的，平时只有我吓别人的份儿，哪想过还有别人吓我的份儿？我把涛哥的枪揣在怀里，在周围摆了一圈空易拉罐，辗转了半夜才提心吊胆地睡着了。在我的梦中不时浮现洞外怪兽的破坏声和洞中狼的窥视。

第二天上午十点半的时候,"播种"开始消停了一些,我走出停车场。近半数的大楼在多次撞击下都倒塌了,整个城市就像被地毯式轰炸了一遍,而且那些炸弹全是从万米高空扔下来的火车。我望望天上,一只鸟也没有,一个塑料袋孤零零地飞过天空。

我背上背包向柳侯公园一带转移,那边离我住的地方近,对那里的情况我比较熟悉。走过柳侯公园的柳侯祠,已经看不见原先的建筑了,那些没有钢筋的仿古建筑早已经被扫平了,连上百年的老柏也只留下白森森的断口,不知道无价之宝荔子碑有没有幸存下来。

柳侯公园门口,一列火车的痕迹从公园路方向冲过来,冲上台阶,撞进公园的大门,在柳宗元的瘦削的塑像前停下来。柳宗元依旧垂着长袖,背着双手,眼睛微眯,胡须微翘,和这个钢铁巨兽的头颅对视着。

我穿过公园,几列火车泡在湖里,像探头进去饮水的梁龙。湖边有一缕轻烟升起来,我走过去看,只见湖边的一块空地上摆着几张靠椅、几把钓竿,地上有一堆还没熄灭的火堆,旁边扔着几十罐啤酒,我的那一架腊肠也扔在旁边。

我不禁骂道:"我操,谁这么缺德偷老子的腊肠来这儿休闲?"

这时我看见地上还堆着另一堆东西,有十几台笔记本电脑,几十个手机,还有数码相机、古玩、字画等等五花八门的东西。我立刻明白过来,这是一伙发灾难财的贼!

我刚要转身,一把冷飕飕的刀已经架到我的脖子上。怀里有枪,心里不慌,我没有轻举妄动,他们还有同伙没回巢,等情况明朗了再说。

我举起手,笑嘻嘻地说:"没事,我路过,你们忙你们的。"

"少啰唆！"后面那人一脚把我踹趴在地上。

树后面又走出来三个人，现在是四个了，四人很有经验地把我堵在中间，封锁了我的逃跑路线，看样子是准备动手了。我思考是要鸣枪警告还是要趁其不备开枪射击，也就是威慑还是突袭。威慑是达到压制效果减少伤亡的理想战术，但是我听涛哥说过，制止一名移动中的歹徒可能需要两三发子弹，手枪有七发子弹，如果直接与歹徒交火有把握放倒三个，突袭的话效果还会更理想，反之如果鸣枪警告无效，就只剩下制伏两人的弹药量了，在对方穷凶极恶的情况下风险将大大增加。

我还在思考的时候，有一个贼问同伴道："怎么弄？"

另一个说："你去，放了他。"

我松了一口气，大家都和气一点事情不是好解决了吗？却见那人在牛仔裤上擦着匕首走过来，面露凶相。

我说道："哎哎，你干吗？不是说要放我……等等，是放人还是放血？"

来人冷笑道："废话，我们从来就没有放人这一说！"

"早说啊……"我慌忙去怀里摸枪，枪却被衣服绞住了拔不出来，而我掏东西的动作激怒了歹徒，他举刀朝我刺过来。我头脑一片空白，心想今天就死在这个低级失误上了。

这时只见歹人把匕首一扔，跪在我面前。这个转变把我惊呆了，我叫道："大哥，不必吧？"然后我看见一支箭尾插在他的肩窝上。

我抬头望去，一个骑在马上的年轻人正搭弓拉箭，英姿矫健。要不是他拿的那把现代反曲弓，我还真以为我穿越了。剩下的三个歹徒愣了一下，现代人对冷兵器的畏惧感已经大大降低了，他们立刻又叫骂着冲上去。追了几步他们怕是调虎离山之计，又折回来找我算账。

这时我总算掏出了枪,朝天嘣了一枪。枪声突然在这个寂静的世界炸响,三个歹徒被震住了,黑洞洞的枪口总算唤起了他们的恐惧感,他们一下子就软下来没了气焰。

年轻人好像意犹未尽,他把箭射在树上,收起弓,悻悻地走过来。我向他道谢,他把头歪着,不屑地看了我的枪一眼。我很理解,他一定是个冷兵器爱好者,平时窝在家练习,在做梦中驰骋沙场,好不容易有次机会拿弓箭出来玩,还骑着马,还赶上了实战,还不犯法,没想到被我用一把枪给搅了局。

然后我意识到这样想有点不厚道,无论如何他救了我一命。

我们商量以后最终还是把四个嫌疑犯放了,我们没有精力照顾四个人,把他们绑起来他们会饿死的。我跟他们说我是留守这里维持治安的便衣巡警,这件事既往不咎,如有再犯,旧罪并罚,然后给他们照了张相。他们没想到警察和贼一样敬业,垂头丧气地走了。

我拖过一张靠椅,拣起地上的腊肠放在火堆上烤,对年轻人说:"来一根?"

年轻人摇摇头说:"这是偷来的。"

我没好气地说:"这是我的!要是我今天不找到它我就没午饭吃了。"

年轻人望了我一眼,将信将疑地接过一根放在火堆上。他从马背上解下一个背包,拿出工具,熟练地把笔记本电脑的电池拆下来,拆出里面的圆柱形电芯。

"这些是赃物。"我提醒他。

"我有重要用途。"他头也不抬地说。

我耸耸肩,说:"我叫万象,怎么称呼你?"

"写灵异小说那个万象?"

"对，"我惊讶地说，"你看过我的小说？"

他终于抬头。"看过一些——我看过你的帖子，你是最先提出'播种'的解释的。"

那个帖子我只在科幻论坛发过，我问："你也去科幻论坛？"

"去。"

我愈发吃惊，"你叫什么名？"

"Adenine。"

"我没有印象。"

"因为我平时都潜水。"

我嘿嘿笑起来。"你的真名呢？"

"陈晓昆。"

"陈晓昆！"这三个字像一道闪电划过我的脑海。

他很奇怪地问："你认识我？"

"没、没有……"我想，可能是个巧合。"哪三个字？"

"就是唱歌演戏然后又去唱歌的那个陈坤，中间加一个大小的小。"

我"哦"了一声。"你为什么留在这里？"

"对于一个生存主义者来说，能挑战这样的环境是他的光荣。你呢？"

我一时哑口，我的台词被他抢了，有点不爽。"我……积累素材。"

他点点头说："现实比故事更精彩。"

他把马牵到一个地下游乐场里去，把弓箭留在马上。这里以前是一个防空洞，后来被改造成地下的游乐场，几经改头换面，现在是一个恐龙乐园。那匹马从一堆霸王龙、三角龙中间伸出头来，就像一个不安分进化的异类。

"它叫小灰，它是'播种'爆发前和我过来的，现在回不去了。"

陈小坤怜爱地蹭了蹭马的脖子。

"好难听的名字。"我说。

陈小坤生气地看我一眼,"聪明人知道对一匹马好,它说不定什么时候会救你一命。"

我注意到他的腰上插着一支手电筒和一支激光电筒,昨天月光下的少年浮现在我眼前。我问:"昨天晚上在广场附近的人是你?"

"是的,你看见了?你的观察力很敏锐。"

"你的身手更敏捷,你在做什么?"我终于可以解开这个谜团。

"打招呼。"他打开激光电筒,一束绿光射出来。他切换了一下,绿光闪烁起来,像一个不断眨眼睛的绿色精灵。

"你有没有注意到,每次火车抛出之前,空间都会出现一个扰动区,抛出之后这个扰动区还会存在一段时间。"陈小坤对我说。我们回到了广场,坐在停车场旁边的一节火车上等待夜幕降临。"我发现,激光通过扰动区,亮度会衰减三分之二以上,这个过程中没有增加散射,这说明激光大部被吸收了,至于以什么形式,不知道。可以想象一种可能,空间打开了一扇门,一部分光子通过这扇门到了另一边的世界。"

"于是你试图通过激光来跟那边的世界打招呼?它的信息是什么?"

"我们世界的日期的二进制编码,因为不知道我们世界的平行坐标系坐标,只能传递时间信息了。"

"时间是同步的,这个已经证实了,在第一列火车里面找到了一个手机。"我忍不住觉得好笑,"他们还以为那个手机是个恶作剧,以后它将被供在博物馆里。"

"但是对方不一定知道嘛。其实传递的内容不重要,我不指望有人能收到一整列编码,重要的是形式,自然界是没有单色光的,再加上信号呈现出来的规律性,就可以确定是来自另一个文明世界的问候。"他说得有些激动。

"典型的科幻思维。"我说。

太阳向西边落下去,给这个广大无边的火车坟场镀上了一层金色。不远处的一幢高楼倒了,掀起一大片尘埃,尘埃慢慢散开来飘在空中,把太阳变成灰蒙蒙的一个边界模糊的气球,像一幅抽象的画。

陈小坤钻到火车里去找可以利用的东西,他的声音从火车里传来,闷闷的:"其实你不像写灵异小说的。"

我说:"哦?是吗?"

"科幻才是你的梦想,对吗?"

我愣了一下,没有说话,心里的一个地方被击中了,好像我小时候站在那片草地中间,死党突然跑来我身后对我说:"你暗恋她,对吗?"可眼下这个人和我素不相识。

一个蓄电池从车窗扔出来。"我没见过哪个写鬼故事还要扯上量子论的,你知道那样并不能使故事更吸引人,因为你骨子里流淌着科幻的血液。"

"谢谢。"我说,泪水要在我的眼眶中溢出,但是我很快冷静下来。《城市晚报》主编的话又在我的耳旁响起:"你是要写你的东西还是要你的专栏?!"从那以后我再也不是一个理想主义者。

夜幕降临后我们开始行动。陈小坤把激光电筒换了一块电路板,"这是今天的日期。"他说,然后把从笔记本电脑上取下来的电芯换上去。"激光电筒和笔记本电脑用的 18650 电池是一样的,但是电筒没有过放保护,这些充电电池一不小心就会变成一次性电池。八百纳瓦的激光电筒,一节电池用二十分钟就报废了。"我听不懂他说的,只能傻傻地看着他。他把激光调整成平行光,说道:"OK。"

我们坐在路口的一节车厢上等着"播种"的到来。过了一会儿远处窜起一片火花,然后传来几声轰响,陈小坤迅速点亮激光追射过去。

"太远了。"他放弃了这次机会。

过了半个小时,一次"播种"出现在大约一百米远的地方。陈小坤迅速打出激光,虽然晚上看不见空间的扰动,但是在激光的扫描下很快就能发现目标,激光在一个地方改变了路线,而且亮度锐减了一半以上。陈小坤切换到信号档,绿色的光束闪烁着传递出一列列编码,过了几十秒,扰动的区域渐渐恢复了正常。

发射信号之余,陈小坤的眼睛像猫一样搜索着火车的残骸,同时他拿出一个小收音机不断调整波段。

我问:"你在找'回信'?"

他说:"对,如果对方'回信',应该会发回来一个信号发射器,用电波、声、光同时发出信号,如果对方发回一张纸条,我们就没办法了。"

可是夜色下什么也没有,除了火车电线短路偶尔迸出的火花。我们坐在一圈车厢中间生了一堆火,我拿出腊肠来烤。在这个彻底黑暗的城市里,一处火光就成了稀有资源,无数飞虫都往这里撞。

我说:"这些飞虫让我想起一个惨烈的画面。你吃过雪鸟吧?"

陈小坤摇摇头。

雪鸟是我们这里的大山里出产的一种珍稀野味,通常要托人才买得到。"我看过捕捉雪鸟的情景,有一年我在元宝山,跟山民进山去参加季节性的捕鸟。入冬的时候,鸟群会迁徙过境,山民们在世代相传的几个山坳口布下捕鸟网,晚上用氙气灯照亮,鸟群看见亮光就会往那里飞去。"我深吸了一口气,回忆着那个景象。"上千只鸟,像箭雨一样射过来，撞在地上、岩石上、树上，大多数立即毙命了，更多的撞在捕鸟网上，跳着白色的死亡之舞。鸟群过后，现场像被金属风暴扫过一样，到处都留下斑斑的血迹。从西伯利亚到日本岛，它们是伟大的飞行家，却死于这个卑劣的骗术。有些鸟的脚上还带着鸟类研究的脚环，上面写着日文。后来我把脚环拿给懂日文的朋友看，他说脚环的一面写着编号、采样地，另一面写着'祝你平安'。都说鸟为食亡，其实鸟也会为了追寻光明而死。"

陈小坤在火光中低头不语。

我自嘲道："好吧，这是文青的坏毛病，其实没那么复杂，那只是雪鸟的本能，人赋予了想象的意义。"

"人的天赋就是能赋予世界意义，赋予自己力量。"陈小坤说。

我心想，妈的这人比我还文青？

我说："昨天夜里我被你的激光吸引过去的时候，就想到了这个情景。"

"但你还是过去了。"

"好奇心害死猫。"

"什么让猫宁愿留在危险的森林里？不仅仅是好奇心吧？"陈小坤微微一笑，表情又有几分认真，"猫在创造自己的故事，它就是故事的主角。在我看来，这是一个写作者最大的骄傲。"

我说："别寒碜我了，狗屁骄傲，混口饭都难。"

"不，不。"陈小坤高深地摇摇头，"你知道这样的生活很艰难，你还是选择了这种生活方式。一个写作者的骄傲，不在于他的文字有多高明，而在于他怎样对待现实，他像他的文字所具有的灵魂那样去生活，他为文字创造的命运，也是他为自己创造的命运，这就是他最高的荣耀。"

如果不是这个人活生生地摆在我面前,我真以为他是我故事里的一个人物,他把我的文字后面潜伏的自尊和自负一一释放出来,像魔术师甩扑克牌一样甩在我面前。有一瞬间我把他当成了另一个世界的我。

腊肠烤好了,我用小刀分成两人份。这就像是一次穿梭异世界的郊游,仿佛回去后一切又会恢复正常。但我知道再也不会了,世界将从此进入一个新的时代,"世界"从此是复数。

陈小坤在车厢上手舞足蹈起来,但是他嘴里塞着一截腊肠,只能发出呜呜的声音。我爬上去看,他一把抓住我的手,像个发现了宝藏的大盗贼指着前面喊道:"信号!信号!"

前面的车厢残骸里有一个东西闪着白光,像一只萤火虫。

我说:"你看像什么编码?"

陈小坤说:"不像二进制。"

"摩尔斯电码?"我观察了一下,说,"也不像,这种编码模式要复杂得多,有点像古罗马传递情报的一种字母分解法。"

我们分析了半天,得出一个结论:最简单的方法是过去把那东西捡起来。

我们花了二十分钟走到那里,我真想对全世界宣称这件事没有发生过,我们到了那里才发现,我们所以为的信号发射器,只是火车上一个没断电的灯管在闪。

一整个晚上也没有发现回信,陈小坤很失望。晚上他在停车场里架起一套照明设备,这是用火车上的灯管和蓄电池组成的。在他来之前我还处在史前时代,他的到来把我的生活水平提高到了现代社会,这让我对自己的生存能力感到羞愧。

这是我睡得最安稳的一夜,虽然夜里风大得有点出奇。第二天清晨我走出停车场,太阳从身后照过来,把我的影子长长地投在金色的地面上。我看着前面好像有什么不对劲,突然我大叫起来。

"有几列火车不见了!"我对陈小坤说,"昨天外面明明有几列火车,现在空了。"

陈小坤摸摸下巴说:"唔,的确。"

我说:"不会有贼连火车都偷吧?"

他耸耸肩。我走到空地上查看,那里干净得出奇,连碎玻璃和碎屑都没有,像被人用考古刷仔细扫过一样。

我问陈小坤:"你有没有感觉到昨晚的风很大?"

陈小坤说:"是的,可能是龙卷风,局部气压变化造成的超强龙卷。"

我说:"好吧,我们又要多一样小心了。"

一个上午都没有看见"播种",也许"播种"已经接近尾声了。毫无疑问中国是今年世界上火车产量最高的国家。

中午陈小坤把水从一节车厢顶上的水箱引下来,我们终于洗了这些天来的第一次澡。洗完澡陈小坤躺在车厢顶上晒干,他对我说:"你也来晒吧,难得的好太阳。"

我犹豫了一下,要是被人看到两个男人光着身子躺在一起就有嘴也说不清了。我四下看了一下,没什么人烟。我爬上车顶,看到陈小坤结实硬朗的肌肉在太阳下闪着铜光,他朝我眨巴一下眼睛。我纠结地躺下,摊开小胳膊小腿开始晒太阳。

我眯着眼睛,太阳照在睫毛上,像闪亮摇曳的野草,草地铺展开来,猫在草丛里潜行,巨大沉默的石像驻守在荒草里。

陈小坤说:"我在想,有一天擎天柱会降落在这里,对火车们说:'兄弟们,出发!'"

我的眼前出现那个钢铁大哥的身影，阳光从他的肩膀上照下来，他的右膝上还打着补丁，那是我在学校门口和小流氓争夺它时留下的伤痕，但那一点没有影响他的身手。他把宽大的手掌伸到我面前，用记忆中一点没变的声音说："我没有忘记，我们回来了。"

我两眼含着泪花，躺在他的手掌上，他在大地上奔跑起来，风声在我耳边呼啸，吹得我脸上一阵凉意。

凉意越来越明显，风声也越来越大，我转头对陈小坤说："你有没有觉得……"我愣住了，大喊一声："快跑！"

一条龙卷风扭动着吞噬过来，大概有五六十米的直径，几百米高。但是这不是一般的龙卷风，它的上头连接着一个"黑洞"，吞没的一切都被吸到"黑洞"里没了踪影，就像倒悬在天空的、游泳池底的一个泄水口。

我和陈小坤跳下车顶，车厢已经被吹得哐哐响起来。我想去拿衣服，衣服瞬间被卷走了，我感觉脚下一轻，也被吹离了地面。我心想这次完了。

陈小坤一把抓住了我，把我拉进车厢，他在我去拿衣服的时候已经钻进了车厢，一个生存主义者和一个文艺青年的思维是完全不同的。

我说："你又救我一命。"

他说："还没，跑！"

我们向车尾跑去，尖厉的气流声像一个老巫婆的尖叫，火车像一个感染了重伤寒的病人，剧烈地抖动着。

突然车厢被拖着横倒下来，我们被甩在角落里，一块玻璃刺在我的膝盖上钻心的疼。陈小坤果断地说："出去！"他起身跃起抓住窗沿，一个反身翻上去，然后递下手来把我拉了上去。

我们刚离开火车，火车就被龙卷风吸进去了，像吸一根面条那样利索。我们用尽吃奶的力气往停车场跑，顾不得碎石刺脚，就像两个光屁股的原始人在森林里狂奔。

我们离停车场有二百多米，龙卷风刚好直追着我们逃跑的方向而来，更严重的是前面还有几列火车挡着。我膝盖作痛跑得稍慢，风已经追到我的屁股后面凉飕飕的。

按照这个速度我们不可能跑回停车场，我在大风中上气不接下气地说："风太快了，我跑不过……"

陈小坤一把把我拽到岔路上，向另一个方向跑去。那里有一幢还剩下半个三层楼的商场。

这时我看见了魔鬼降临般的景象：天上悬浮着几个小黑点，像一颗颗种子。"种子"渐渐扩大，吸聚着周围的气流，发出尖啸声。地上的尘土舞动起来，像被惊醒的魔鬼猛然蹿上天空，描绘出龙卷风的形貌。

我看得发愣，一阵狂风吹得我猛地一惊，陈小坤大声催促，我这才醒过来跑进商场。跑过满是碎砖石和碎玻璃的地面，陈小坤说："去地下。"我们这才发现通往地下一层的通道在坍塌的那边，全都被堵住了。

我们找到一个厕所作为暂时的藏身之地。生存主义者最大的优势在于装备，现在陈小坤和我一样一无所有了，我想看他是怎么应对这种局面的。

在我抓紧时间休息的时候，陈小坤没有闲着，他到各个柜台去寻找可能用作工具的东西。我也想找一套衣服，最不济也该有条裤子，可是没有，卖服装的在三楼，竟然一件也没掉下来。

过了一会儿陈小坤抱回来一堆五花八门的东西：钢管、剪刀、菜刀、电筒、火机、几卷尼龙绳，还有两个头盔，陈小坤分给我一个叫我戴上。这一大堆东西让我有了不切实际的安全感。

窗外的风声咆哮着,我爬到窗口往外看,外面的景象把我震惊了:天地间扭动着几十个巨大的龙卷风,吞噬着捕捉到的一切物质。这些龙卷风不知缘何而来,和以往见过的不同的是,这些龙卷风下宽上窄,像被拉长的倒置的漏斗,又像一个疯狂的舞者的长裙。几十吨重的火车在强风里就像印度舞蛇人手里的长蛇,被乖乖地驯服,随意舞动,然后忽的收进袋中。袋口就是黑洞洞的"黑洞",它们像更大的蛇的大口,饥不择食地吞入到口的一切。我想拿起相机拍照,才想起我现在是一穷二白。

"龙卷风是由那些'黑洞'引发的。"我对陈小坤说。

陈小坤正在把绳子编成绳套,他说:"像一个出水口。"

"什么?"我好像有了一点灵感,"你说那些'黑洞'会不会一直扩大,直到把整个世界吞食掉?"

陈小坤摇摇头说:"它们似乎只是为了恢复平衡。"

我的脑袋还没转过弯来,我的注意力被另一样东西打断了。外面的一列火车被龙卷风甩起来,在一个连接处突然断开,断开的火车像甩出的链球,向我们这边飞来。

我从窗户上摔下来,大惊失色地对陈小坤喊:"小心火车!"

陈小坤立刻明白了,迅速滚到墙边。我刚照着他做,就感觉地面一震,前面的墙冒起一片白灰,一节车身从墙里面冒出来,像跃出水面的虎鲸。我紧紧贴在墙脚,紧接着一声巨响,旁边的墙和天花板塌了下来。

我醒过来后花了几秒钟时间来确定自己死没死,结论是我还活着,而且没晕过去多久,因为我看见陈小坤刚刚从地上爬起来。他一点儿事没有,而我被一块水泥板压得动弹不得。

我的下半个身子都被压住了，受力的是我的右腿，我的大脑向右腿发送了一个评估伤情的指令，神经没传回来任何反馈。

陈小坤跑过来和我努力了一番，水泥板根本纹丝不动。这时候风声越来越近，两个龙卷风闯进了商场上空。它们像两只巨大的汽轮机在废墟里翻搅着，任何东西经它们一触碰，立刻像被施了咒语一样失去了重力，滑向天空。我眼巴巴地看着一群衣服飞上去了。天空中的砖石像一堆麻将一样被搓得哗哗作响，风声尖厉像切割锯的声音，我想起了某个音乐人制造的噪声音乐也是这样的，心想被压在石头下的应该是那些音乐家。

龙卷风像个高效的拆迁机器，毫不费力地掀开楼板，把它们拧得粉碎。其中一个一点点朝我们这边压过来。

我对还在使劲顶水泥板的陈小坤说："来不及了，你走吧。"

陈小坤说："我有数，风一进危险距离我就走。"

想不到这小子还真准备走，我慌忙改口说："别别，别丢下我！"

陈小坤没好气地说："你能不能不搞笑？等等，我有了个办法。"

他把所有绳子都用上，一头缠在水泥板上，一头绑在好几个不锈钢的货架上，那些货架都推到龙卷风过来的路上。利用风力把水泥板拉开是一个好办法，但是绳子不够长，这就像个手艺不好的魔术师在玩逃生魔术，等解好锁火焰已经奔到了。

陈小坤拍拍我的肩膀说："能做的都做了，看你的人品了，石板一松开你立刻爬出来，我在后面接应你。"

陈小坤退到了墙外面，我的安全感顿时消失了一大半。

龙卷风渐渐逼近过来，堆在前面的货架哐啷哐啷地摇动起来。虽然有十几米的距离，但是龙卷风的巨大显得它就像是在眼前一样。它像一只从地下冒出来的、头上点着一盏黑灯的蛇颈龙，咆哮着喷着鼻息。我看见断墙上的砖石被一块块拔掉，扔进一个巨大的倒悬的深潭。

货架进入了风力强劲的范围，像纸制品一样被瞬间吸入风里，绳子被猛地绷直了。

我试了一下，还抽不动身子。龙卷风继续靠近，紧绷的绳子和地面之间的夹角越来越大，终于，水泥板抬起了一条缝，我手脚并用地爬了出来。

看电影的时候我总是对那些一到紧急关头就患上四肢官能失调症的角色恨之入骨，现在轮到我了，我发现自己并不比他们利索多少。我拖着一条没有知觉的腿，在乱石堆中拼命往外爬，没爬几米后面的水泥板就被卷到风里了。

我感觉身子一轻，手脚都使不上力了。地上的砂石噼里啪啦往上窜，打得我睁不开眼睛，眼泪趁机稀里哗啦涌出来。我抬头看了一眼前面，发现陈小坤已经不在了。

"不讲义气！"我在心里暗骂。绝望和无助像根细钢丝把我悬吊在空中，晃悠，晃悠，然后拽离了地面。

我像一只被扔到太空中的大闸蟹，四肢乱舞，无计可施，眼泪顺着额头往上飞去。眼看我就要被吸到强风圈里去了。

这时我听见陈小坤喊："抓住！"

我抬头看，他正骑着马飞奔过来。这个桥段很熟悉，这是标准的千钧一发情节，接下来我只要等待被救的情节发生就可以了，我期待地闭上眼睛。狂风把我吹醒了，吹走不切实际的幻想，上帝不是地摊小说作者，我必须靠自己！陈小坤射出一支箭，箭尾上连着一根绳子，正从我的腋下穿过去。我像抓住了一根救命稻草，死命抓住绳子，在手臂上缠了几圈，恨不得往脖子上再缠几圈。

我被拉出了风圈，地心引力突然恢复，我掉在地上翻滚起来，拼命蜷着身子。我看过某个类似的新闻，知道第一要紧的是护住下身，死了也不能当太监。

终于我停了下来，陈小坤一把将我拉上马，向停车场跑去。

小灰的马蹄疾疾敲打着地面，我浑身像散了架，死人一样趴在马背上。我无力地说："你再晚一步我就死翘了。"

陈小坤说："你得感谢小灰，我说过它会救你一命的。"

不知道它是怎么找来这里的，我感激地拍拍小灰的背，它毫不谦虚地喷了个响鼻。我全身伤痕累累，血沾在小灰的毛上，我看到它也浑身是伤，伤痛让我们有了共同的感觉。

小灰背着我们穿过龙卷风交织成的通天森林，沿着被风扫干净的路面一路跑回了停车场。

回到停车场，我们都累趴在地上，我的右腿恢复了一下竟然可以走路了。现在终于有时间思考眼下的情况。

我说："搞什么飞机，扔出来的火车还要回收的？"

陈小坤正捧一掬水给小灰喝，他说："你还记得你说过的平行世界的熵流动一致的猜想吗？"

我很快也想到了。"平行世界的熵流动总是趋于一致的，'播种'打破了平衡，这就形成了一个'水位差'，我们的世界已经达到饱胀状态，为了回复熵平衡，就会产生回吸！"

"不是回吸。"

"不是回吸，确切地说是压回去，我们的世界在做功。"

陈小坤弹了弹手上的水说："对，现在是回收的时候了。"

"妈的，抠门！"我狠狠骂了一句。

外面的风声震耳欲聋，像上帝打开了几百台吸尘气，打扫他那从来没有清洁工去清扫的后院，接近傍晚的时候才渐渐消歇。可以吸卷的物体越来越少，因摩擦产生的声音渐渐减少，只留下气流的空啸，如旷野上的风声。

陈小坤坐在一面墙前，直直地望着前方，心事重重。世界正在凝固，我感觉得到他的内心的躁动不安，他是一个不愿停止奔跑的人。

傍晚的时候，陈小坤对我说："我想好了，我要到风那边去。"

我大吃一惊："你没看老天爷开着吸尘气猛吸？你想变成垃圾？"

"对，不，你才垃圾，我要进入风洞。"

要是平时我会说："你个贱人。"但是这时我只能说出："你开什么玩笑！"

"没开玩笑。"

"为什么？"

"机会难得，这可能是人类历史上第一次跨世界接触。"

"你傻啊？你又不是不知道，生命体是不能穿过屏障的！火车过来的时候人都被分解了，我们至今没见过幸存者吧？连一个尸体都没有。"

"你忘了，生命体无时无刻不处在熵减的过程，这将使熵平衡产生突变，而现在是回复熵平衡，物理定律应该更欢迎我过去才对。"

我愣住了，他说得没错，这个可能性是存在的，虽然更大程度上是胡扯，无论如何可能和事实不是一回事。我只好尽力劝道："就算通过风洞你能活下来，你不知道会从什么地方抛出去，有可能是十字路口上的百米高空，就算没死，熵平衡恢复后你的生命也许就会停止！"

"不管怎么样，值得试一试，最后的门就要关闭了，以后可能再也不会有机会。"他笑一笑，"如果你还记得我，以后在你的小说里给我留一个角色吧。"

我很伤心,又有点恨他,他那么固执地不听我的劝告,一种荣耀感已经填满了他的内心,这种荣耀感创造奇迹,也使人疯狂,我不知是对还是错。

终于我陪他走出停车场,外面接近尾声的景象还是给我无与伦比的震撼。被龙卷风扫过的建筑只残留扭曲的钢筋,天地间还余留着十几个龙卷风,一条龙卷风正席卷过一幢大楼的残体。这幢大楼还有十多层幸运地立在地面,龙卷风卷过时大楼就像拆散的积木一样,散开的砖石像鸦群盘旋飞上天空,那些乌鸦的羽翼摩擦着发出尖厉的啸鸣声。鸦群汇聚成巨龙,巨龙汇聚成森林,森林的树冠上悬浮着十几个,在视野之外还悬浮着几百个黑幽幽的"黑洞",在残阳的照射下闪着幽深而诡异的光。

陈小坤望了我一眼,跟我说:"再见了,兄弟,替我照顾小灰。"然后他迈步走向最近的一个龙卷风。他赤条条的样子让我想起终结者T800,他们的使命感让他们即使粉身碎骨也要一往无前。他在演绎着自己的传奇,他才是最好的作者。我意识到我终究是一个俗人,没有把生命变成标枪投向狂风的勇气。

我看着他的背影投向龙卷风里,撞向灯光的雪鸟群又一次在我的脑海里闪过,他像一片影子一样立刻被卷走了。我愣了好一阵子,不知道这个人是不是真实存在的,或者他就像火车里的陈小坤一样,是我梦里的一个幻影。

我默默说道:"兄弟,保重。"

我坐在停车场出口望着外面,小灰沉默地站在我旁边。天空的云霞渐渐被黑暗笼罩了,一道绿光从天空中射出来,像一架绿色的马车通过天河。

我站起来激动地喊道:"回信!回信!陈小坤,有回信了!你……"我想起来他已经走了,我靠在小灰身上,安静地望着那道光,它没有闪烁,而是坚定地、笔直地射向前方,在这个黑暗的森林里就像连通神经元的一列电光。我忽然微笑起来,"是你吗?"不管是不是你,你都成功了。

我走下漆黑的停车场时心想,人类将从此进入一个跨世界交流的新纪元。我打开陈小坤做的灯,一根根柱子像一个个世界在黑暗中显现出来。

第二天早上,龙卷风全部消失了,想必熵已经恢复了平衡,整个城市被清扫得干干净净。中午,一架直升机降落在广场上。

涛哥走下来对我说:"你小子还活着!你可真牛逼。"

我披着一身编织袋,被冻了一夜,哆哆嗦嗦地对涛哥说:"快,借我几件衣服穿。"

我坐在直升机上最后看了一眼这个城市,然而我不想用任何词语来形容它。我靠在涛哥的肩头说:"以后我要写科幻。"

"什么这幻那幻的,不都一样?"

"不一样,它是这个世界的未来。"

涛哥说:"你去写回忆录吧!你现在是名人了。"

"什么?"

涛哥拿出一张打印的新闻网页,说:"'播种'发生后美帝就向我们提供了灾区的卫星图片,你们在网上称为'火车侠'。"

那是CNN的首页,一幅大大的卫星照片上,以上帝的视角看见我举着枪、陈小坤举着弓箭指着一伙歹徒。新闻标题是"火车双侠制伏飞天大盗"。

"天哪……"我捂着脸叹道。

"还有更劲爆的……"涛哥拿出另一张纸，但是他不马上给我看，而是神秘兮兮地说："这是今天的新闻，你要挺住，不过你放心，加了码的。"

他把正面翻过来，一个大标题首先映入我的眼中："灾难中的友谊"。

"不！！"我真真正正地惨叫起来。

宫城记

文/杨叛

沈阳最早叫候城，属辽东郡，唐时称为沈洲，到了元朝时才定名沈阳。努尔哈赤立国后，从辽阳迁都到此，沈阳又被称为盛京。后来满清入关坐了天下，定都北京，盛京又成了陪都。在历史上，沈阳大抵也多是陪太子读书的角色。无论是清太祖定都，奉系入主，还是伪满复国，沈阳往往都在片刻风光后便沉寂下来，恢复素面朝天的本来。

沈阳没有山，倒是有河穿城而过。河上无船，冬天结了冰，就有人在上面开滑冰场，老老少少笑闹一番。冬天是属于沈阳的季节，一切都在严冬中热闹明亮起来。天空是冷澈澈的蓝，人们喜欢在冬天穿上臃肿的棉服，呵着白雾，说些暖心的话。

也许因为闯关东的先辈们大抵是穷苦人，沈阳在文化传承上做得并不好，倒是因为天气寒冷的缘故，形成了独特的关东文化。现在广为流传的大秧歌和二人转就是其中的代表。我并不喜欢这两种喧闹的民间曲艺。太吵了，又有些流俗。不过现在倒颇受欢迎，想来是与当代国人心理合拍的缘故。

印象中，过去沈阳还是有一些特色建筑的。比如大馆，一个饼状的建筑，四周都是宽宽的阶梯。还有我的老家，两层的小楼，一楼是独院，二楼却是一条长长的楼道直通楼下，对小孩子来说，这楼道就格外地高，天黑后上楼总觉得恐怖。

我出生时，那场横扫中国的著名运动正步入尾声。可父母还是会被叫出去参加各种游行，彻夜不归。半夜醒来时，身边一个人都没有，只有黑暗和窗外静静的月光。那时做过一个可怕的梦，梦中一个穿黑长袍的人提着斧子，站在月光下，冷冷看着窗内的我。

一九八三年，中国第一批博士和桑塔纳轿车都在这一年诞生，同时诞生的还有中国人民武装警察部队。全国青少年都在学习张海迪，这位并不美丽的轮椅姑娘一夜之间成了全民偶像。

我当时小学三年级，搬了家，转到了沈河区的一所小学。当时学校里正展开课外小组活动，我参加的是故事组，整天和一堆小朋友们混在一起讲鬼故事。什么"午夜，一只雪白的手从窗下伸出"，"在一个没有月光的晚上，太平间内响起了哭声"，吓得小朋友们一阵尖叫，并沾沾自喜以此为乐。故事讲得多了，也渐渐有了些人气，便被老师推荐到沈河区的少年宫"进修"。少年宫在怀远门西侧，离著名的沈阳故宫不到一站路。

沈阳故宫即清故宫，建于后金天命十年。迥异于北京故宫的恢弘，清故宫全部建筑仅有九十余所，只算得上略具规模而已。就如同清朝君主们一面留辫子，一面却说汉话习儒学一样，宫内虽处处可见满族文化的风情，不过大体上还是汉人建筑的风格。

沈阳没什么风景，唯一拿得出手的就是怪坡和沈阳故宫。怪坡很怪,坡上行走的车辆似乎不受地心引力限制,能沿坡自动上滑。对怪坡的解释很多,有磁场说,视差说,重力位移说等等,但无一能够真正解释这种奇特的现象。当然,有人说坡下是个万人坑,怪坡就是鬼坡。这种说法在民间也颇有市场,当然无人敢于将它挖开证实一下。故宫里闹鬼的传说就更多,不过我当时却不清楚,每次参加活动后,都要跑到故宫里玩上一阵。改革开放初期,旅游业还未兴起。故宫门票低得可怜,也没有专职解说,游人都是自己到处逛,也没人管。可以想见,一个无忧无虑的小男孩儿在这样一大片古老的宫殿中会疯到什么地步。

那时候印象最深的就是大政殿。这座大殿最早叫大衙门,俗称八角殿。那是一座八角攒心亭式建筑,黄色的琉璃殿顶,碧绿的殿檐,火红的宝顶,殿前的明柱上盘着金龙。因为翻修过,所有的颜色都像彩箔般贴在上面似的,清亮悦目之余,又失之轻浮。殿前是呈八字排开的十王亭。这十座偏殿脱胎于满清的帐殿,是左右翼王和八旗大臣办公之所。每次去故宫,我都要在大政殿逛好久。别的不说,单是十王亭里展示的那些锈迹斑斑的盔甲武器就足以让一个男孩儿流连忘返了。

当时故宫还在修缮中,除了大政殿和崇政殿外,西面的文溯阁等建筑是不对游人开放的。宫殿之间用铁栏杆隔开,挂了游人免进的牌子。不过对于一个十岁的男孩儿来说,无论栏杆还是牌子都不具备约束力。宫殿另一侧的神秘让我好奇难耐。终于,在一个游人稀少的傍晚,我偷偷从栏杆的缝隙中钻了过去。

在钻过栏杆的瞬间,阳光陡然一暗,我仿佛进入了另一个世界。这里幽暗而静谧,除了隐约的虫鸣,听不到任何声音。目光所及之处,尽是苍灰的残垣断壁。这里的每一座宫殿都衰颓而寂寞,檐柱上的红漆已经剥落殆尽,只余下血泪般的斑点。暗红的宫墙上处处是斑驳的痕迹,斗拱与窗棱间的阴影幽暗难测,似乎隐藏着无数伤心的秘密。

树影婆娑着和满地青砖纠缠在一起,丛丛野草中,荒凉在无声无息地滋长。

对一个孩子来说,这样的气氛恐怖之余,又充满了别样的刺激。我兴高采烈地在碎砖乱瓦中翻腾着,每有新的发现,都要低声欢呼,尤其是一个残缺的琉璃兽头,大张着口,狰狞而沉重,让我兴奋了许久。这样玩了半天,我又对那些陈旧的宫殿产生了兴趣。便来到一座稍矮的殿门前,踮脚向里看。可惜,殿中只有满地尘埃和层层的蛛网。我正在失望,角落里却"叮"的一声,像有人在敲磬。我吓了一跳,向后退开,四处寻找声音的来源。抬头看时,才发现斗拱上挂着一个硕大的铜铃,想必就是它在响。

天色渐渐暗了,四周有莫名的气息不安地萌动着。我有些心虚,便开始大声唱歌,唱了少先队队歌,又唱小螺号,这样强撑着待了一会儿,便自我安慰说待够了,可以出去了。对于怀里的琉璃兽头,我犹豫着是否要把它带上,最后决定还是先藏好,下次带书包来装。将兽头藏在一棵松树下,我打算离开。谁知过栏杆时却遇到了麻烦。不知为什么,原来可以轻易通过的空隙现在却钻不过去了,似乎我在这短短一个多小时的时间里胖了一圈。开始我以为是钻错了栏杆,可试了几处都钻不出去,这才慌张起来。栏杆上方都是铁丝网,翻不过去的,我又不敢喊人来救我这个"钻墙"的野小子,只能一次又一次地胡乱尝试着。

"你在干什么?"背后有人问。

我吓得差点儿哭出来,转身看时,发现是一个戴眼镜的中年人。

他瘦得像个风筝,眼深而大,下巴刮得青虚虚的,土蓝的工作服口袋上别着两支钢笔,胳膊上戴着红布箍,手里握着手电,显然是这里的工作人员。

见了他,我松了一口气,又有些担心他骂我,期期艾艾地不说话。

他看了栏杆一眼,说:"是钻过来的吧?"

我点点头,不敢抬眼看他。

他笑了,说:"你们这些小鬼就喜欢钻来钻去的,不过你胆子倒是大,一个人也敢待到天黑。算是少见了……"

我向他解释了我遇到的麻烦,然后请他带我去出口。

他抬头看了看天,皱眉说:"以后天黑前记得一定要离开,不然很危险的。"然后带我来到铁门旁,掏出一把钥匙,准备开锁。谁知那锁头似乎出了问题,他试了半天也没打开。他蹲下来,想用手电筒照照锁孔,结果手电筒也没电。

他低声咒骂了一句,带我回到栏杆胖,拉了下栏杆,示意我钻过去。

"这里我刚才试过,钻不过去。"我忙说。

"你肯定记错地方了,这个地方能钻过去。快点儿……"他回头向宫殿深处看了一眼,催促道。

我试着钻了下,竟然一下就钻了过去。

回头看着那人时,他向我一笑,扬了扬手电筒:"以后别再到处乱钻了,小心遇到不干净的东西……"

我打了个寒战,一溜烟地跑了。

这次的经历并没有让我的"考古"热情有所收敛,相反,我对那个藏在草丛里的琉璃兽头一直念念不忘,总想把它弄出来向小伙伴们炫耀。一周后,我终于等到了机会,在一次少年宫活动后溜进了故宫。

有了上次的经历,我很容易就找到了那个可以钻入的栏杆缝隙。没费多大劲,我就再次进入了那个寂静的世界。

那是个阴天,没有云,天空呈黯淡的古黄色,四周的一草一木似乎都失去了生气,檐下的角铃都在风中发出微微的叹息声,旧梦般惆怅。

不知为什么,我总有些心慌,盘算着早些找到那个兽头离开。谁知一时竟找不到藏东西的地方了,只能到处乱翻。忽然,我的脚似乎踢到了什么,脚趾一阵剧痛。我吐了口口水,恨恨地又踢了一脚,却从土里踢出了一个银项圈。因为时间太久,项圈已经发黑了,可仍然显得很精致,上面隐隐刻了些文字和图案,却看不清楚。这个大发现让我兴奋之极。当时也不是说什么想卖钱,只是找到宝藏的单纯快乐。我忙掏出手绢将那个项圈擦了擦,套在了脖子上。这似乎是给婴儿戴的,我虽然是个孩子,却也只能勉强套上。捡到了这么好的东西,我也不着急找那个兽头了,找了个瓦片,继续在那里挖了起来。

很快,我又挖到了一个扁扁的铜匣子。匣子上了锁,我正想找块砖头将它砸开,耳边一个响雷打下来,大雨瓢泼而下。

我赶紧将匣子往书包里一塞,抱头跑到旁边的殿檐下躲雨。

雨太大了,雨水沿着瓦缝流下来,在我眼前挂上了一道半透明的帘子,我无聊地坐在石阶上,看着眼前的水帘。

它是动的,水是一滴滴的,像记忆的片段,可又分明连在一起,形成了一条悲伤的泪线。那应该是一段让苍天也哭泣的记忆吧?

渐渐地,我隐约在那帘子中看到了一个流动的自己。

我抬起手,向帘内的那个"我"招招手,那个"我"却向我的身后一指。

我回过头去,发现殿门不知何时竟然打开了。

大殿内黑沉沉的,什么也看不清,一股冰冷的气息扑面而来。一个极低、极细的声音无声无息地响起,似乎在召唤着我。

我退后了一步,扭头望去。

水帘中的"我"点点头,向我示意进去。

我像是梦游一般,呆滞地走进殿内。

脚踩在厚厚的尘土中,仿佛踏上了时间的魔毯。无由地,心中一阵遥远的悲伤。随着我向前走去,眼前的一切却渐渐明亮起来。那些灰烬般的颜色一点点地恢复了生机,屋内的每一个角落都熠熠生辉,仿佛艳丽的花海在我眼前骤然盛开。

明黄的帐幔,巨大的彩绘花瓶,青铜兽头香炉,古色古香的红木家具……然后,是儿歌声……一个女子在低声唱着儿歌……

我的心一下紧缩起来,第一个念头便是离开这里。可不知为什么,明明想立即逃开,可脚步却还是受那歌声吸引,一步步向殿内最深处走去……

宽敞的殿内摆着一张大床,透过玉钩上悬着的白纱软帘,隐约可以看到一个女子优雅的侧影。她怀抱着襁褓,缓缓摇着,摇着,那动作具有一种催眠般的温柔,直想让人长眠不醒。

幽兰般的暗香浮动着,呢喃的儿歌声断续间渗入我幼小的灵魂……

我呆呆站在纱帘后。潜意识告诉我,如果继续向前,会有极可怕的事情发生,可身体却不受指挥,缓缓地向前挪动着。本来低垂的目光,此刻却如同受到歌声的牵引,渐渐抬起——眼前,一双血红的绣花鞋微微翘着,上面绣着碧绿的鸳鸯……

一瞬间,巨大的恐惧慑住了我的心神。仿佛有一个黑色的旋涡在我脑海中旋转着,不断将我的灵魂吸入。我拼命挣扎着,却依然不断向旋涡中滑去。

正在绝望时,突然有人开始推我:"醒醒!快醒醒!"

我猛地打了一个寒战,清醒过来,随即发觉自己正坐在殿外的石阶上,雨不知何时已经停了,地面一片泥泞。

"怎么又是你?"那人在我身边说。

我回头一看,又是上次那位眼镜大叔。他还是那身打扮,手里依旧拿着那只手电筒。

"这位小同学,我不是说过了么?不要到处乱钻,很危险的。你叫什么名字?哪所学校的?"他皱着眉,但说话依旧耐心。

我见他脾气好,就不紧张了,把自己的名字和学校告诉了他,又问:"叔叔,能不能不告诉学校?"

他笑了。"那你能保证以后不到处乱跑么?"

我忙用力点头。

"那好吧,这次就算了。这故宫里到处都是文物,一不小心破坏了,那会给国家造成多大的损失啊?以后其他小朋友来,看不到那些文物,也会失望的,对不对?"他谆谆告诫着我。

"叔叔,你一直在这里保护文物么?"我问。

他点点头,说:"我叫范文哲,在这里好些年了,专门负责整理故宫文物。清故宫名气没有北京故宫那么大,国家款项一直拨不下来。你看,现在还有这么大片的宫殿没有修复……"他指了指眼前的宫殿,叹了口气。"过去每当看到国家文物被打砸,都心痛得要命。那些,可是历史留给我们的宝贵财富啊,就那么残忍地被破坏了……"

我想了想,把项圈摘下来递给他,说:"叔叔你看,我刚才捡到的,上面还有字呢。"

范文哲惊奇地看了我一眼,接过项圈,仔细端详了一阵,神色渐渐兴奋起来。

"这是文物么?"我忍不住问。

他扶了扶眼镜,激动地说:"这可是一件好东西啊!好东西,难得的好东西!好孩子,这下你可立功了!"

我听了他的话也很高兴,就说:"叔叔,这上面的字好怪,一条条的拧在一起,像蚯蚓,又像麻花。"

"那是满文,是满族人特有的文字……"范文哲耐心地解释道,又指着上面的几个地方说,"看到这些圈和点了么?"

我点点头。

"满族最初是没有自己的文字的,清太祖努尔哈赤命额尔德尼和噶盖参照蒙古文字创制满文,它的字母无论数目还是形体都和蒙古文几乎一模一样,被称为老满文。皇太极登基后,觉得这种文字很不方便,便命令大臣达海对这种文字加以改进,利用在字旁加圈加点、改变形体、增加新字母等方法创制了新满文。这项圈上篆刻的,就是这种有圈点的满文。"

我听得似懂非懂,就问:"那上面写了些什么?"

"你听我读了就明白它有多重要了。"范文哲兴奋地读道:"这上面刻的是'给朕和哈日珠拉的儿子,猛哥贴木儿的后代,慈悲的佛祖保佑他吉祥如意,福寿康宁'。听到了么?这是皇太极送给他儿子的项圈!而且是他和哈日珠拉的儿子!"

"哈日珠拉?"皇太极我知道,可哈日珠拉又是谁?

"哈日珠拉就是清史上最著名的美女,皇太极的爱妃宸妃。她是蒙古科尔沁贝勒寨桑之女,姓博尔济吉特,名哈日珠拉,她的汉名叫海兰珠。"

海兰珠？这个名字我似乎在哪里听说过，却一时想不起来了。

"天聪八年，二十六岁的海兰珠嫁给了皇太极。她是孝端皇后的侄女，又是庄妃的姐姐，向来以贤淑文静著称，皇太极对她极为宠爱。崇德元年，皇太极封她为宸妃，那是内宫仅次于皇后的封号。"范文哲喃喃地道："'关关雎鸠，在河之洲。窈窕淑女，君子好逑。'因为对宸妃产生了真正的爱情，皇太极便将她住的宫殿命名为关雎宫，也就是你身后的这座宫殿……"

我回过头去，看着眼前的宫殿。

陈旧的宫殿朴素而忧伤，正如一座被时间遗忘了的坟墓，静静伫立在历史的灰烬中。

"宸妃和皇太极的感情非常好。崇德二年，她生下了一个儿子，也就是皇八子。皇太极欣喜若狂，马上将这个孩子立为太子，并颁发了大清第一道大赦令。可惜这个孩子来到人世间两年便夭亡了，皇太极甚至来不及给他起一个名字。"

我想起殿中的儿歌和那个优美的身影，心中恐惧之余，又有些同情。对着幼子的死亡，想必世界上所有的母亲都是一样的悲伤吧？

"爱子的死，让宸妃悲痛欲绝。整日郁郁寡欢，终于病倒。当时皇太极正在松锦指挥作战，得知宸妃病危的消息，他置战事于不顾，日夜兼程赶回探望。可惜，当他进入关雎宫时，宸妃已驾返瑶池了，年仅三十三岁。"

想象着宸妃海兰珠在殿内抱着爱子的襁褓，以泪洗面的情形，我虽然年纪小，也不禁黯然。

"皇太极得到噩耗，悲恸欲绝，在宸妃的灵柩前痛哭不已，追封她为敏惠恭和元妃。宸妃的去世让他悲痛难抑，寝食俱废，饮食顿减，身体也每况愈下，甚至一度昏死过去。两年后，一代帝王也辞世归西……"范文哲缓缓结束了他的述说。

这是一个悲伤的故事。想象着红颜薄命的绝色，情根深种的君王，那痛苦的缠绵与分离，我不由迷惘了。

"好了，故事听完了，天也黑了，你也该回去了。要不，爸爸该打屁股了。"范文哲打趣道。

我看看天色，果然，已经是傍晚了。我忙向他道了一声谢，向栏杆跑去。本来我还有些担心钻不过去，谁知一下就过去了。转身向范文哲挥挥手，我蹦跳着向宫外跑去。

到了家里，我才想起自己书包里还有一个匣子。本来我想弄开它，可一想到范文哲说起保护文物的话，心里又有些犹豫。最后将它藏到了床板下，打算过几天再处理。

当天夜里，我做了一个奇怪的梦。

梦中，我被一个女子抱在怀里，轻轻摇着，耳边还不断响着低婉的儿歌……

第二天，我一直神情恍惚，做什么都无法集中精神，老师叫我回答问题也没反应，耳边总是那儿歌声在响个不停，即使我用纸团塞住耳朵也不行。体育课时，我们练习单杠。当我翻身上了单杠，头朝下做杠上转体时，倒立后突然瞥到了一双红色的绣花鞋，那红血一样的鲜艳，似乎沿着鞋面流淌下来，不断向四周蔓延。

一阵眩晕之后，我从单杠上栽了下来，摔个结实。体育老师吓了一跳，赶紧将我扶起来，问我有没有事。我顾不得起身，本能地扭头望去，才发现那只是一个穿了红色的运动鞋的女同学。

开始，我以为自己只是受了刺激，过几天就没事了。可半个月下来，几乎每天夜里都是噩梦连连，每当我从梦中惊醒，向窗外望去，冷冷的月光下，总有一个穿黑袍的人，手里拎着斧子，抬头望着我。

班主任发觉了我的异常，把我叫到办公室里，问我家里是不是出了什么问题，还让我最好去医院检查。我能和她说什么呢？告诉她我的耳边一直有人在哼诡异的儿歌？会不会是那个匣子的问题？我一想起这个，立即向老师请了假，飞快地跑回家，从床下找出那个铜匣子。

那匣子静静地在我手中，像一个生满了铜锈的时光宝盒，黯淡中隐藏了无尽的秘密。

现在打开吗？我犹豫着。最后一咬牙，将它塞到书包里，背起来向外跑去。

我来到故宫时，已经是黄昏了。落日的余晖在斗拱间黯淡下去，宫殿的轮廓在夜霭中朦胧消融。故宫内稀少的游人开始纷纷离开，清冷的夜色沉沉降临这古老的宫殿。

我不知道去哪里找范文哲，只能和以前一样钻过了栏杆，希望可以在那片废墟中再次遇到他。可走了一个来回，也没看到他的影子。

我正在失望，背后却有人一拍我的肩膀。

我吓得差点儿叫出声来，回头一看，正是范文哲，这才舒了口气。

"你这小家伙，怎么又钻到这边来了？该不是又来淘宝的吧？"他笑着问我。

我摇摇头，向他解释了这些天我身上发生的事情，又从书包里拿出了那个铜盒给他看。

他先是嗔怪地看了我一眼，然后拿起那个铜盒研究起来。

"时间这么久，这个锁恐怕已经锈死了。"

"那怎么办？砸开它？"我问。

他摇摇头，从上衣口袋里掏出那只钢笔，在锁孔中轻轻点着。

一下、两下、三下……敲到第七下时，那锁"咔嗒"一声，开了。

范文哲惊喜地低呼一声，将铜匣轻轻打开。

匣内并没有我想象中的珠宝古董，而是几件古怪的东西。

一个小小的布偶，一缕细细的头发，还有一个蓝布本子。

范文哲将那个本子拿起来，缓缓展开，我这才开出来那竟是一封奏折，上面写的都是那种带圈点的满文。

"这是什么？藏宝图么？"我迫不及待地问。

范文哲眉头紧皱："这是宸妃临终前给皇太极写的信，不知为什么被埋到了树下。如果不是你，恐怕永远也不会被人发现。"

听说不是藏宝图，我有些失望，可还是问道："上面写了什么？"

"我，博尔济吉特·哈日珠拉要死了。长生天在呼唤着我，哪怕是至高无上的大汗也无法抗拒长生天的召唤。大汗，我的丈夫，你给了我最深情的爱，却无法留住我哪怕一天的生命。我的心越来越痛了，有时我甚至感到它已经停止了跳动。我想，我已经等不到你回来了，在这里，我写下我最后的话……"范文哲脸上露出不可思议的神情，"原来这是海兰珠写给丈夫皇太极的遗书。这、这也太珍贵了……"

"快看看，下面呢？"我迫不及待地问。

范文哲顿了顿，继续小声读下去："大汗，我的王，不要悲伤，你失去了活着的海兰珠，可死去的海兰珠却会追随着你。我死后，记得为我穿上那双红色的鞋子。那是大萨满送给我的鞋子，穿上它，我的灵魂就不会归返一望无际的科尔沁大草原，而会留在这里，留在关雎宫，留在大汗的身边。"

听到这里，我立即想起了那双红色的绣花鞋，顿时毛骨悚然，不由扭头望了一眼殿门，还好，它是关着的。

"我很平静，因为我即将见到我的儿子了，那珍珠一样的宝贝。每天夜里，他都像温柔的月亮一样，照进我的梦中。每一次他都似乎对我说些什么，可我却总是听不清……"

我又想起了那首悲伤的儿歌,耳边有人开始低低的哼唱,带着无尽的忧伤……我摇摇头,想把这种幻觉甩开。范文哲这时却停了下来,惊讶地望着我:"你听到什么声音没有……"

我一愣,问:"叔叔,你也听到了?"

他脸色苍白,点了点头:"我听到有人在唱儿歌,是个女人……"

低婉的儿歌声像沙漏里的沙,一点点地流泻出来,冰冷地渗入我的心脏。范文哲倾听着歌声,喃喃地翻译着歌词:

> 穿上漂亮的嫁衣,把自己打扮成新娘。
> 我将静静死去,等不到大汗归来。
> 我要去找我的儿子,那珍珠一样的宝贝。
> 我穿上红色的鞋子,它不会让我迷路。
> 我将痛苦死去,等不到大汗归来。
> 我要去我的坟墓,那黑暗窄小的棺椁。
> 我是哈日珠拉,科尔沁最美丽的花。
> 如今我躺在深深的坟墓里,像一朵干枯的幽兰。

是海兰珠!海兰珠的鬼魂在唱歌!

一股寒气沿着脊椎直升上来,我又扭头望去,寒意让我的脖颈变得僵硬之极,只能一点点地扭动。然后,我恐惧地发现,不知何时殿门竟然打开了。

范文哲看了一眼后,神色大变,低声说:"快走!"拉着我便向外奔。

我也不知道究竟发生了什么,只是跟着他在废弃的宫殿间拼命奔跑着。很快,我就喘不过气来了,小腿也越来越沉。突然,脚下被什么绊了一下，狠狠扑倒在地上。

我痛得想叫，范文哲却扑上来用手掩住了我的嘴。

"别出声……"他严肃地说。

见我点头，他才将手挪开。

月光越发晦暗了，宫墙上一片黯淡的惨白。薄雾像从沉睡中苏醒的幽灵，从废墟间涌动飘起。缥缈的儿歌声在雾中回荡着，和雾气渐渐融为一体……

置身于这样一个灵异的世界，我的脑子几乎停止了思考，余下的只是本能的呼吸和心跳。

"跟我来。"范文哲拉着我一路小跑，来到一间宫殿前。殿顶铺黄琉璃瓦，正对宫门竖着一根长杆，我知道，那是满族用来祭天的"索伦竿"。

范文哲掏出一串钥匙，准备开锁。天太黑了，看不清钥匙，他便举起手电照明，谁知却不亮。他咒骂了一声，将手电扔给我，摸索着轮流试。

歌声越来越近了，空灵的歌声钻入我的灵魂深处。

范文哲连着试了几把，好不容易找到了真正的钥匙，却怎么也无法扭动。他气急之下，猛地在锁上一拍，那锁竟然开了。尘封了许久的大门在怪异的咯吱声中缓缓打开，像恶灵饥饿地张开了它的大口。我来不及高兴，已被他拉进殿中。范文哲转身将大门掩上，透过缝隙向外张望。

"好像没跟来。"范文哲小声说。

谢天谢地！我松了一口气，顾不得厚厚的尘埃，疲惫地坐在地上。

"那究竟是什么？"我低声问。

"不清楚……"他摇了摇头，"这些年游人少，宫里阴气盛，有很多不干净的东西,晚上这边没人敢来。这里因为闹鬼还死过人。"

"死了?死在这里?我瞪大了眼睛,惊恐地喘息着。

范文哲又将那封信打开,借着门缝中透过的光线读了起来:"今天,我的心痛又发作了。太医又送了药过来,大玉儿亲自为我熬了药。这些天来,大玉儿常常抱着福临来看我,看到那个孩子,我就想起我们的儿子。大汗,我死后,请好好照顾她。我这个妹妹是我在这里最亲的人了,你不在的时候,都是她陪在我的身边。布木布泰是个可怜的孩子,比我早到大汗身边,却得不到大汗的宠爱。就让福临代替我们的儿子成为太子吧,这是我——你的哈日珠拉最后的请求。"

"布木布泰是谁?"我听得入神,忍不住问。

"布木布泰就是庄妃,又叫大玉儿。她是宸妃的妹妹,十三岁时便嫁给了皇太极,比姐姐海兰珠早了九年。传说她和摄政王多尔衮相爱,甚至在皇太极死后曾下嫁给多尔衮,以此保住顺治的皇位。她后来做了孝庄文皇后,皇太极死后,她以高超的政治手腕巩固了大清江山,是大清朝最出色的女政治家。"

当时国内还没有流行辫子戏,我听得似懂非懂,就不再说话,听范文哲继续读下去。

"又是一天了,今天我因为心痛昏过去两次。清醒的时候,我躺在床上,望着宫门,期待着大汗归来。可直到日落,也没有听到大汗的马蹄声。我想,我是等不到大汗归来了,而这封信也已经到了尾声。"范文哲读到这里,停了下来。

"完了么?"我问。

他摇了摇头。"后面还有一段话,只是字迹很潦草……"他看了一会儿,脸色突然一片惨白,手也轻轻颤抖起来:"这……这是……"

"怎么了?"

范文哲沉默了一会儿,深吸了一口气,缓缓念道:"长生天!我看到了什么?看到了什么啊?如果不是台上的镜子,我真不敢相信,她竟然在我的药里……她可是我的亲妹妹啊!为什么?难道是为了皇位?难道我的孩子也是这样死去的?难怪她劝大汗不要为我的孩子起名,那不是要让他免遭病魔毒手,而是怕萨满招魂时,我的孩子会说出真相。长生天啊!我那纯真的妹妹为什么会变成这样丧心病狂?不,她不是我的妹妹,她是魔鬼!魔鬼!我要让大汗杀了她!对,大汗就要回来了。看了我的信,大汗一定会杀了她,为我和我的孩子报仇的!是的,大汗会杀了她和福临……可是,福临那孩子,我刚才抱他时,他还在对我笑呢……不,不行,福临是无辜的,他也是大汗的骨血。我要把这封信藏起来,不能让大汗看到……"

他没有继续念下去。我知道,信到这里已经结束了。

但是,故事却并没有结束。

几百年来,海兰珠的鬼魂依旧在宫殿间徘徊着,寻找着她的孩子。

"你说,皇太极知道她是被毒死的吗?"我胆战心惊地问。

范文哲阴沉着脸,摇了摇头。

"皇太极死得那么快,是不是……"我没有说下去,后面的问题让我想都不敢想。

"谁知道呢,皇太极的死因在历史上一直是个谜,有人说皇太极之死和多尔衮有关系,现在看来……"他叹息了一声,表情变得有些怪异。"想不想知道皇太极是在哪里去世的?"

我突然一阵毛骨悚然,颤颤巍巍地说:"该不会是这里吧?"

范文哲微微一笑,点了点头。

我打了个寒战,抬头向四周望去。

这是一间五开间的大殿,西侧是俗称的"筒子房",东面的房门紧锁着，黑森森的瘆人。地上似乎有人打扫过，灰尘并不多。墙壁因为年久失修，已经龟裂了。各种千奇百怪的缝隙在微弱的光线下隐隐闪烁着，让我想起鬼魂的微笑。

"这里就是清宁宫，也是清太宗皇太极和皇后居住的中宫。看到那扇门了么？"他指了指东梢间紧闭的房门，"那扇门后就是皇太极的寝宫，当年皇太极就是在那间屋里端坐而死的。"

我已经不想听下去了，但范文哲的声音还在继续："史书记载，皇太极是无疾而终的，可一个正当壮年的皇帝，没有任何症状就那么死了，说里面没有蹊跷，恐怕谁都不会相信。我本来还奇怪，就算是多尔衮害死了他，可顺治在多尔衮死后虽然将他鞭尸，却并没有算这笔杀父之仇。现在看来，不是他不想算，只怕再算下去，就会算到他母后身上了……"

"别……别说了。"我颤抖着说。

"最毒妇人心……最毒妇人心啊……"范文哲没有理会我，而是表情阴森，喃喃地不断重复着这句话。

突然，殿门猛地一动，发出一声巨响，似乎有人在外面用力推它。

我吓得尖叫了一声，奔向殿内，躲到了一根朱漆屋柱后。

殿门在剧烈颤抖着，屋顶的灰尘簌簌而下。

范文哲却似乎中了邪，盘膝坐在地上，嘴里喃喃地说着什么。月光透过窗棂照在他呆滞的脸上，那样的苍白而诡异。

他该不会像我一样，产生了什么幻觉吧？我忐忑地想着。

突然，他起身向东面的那个房间走去，一直走到那扇紧闭房门前，轻轻一推。房门开了，范文哲消瘦的身影隐没在门后。

我犹豫着是否要跟进去，不过他的异常让我不安，最后决定还是躲在柱子后面。

"哐当!"殿门被推开了。

我急忙缩到柱子后,一动也不敢动。

外边静悄悄的,似乎什么也没有。就在我以为一切都是我的幻觉时,殿内却突然响起了脚步声。

"嗒……嗒……嗒……"脚步声在殿内回响着,古刹深夜那木鱼的敲击声,木然中透出无限孤寂。

别过来……别过来……我心中拼命祈祷着。那种心情就如同深夜醒来,望到窗外巨大黑影时的惊悸绝望。

然而,脚步声还是渐渐向这边逼近了。不知是不是错觉,四周的温度在急剧下降,我的脚下竟然泛起氤氲的霜气。

脚步声在柱子前停了下来。

我屏住了呼吸,借着眼角的余光向外看去。

血红的鞋影刺入我的眼中,我心中猛地一跳,人向后一缩。

她就在那里,在厅柱对面。

低婉的歌声再度响起,又是那首悲伤的儿歌。

穿上漂亮的嫁衣,把自己打扮成新娘。
我将静静死去,等不到大汗归来。
我要去找我的儿子,那珍珠一样的宝贝……

歌声中,我隐约感到有一只生着长长指甲的手绕过柱子,摸索着不断向我的脖颈靠近。我急忙闭上了双眼,似乎这样对方就看不到自己了。

可这毫无意义,刺骨的寒气依旧让我知道,那只手已经摸上了我的脖颈。我的皮肤受到了刺激,汗毛立了起来。

我会死吗？死在这里？我不知道，我只知道，我的身体越来越冷了，几乎已经被冻僵了。

就在我以为自己要丧命于此，东面突然传出了一个平缓的男子声音："爱妃，是你么？"

那是范文哲的声音！

他怎么了？是要引开她么？还是他自己也被鬼上了身？

那只冰冷的手迅速离开了我的脖颈，歌声再度响起，只是这一次却向东面的房间去了。

> 我穿上红色的鞋子，它不会让我迷路。
> 我痛苦死去，等不到大汗归来。
> 我要去我的坟墓，那黑暗窄小的棺椁。
> 我是哈日珠拉，科尔沁最美丽的花。
> 如今我躺在深深的坟墓里，像一朵干枯的幽兰……

歌声消失了，东房中一片寂静。

我探出头去，看着那半开的房门。

房间中的两个人在做什么呢？是无语的流泪，还是陌生的对视？

也许是好奇，或者担心范文哲的安全，我也不知哪来的勇气，竟然壮起胆子，一步步向那边走去。只是我的脚上像坠了铅，越走越慢，最后在门外停住了。

正当我犹豫是否要进去时，屋内突然传出一阵怪异的声响。

这声响乍一听有些像老旧的收音机发出的杂音，沙沙地，非常凌乱。可我很快就察觉到那是一种极为快速的对话声，就像是把一男一女两人的对话加快了数十倍后产生的效果。

我根本无从分辨两个人说了些什么，只知道他们越说越快越说越快，似乎要将几百年来的话在短短的一分钟内说完一样。接着，那声音越来越高，瞬间变得刺耳起来，如同金钹的错击，仙鹤交媾后的长鸣，我的脑中飞快地闪过无数零碎的画面：有鲜红的标语、明黄蒲团、无数高举的拳头、白寿衣、草绿军装、镶黄龙旗、伟人像章、经幡、大字报、喃喃念经的喇嘛，以及那个狰狞碧绿的琉璃兽头……

我捂住耳朵，大叫了一声，拼命向外跑去。

我踉跄着奔出殿外，深一脚浅一脚地拼命跑着。突然脚下被什么绊了一下，我重重跌倒，额头一痛，便什么都不知道了。

第二天，我是被故宫的几个工作人员唤醒的。

一个胡子拉了查的大叔笑着说："你小子胆子还真大，敢一个人跑到这里睡。不知道这边闹鬼吗？"

我摇了摇头，清醒过来，急忙将昨晚发生的事讲给他们听。

他们都一脸嘲笑，没一个人相信我的话。那个胡子大叔摸了摸我的头："看看，怎么样怎么样？梦到鬼了吧？以后别随便和同学打赌，吓死了我们可不管。"

我急了，说："你们赶紧去找范叔叔，他可能还在清宁宫呢。他是在这里工作的，他能证明！"

"范叔叔？我们这里没人姓范啊？"

我愣住了。"怎么会？他说他叫范文哲，胳膊上戴着红袖标，手里还拿着只手电……"

几个人的脸一下变了。他们对视了一眼，聚到一边小声嘀咕起来。

"八年前……文物……批判……告发……离婚……守夜……自杀……"

隐约听到的这几个词让我陷入了极度的惊恐中，我想起了他离奇的出现，不好使的钥匙，诡异的开锁方式，以及那只总是不亮的手电筒……原来是这样……我遇到的，只是一个孤独而可怜的幽魂……

我恍惚着离开了故宫，恍惚着回到家中，恍惚着上了床，恍惚着做了一个又一个悲伤的梦……

三年后，我们家原来的小楼被夷为平地，外边也不再有菜园。而故宫也开始了重建，再去时，那些古旧的宫殿早已焕然一新，野草被除尽，地上铺了整齐的青砖路。欢声笑语中，如织的游人遍布了宫中的每一个角落。

从那时开始，纠缠了我整个童年的恐惧感便消失了，故宫在我眼中也不再神秘。而沈阳，我的家乡，也和上海、深圳这些地方一样，成了一个没有传说的城市。

北京以外全部飞起

文/潘海天

2009 年 12 月 5 日，北京市统计局的张咪咪对刚刚到手的失业数据非常不满。

那一天北京发达程度世界排名三十二，生活指数排名一百一十六，股市下跌一百四十七点，油价升幅百分之五点三，房价涨幅百分之十二，通货膨胀指数 9.1……这些数据如同黑乌鸦的叫声般令人沮丧，张咪咪甚至觉得那是她在统计员生涯中最灰暗的一刻——她无法解释，为什么由最伟大的北京人创造的城市却没有最伟大的数据。

当然了，那会儿她还不知道一个小时后自己就会丢掉工作，也不知道统计局电脑里，那些比她的生命还要重要的数据即将灰飞烟灭；她不知道五个小时后自己会被一个连的外星人拿着激光枪追杀；也不知道二十四小时后她会和自己最讨厌的男人同床共枕，而他们的爱情终将导致第三次世界大战爆发，美苏互射核弹，数以亿计的人民死亡；她更不知道三天后地球因为一个愚蠢和可怕的灾难，将达到一个新的平衡，所有那些令人着恼的数据都被更正了，北京将一跃成为地球上GDP总数、人均可支配收入、基础设施建设水平、环境质量、最平等度全部都第一的大城市。

而这一切，都只是一块小小的奥尔良烤鸡翅骨头引起的。

那一天的中午十二点前，一切仿佛都还是老样子。天色阴沉，北京城灰头土脸，难看得要命。整个上午张咪咪都在埋头计算那些难以计算得要命的数据，错过了华丽丽的食堂开饭时间，只好到办公楼底商的肯德基搞了份难吃得要命的快餐。

她把自己的手提电脑放在靠窗台的桌子上，计算程序仍然在运行。她埋头对付鸡翅和炸薯条，手提电脑埋头对付数据，仿佛这是一场无形的比赛。然后那台小巧的笔记本发出了催命般的一声响，得出了一份让人震惊得要死的答案：北京城的六百万流动人口用一种百分之二百的可怕效率拖累了统计学，如果大量的外来人口继续流入北京，这些数据就无法得到有效的提升。

张咪咪那颗善良的心被刺痛了，她扫了眼四周，簇拥在肯德基柜台前的人群还在乱嚷嚷："薯条可乐冰淇淋还有麦乐鸡！各来一份！"根据统计学，这些人当中有百分之三十六点七四的可能是外来人口，于是张咪咪在目光里加了百分之三十六点七四的鄙视度。

她来不及吃完午饭，将半根奥尔良烤鸡翅塞进嘴里，匆匆收起电脑，朝统计局办公处赶去，想要将这一重大信息传递给正在局长会议室开会的领导们。那些领导们是数据界最伟大的人物，过去无数次地拯救了世界。只要她能及时赶到……

张咪咪在公寓门外被一位年轻人拦住了去路。

那名年轻人叫陈楸帆，在一家大型IT公司任职，还是位小有名气的科幻作家——也就是说,不务正业。除此之外,他貌美体健,充满活力,和每个人都能打成一片——也就是说,令人讨厌。

张咪咪此刻最不愿意碰到的就是他。

"金融危机,裁员滚滚,我失业了。"陈楸帆把双手插在口袋,哼着鼻子说——张咪咪最讨厌他这副模样了,"——你这边有什么好消息吗?"

"有一点儿吧。"她夹紧电脑包,敷衍了事地回答,向一边绕开。

她几乎要绕过去了。如果她成功闪过了这个头发梳得油光光的帅哥,也许以后的一切都不会发生,但是统计学里没有"也许"法则。就在张咪咪要成功地迈进有门卫把守的大门时,一块埋伏已久的鸡骨头却趁乱蹦了出来,几乎将她卡死,真是一场非凡而壮观的咳嗽。

陈楸帆连忙替她捶了几下背,趁乱拉住了她的手不放,带着点羞涩地说:"张咪咪,我想和你说个事。"

"我要迟到了。"张咪咪板起脸说,加快脚步朝门房走去。

门卫老罗不打开隔离栏,反而张开缺牙的口大喊:"灰起来了。全都灰起来了。"

老罗是个福建人,口齿一贯不清。张咪咪听不懂他的话。这些人都疯了。她想,我的天,他们难道不知道我要去拯救北京吗?她一步跨过隔离栏黄线,朝旋转门冲去,大门前三块牌子熠熠生辉,定睛细看正是:北京市统计局、国家统计局北京调查总队、北京市经济社会调查总队。

这时候天空中开始传来"咻咻咻"的声响,就如中学体育课上长长的哨音划破白色的纸张。其中一声特别巨大的轰鸣像是乌鸦穿入她的耳膜,在她明白过来之前就震聋了它。

张咪咪瞬间掉入了一个无声的世界,她觉得自己的脚下极轻极轻地动了一下,然后眼睁睁地看着统计局办公楼突然化为乌有,橙黄色和灰黑色相间的烟雾好像固体的蘑菇云从水下慢悠悠地冒起,烟雾的边缘闪烁着火花,尘烟和火热的颜色扑到了她脸上,漫天飞舞的纸张好像一群白色的鸟窜入阳光。

这一定是个误会。她绝望地告诉自己,一定是我在肯德基店睡着了,我在做梦。

她使劲闭上眼,然后再睁开,结果还是没找到打卡机,却正好看到一颗火流星迎面扑下,大如小汽车,充斥视野。

陈楸帆跳上前来抓住她的胳膊向后拉去,火流星像一只安静的鸟掠过他们头顶,朝着首都医科大学的方向飞去了。

这时候他们才发现,天空所见的视野里,到处都有火红色的东西在拖着长尾下落,那些火流星小如乒乓球,大如二层小洋楼,悄无声息地从云里往下掉。直到它们接近地面,她的听力才突然恢复了。

刷。

刷刷。

刷刷刷。

轰。

轰隆。

轰隆隆。

张咪咪张着嘴呆立在原地,感觉自己的世界出现了无法理解的事情,她的灵魂在身体里拼命挣扎,想要说点什么,但最终只挤出了一声"呃",然后向陈楸帆的怀中躲去,并且心中痛恨自己为什么表现得如此女人。

就在这时,从他们的头顶上传来一声大喝:"没有出入证不许进,出去!出去!"

老罗不由分说地揪住陈楸帆的领子，把他横拽硬拉地拖了出去。这老头年纪大了，但是能打。陈楸帆没有反抗，实际上既然统计局大楼被夷为平地，他也无处可进。"什么灰起来了？"他站在黄线外问老罗，但老罗完成自己的职责后，像每一个专业门卫那样，重新埋头到电视机前，对陌生人的问题不理不睬。根据统计学，这也是可以理解的，人的一辈子花在工作上的时间平均为九年，而看电视的时间却有十二年。

直到消防车的警笛响起，张咪咪这才发现四面都在起火，冒着滚滚的浓烟。一块比较大的流星击中了对面的中彩大厦，于是那栋高楼也在一片烟火中消失了。

火流星雨仿佛稀疏了一些，但仿佛永远笼罩天空的灰云之上有什么更庞大的身躯一闪而过。

下一期的统计数据要更糟糕了。张咪咪绝望地想。北京完了。

她错了。完的不是北京。而是其他资本主义国家的糟糕城市。比如纽约，比如伦敦和巴黎。

"它们怎么了？"

老罗死盯着电视，头也不抬地回答："它们灰起来了！"

"一百〇二。"张咪咪说。

"什么？"

"一百〇二颗。一分钟内掉了一百〇二颗流星。"

陈楸帆抬头看看乌烟瘴气的天空，吹了声口哨，无聊地把手插在裤兜里，然后转头对她说："喂，下班了吗？不如跟我去喝一杯。"

要是在往常，张咪咪一个好脸色也不会给这家伙，但是今天看上去似乎是个适合自暴自弃的日子。她跟着陈楸帆去了，一路上还不知廉耻地把他的手紧紧地抓住。

他们打了辆车直奔后海。在汽车后座上，她听到他的胸膛里仿佛有鼓声敲动。如果世界末日来了，至少这个男人还能依靠吧。她想。

她又错了。这个男人一进酒吧就开始找东西把自己灌得烂醉。

"其实我也很害怕，"陈楸帆承认说，"虽然我经常在小说里灭了这儿灭了那儿的。"然后他就滑到了桌子底下。剩下张咪咪一个人独自面对阴暗可怕的酒吧。

人一生会喝掉两吨葡萄酒、十一吨啤酒，全球随时都有四千五百万醉鬼。但是这些数据此刻不能帮助张咪咪。作为一个乖乖女她从来没有到过这样的场合，偏偏陈楸帆带她去的又是特别讨人厌的尼罗猴酒吧。在那里说不清是猴子还是人的乌烟瘴气的摇滚乐队，正在唱一支猫太噼里噗噜在海里或者猫太噼里啪啦爬上树之类的歌。

张咪咪抱紧了自己的电脑包，非常紧张地东张西望。四面不断传来道德败坏的寻欢作乐声。这里除了摇滚歌手，还有大堆的流氓、拍头党和游戏发行商，尽情地聊着怎么偷钱包、往人后脑拍砖和游戏发行之类的事。在靠近吧台的位置，有几名醉汉正在毒打一名科幻作家，没人上去劝架，科幻作家反正不值钱。

"你抱着的是什么宝贝？"一个猥琐的老头醉醺醺地朝她问道。

"我的笔记本电脑。"

"很值钱吗？"

"整个北京城残存的统计数据就全在这台电脑里了，"张咪咪骄傲地回答说，"数据指导我们的生活。数据很重要。哦。没有数据我们就完全不知道自己在做什么。比如北京城人均拥有水面四平米，人均年龄四十三点四岁，人均拥有一点五只老鼠，如此等等。"

"哦。"老头失望地叹了一声，把从兜里掏出的板砖又放了回去，既然抢不到值钱的东西,他决心赶紧把自己撑死了事,"老板,给我来一包最贵的方便面!"

舞台上的猴子开始号叫一首更可怕的歌。张咪咪决定躲到厕所里,她满心期待出来的时候环境会有所改善。

洗手台的镜子里照出来的张咪咪是个个儿挺高的女孩,头发像波浪一样垂下来。她总是特别严肃,所以额头的中心有一道深深的皱纹,除此之外,她的脸蛋好像瓷娃娃一样白净光滑。此刻她面对镜子一动不动地站着,好像竖在花园里那些一本正经的雕像。

"不要乱。"她告诫自己,然后对着镜子整理头发重新描描眉毛画画眼影。女人是种奇妙的动物,这些简单的动作就能让她们不会乱,而且有助于她们从飘荡在水中央一样的不真实感落回到不靠谱的现实世界里。女人一生要使用二十一支口红。

"我要振作起来。"张咪咪说。她把自己收拾一新,带着勇敢面对一切灾害的决心拉开了厕所的门,却发现外面比刚才还要乱五倍。

混乱主要是一艘飞碟引起的。

那艘飞碟大如什刹海,在降落的过程中压垮了毡子胡同、柳荫街小学、关岳庙和半个第二聋人学校,放下起落架时又撞飞了积水潭医院的后墙。它最后停在尼罗猴酒吧的屋顶上,压得它嘎吱作响。

从飞碟上跳下来一个高达十米重有十吨的钢铁机器人,嗓音如雷地吼道:"我为了和平而来——这地方管事的人在哪里?"

酒吧老板气息奄奄地举起一只手:"我在这儿,我被你踩住了。"

那机器人低下头仔细地看了半天,愕然道:"怎么,你们不是蜥蜴吗?"

"妈的,"它吼叫道,"我走错星球了。"

它掉头钻入飞碟，砰的一声关上门，轰的一声腾空而起，以快得不能再快的速度飞跑了。

世界还没有从飞碟降临和离开的震惊中醒来，又来了另一艘小一点儿的飞碟，大概只有鸟巢体育场那么大，外壳上用加粗汉语宋字体清清楚楚地写着"天顶星来的"五个大字，着陆的时候终于压垮了尼罗猴岌岌可危的屋顶。很不幸的是，这次它可不是为了和平来的。从飞船里钻出来的外星人长得就像是地球上的绿色大蚱蜢，从复眼到带刺的后腿，还有油腻腻的翅膀，全都一样。但它们一定不是大蚱蜢，因为它们确实是坐着飞碟来的，此外它们的身高和人类一样，它们的手里无一例外地提着机关枪，一从飞碟里爬出来，就开始疯狂扫射满屋子的地下歌手、醉汉、流氓、小偷和游戏商。

等到它们把过剩的精力发泄得差不多了，就开始发出一种尖锐的昆虫叫声，好像在问着什么问题，然后，还活着的那几个人中间——猥琐的老头明确无误地将手指向了站在厕所门口的张咪咪。

在地球上某个最神秘的地方——其实离后海不过一公里，某间最神秘的屋子里，某个最神秘的人正在暴跳如雷："目前都出了哪些状况？"

他绝对是个最有权势的人，任何提问都必须立刻得到回答，任何命令都必须立刻得到执行。于是另一位神秘人士立刻翻看起小本子回答说："……伦敦开始不太乐意起飞，后来发现伦敦国际金融期货交易所没打招呼先飞走了，立刻就放弃了抵抗，一心想追上去重新夺回世界金融中心的称号；纽约在飞行过程中没控制好，哈得逊河飞到了曼哈顿上空，消防员们忙得一塌糊涂；洛杉矶飞的过程中解体了，它们地质条件啥的不行；伊斯坦布尔嘛大家都知道，被海峡分成两块，碍事儿,它们一边飞一边撞,现在估计剩不下啥了。"

"地球真他妈的麻烦。要去救它们吗?我们不是负责任的大国吗?"

"那不是说给联合国听听的嘛?"

"也是,那就不管了。天顶星人那边怎么样了?"

"它们搞得有点太疯了。这样我们晚上找乐子的地方就没了。"

"我们能阻止它们吗?"

"打不过它们吧。"

"也是,那就不管了。还有什么好消息吗?"

"根据地震局的检测,反重力阈值正在量级扩大,很快就能蔓延到亚洲了。问题在于,计划出了点小纰漏。"

"啊?"

"我们丢失了关于北京的所有数据。这是个小概率事件。蒙古高原穿过北京上空时,掉下来的石头把所有的统计局计算中心都击中了。"

"你是说没有这些数据,北京也会飞到太空里去?"

"看起来是这样的。"

"其实我也挺讨厌北京的,我们就不能把北京也拖出去灭五分钟吗?"

"恐怕不行。"

"也是,那就不管了。那现在怎么办?"

"我们的中央主控电脑显示出,在火流星袭击前二十分钟有一个数据下载。从下载端口 IP 分析,是一名叫张咪咪的统计局职员。"

第一个神秘人眼巴巴地看着第二个神秘人。

第二个神秘人小心翼翼地提醒说:"……找到这个人,就可以找到备份数据。"

"啊。"第一个神秘人威严地点了点头,"发布主席令,立刻找到那份备份……还有,重新给领袖们找个娱乐场所。"

张咪咪飞奔出尼罗猴后面的小巷时,发现身边有人在和她一起跑。

比起得过大学生短跑比赛奖牌的她来,那人虽然跑得努力,但身体素质明显不行,跌跌撞撞的,一路不断被垃圾桶绊倒。张咪咪定睛细看,原来是陈楸帆。

他一边跑还一边对张咪咪说:"好家伙,一下被好几百外星怪物猛追,你说下次北京科幻迷协会腐败的时候,我说出去他们会信吗?"

"没有好几百吧,"张咪咪说,"屋子里有四十五只,屋顶上八只,前门还站着十二只半——有一只没有头部。"

"噢。我老忘记你是统计局的。"陈楸帆的眼睛变大了好一会儿才恢复正常。

"你电话响了。"张咪咪提醒他说。

"啊!"陈楸帆手忙脚乱地在身上摸了一会儿,掏出个手机,翻开盖,听到里面传来一个慌乱的没头没脑的声音:"喂喂,我们南京被折叠了……"

"关我屁事啊,我很忙……"陈楸帆朝手机里吼,啪的一声合上了盖,百忙中瞅了眼屏幕。妈的,唐缺就是缺心眼,打个电话也不看时候,他恨恨地想,下辈子也不能和这样的人交朋友。

子弹在他们身边飞舞,他们连蹦带跳,在后海边上的小胡同里七拐八拐,终于成功地甩脱了外星追兵,并且成功地迷了路。既然他们也不知道自己身在何处,那些天顶星人就更找不到他们了。

陈楸帆说:"这里不能久待,我知道一个极安全的地方。"

陈楸帆口中所谓极安全的地方其实就是自己的家。他住在北大海淀桥附近，一个叫左岸的社区里一栋很破的楼，很破的房间，跟另外两个宅男同住，客厅很小，只摆放着很破一个沙发，连个人都睡不下，但他房间里的那张大床可就阅历广阔了。

"可是我们正在迷路，要怎么过去呢？"

"打车？"陈楸帆提议。

他们等了三十分钟，没有看到一辆车经过。

"全北京城有六点七万辆出租车，黑车七点二万辆，人均拥有百分之〇点八五辆——你是外地人吗？"

"我是广东人。"

张咪咪皱了皱眉。"难怪啊，就是因为你出现在这儿，所以降低了我们打到车的几率。"

陈楸帆讪讪地笑了笑，往另一条胡同拐去。"那我们分头打。"

张咪咪松了口气，可是那口气还没有完全被布朗运动疏散到四周的空气里，陈楸帆就又兴冲冲地跑了回来。

"嘿，快来，我搞到了辆空车。"

陈楸帆说的空车是歪倒在胡同边的一辆自行车，行李架上还夹了张地图。那是辆彩色的双人自行车，突然出现在这样的场合下简直就像是童话里的情节。张咪咪疑神疑鬼地上前查看，发现车子上有块小铭牌刻着"前海南沿单车租赁点"字样。原来是辆"单车游胡同"活动的出租自行车。租车人大概在第一艘飞碟带来的和平宣言活动中遇难了。便宜了他们。

他们谁也没骑过双人自行车，在起初骑得摇摇晃晃，惊险万状，不是撞墙就是朝着海子里冲过去，随后才慢慢协调起来。陈楸帆在前面扶着车把，张咪咪在后面猛蹬脚蹬，要不是天上还有一阵没一阵地落着火流星雨，背后有拿着机关枪追杀的天顶星人，张咪咪甚至会觉得就这么坐在陈楸帆的身后,在迷宫一样的胡同里穿行,也是个很有意思的下午。

他们借助地图,顺利地骑车上了二环,发现自己的决策相当地成功。二环路上堵了一百万辆坏汽车。有些车是被落下的陨石砸坏了的,但是大部分车子是吓坏了的司机互相撞击损毁的。好车子坏车子挤成一团,谁也动不了。有的司机在试图倒车,有的在互相殴打,还有一些则坚持坐在驾驶座上使劲按喇叭,但就没人想过下来找辆自行车。

他们骑车经过某个刚盖好的小区,那小区崭新得连灰尘都不沾,外墙贴着土黄色花岗岩,屋顶是红色的高档英红瓦,看上去富丽堂皇得紧。

他们的自行车经过时,发现小区的铸铁栏杆外围着一群人,冒着天上掉落的小石块,伸长脖子,踮着脚尖看着什么。

他们疑惑地伸脚撑住车子,也看了一会儿,发现每当从云里出溜下来的流星砸中一栋新楼,那群人就轰然起哄叫好,有使劲儿跳着脚喊的,有挥舞胳膊加油的,还有下注的。

"押两块,下次砸那个带小凉亭的。"

"押十元!砸那个大坡顶的!"

"哦耶,来个大个儿的!把玻璃全震破!"

"哦!哦!"

张咪咪问:"那些人在干吗?"

陈楸帆猜:"反正也买不起,听个响儿也挺好的。"

陈楸帆和张咪咪沿着新街口外大街一路往北猛骑,到了三环才转而向西。

半道上,陈楸帆很不厚道地从一辆撞烂的汽车上拆下了个收音机。

张咪咪叹着气皱着眉想外来人口素质就是低下,但她还是决定不阻止他了。再怎么说,他们还不算太熟呢。

后来他们一边蹬车一边听新闻。

新闻报道是这样的:"……百年不遇的自然灾害流星雨。咳咳……说到流星雨这个词呢,其实它根本就不是流星,从另一角度来说,它们也不是雨……说到百年不遇的自然灾害这个词呢,它既非自然,也不是灾害……这里是调频 97.8 兆赫,如果你正坐在偷来的汽车上,刚刚打开我们的收音机,我们非常高兴地向你介绍这是 UFO 专家星河同志在说话……截至目前为止,已经有一百多个国家和地区摆脱了地球的引力,正在冉冉上升。

"下面插播国家气象台发布的最新天气预报:

"由蒙古高原组成的高堡云,马上就要穿越华北地区,迎头撞上印度板块来的暖湿三角洲,受其影响,今天晚上到明天,内蒙古中东部、东北地区有四到五级偏北或偏南风,部分地区并伴有小到中流星雨或流星阵雨。北京阴有流星大雨到暴雨,上海多云转流星阵雨。

"蒙古高原前锋过后,华北北部和东部、甘肃西部、黄淮大部、江淮大部的气温将上升四到八摄氏度。受流星引燃的森林火灾影响,这些地区可能会产生能见度小于一千米的雾,局部地区能见度不足二百米。

"手机尾号 95963 的听众发来短信说:

"总的来说这是件令资本主义魂飞魄散的事件,生动展现了在改革开放中不断发展壮大的中国共产党和中国社会主义国家政权的伟大力量,展现了改革开放的伟大力量,展现了中国特色社会主义的伟大力量。胜利属于英雄的中国人民。

"外交部发言人秦铁强调:

"中国以外全部飞起,不仅符合全球人民的根本利益,也有利于世界的和平、稳定与发展。西方的全球化阴谋和日本妄图靠动漫产业推行的御宅全球化终于告结!耶!美国金融危机将不会再危及本国。好啊!再没有世界警察、联合国人权委员会和绿色和平组织了。哦耶!

"总的来说……这是好事,外国人只能给我们添麻烦,而现在他们都不见了。哈哈哈,我是主持人欠奏,下面我们来听解晓东的一首老歌,《今儿个真高兴》……"

张咪咪蹬着车,想起来自己怀里的电脑,忧心忡忡地想:"给我们添麻烦的可不仅仅是外国人呀……我该怎么向上报告呢?"

"地铁也停运了吗?"

"刚才广播里说,依据战备要求,地铁改成防空洞了。"

陈楸帆咬着手指悲叹:"唔是的啊唔呜呜哦哇哈呃了?"

"把手指拿出来再说话!"

"这么说要一直骑到中关村了?"

"废话!是你要去那边的。"

左岸社区既不在左边也没有岸,实际上它根本就算不上一个社区。那一片有些高档酒店和写字楼,但陈楸帆偏偏住在一栋极破的楼里,楼里塞下了近一百户人家,脏乱拥挤得一塌糊涂,住满了懒汉和混混,全都在混吃等死。

当然了,陈楸帆和其他混混有着根本的区别,他是个有理想的男人,其最大的理想就是能够攒到一笔足够多的钱,然后安然地躺在这栋破楼里,混吃等死。

和陈楸帆合住的另两名房客都非常出格,别的不说,一个叫莫雨笙的,不但写奇幻,还写九州小说,光凭借这两个理由也足够将他拖出去枪毙个十分钟的了。

另一个人则更加危险，是个如假包换的科幻作家，他的名字即便是根本不存在的宇宙生物尼罗猴听说了也会吓得目瞪口呆，最后为了眼不见心不烦，干脆往尼罗河里一跳了事。据说试图将他作品出版的印刷厂最后都会被着火、被泥石流、被自杀或者被遭遇其他更可怕的灾难。

出于职业原因，莫雨笙与这位为了读者的人身安全隐去名字的人之间相互极仇恨对方，纷纷把对方列为二号死敌——出于某些奇怪的理由，他们的头号死敌都是陈楸帆。

陈楸帆带着张咪咪骑了三个多小时，直到深夜才回到屋子里的时候，发现那两人正肩并肩坐在客厅沙发上死盯着空桌子做深呼吸运动，对着窗外充斥整座城市的混乱视而不见，对气喘吁吁满面尘烟惊恐万状的陈楸帆和张咪咪也毫无反应。

"喂，你们好。"张咪咪礼貌地问候。

没有回答。眼皮子都不眨一下。

"喂，你们两个傻逼在干吗？我碰到了极可怕的事情，需要帮助。"陈楸帆说。

没有回答。眼皮子都不眨一下。

"我知道了，他们又在玩一种不论发生什么事也不能动的游戏。"陈楸帆说。

一定有更加极其可怕的赌注，例如谁去洗碗之类，所以哪怕外面已经天翻地覆了，他们谁也不会眨一下眼睛的。

"不能指望他们帮忙了，我们还是躲到那间极安全的房间里去吧。"陈楸帆说。他的房间是极普通的小房间，看上去比客厅要干净一些，有那张著名的大床，还有带格子的窗帘、绿色小台灯、电脑和一些可笑的科幻书籍。总之看上去完全符合一个古怪男人的住所。

"为什么你认为这里会比较安全呢？"

"嗯，"陈楸帆没什么把握地说，"唔唔，我是说，床底下藏有足够多的酒，可以支持一阵子的神志不清。我们现在最需要的难道不是神志不清吗？"他一边说着，一边从床底下摸出一瓶二锅头来，咬开瓶盖，咕咚咕咚地朝嘴里灌了起来。

"那些蚱蜢会追上来吗？"

窗户外头火光熊熊，不时还有火光带着呼哨，好像串珠一样从天而降。似乎还有些飞碟在空中窜来窜去，四处扫射，偶尔还互相扫射。场面很是热闹壮观。

再次确认了房间里有且只有一张床后，她开始把那些会找麻烦的蚱蜢抛到脑后，而是担心今晚睡哪儿。

陈楸帆犹犹豫豫地用大拇指朝着客厅方向顶了顶："我本来也可以睡沙发，但是现在那边两个人占着呢。我今天已经经历了足够多的伟大冒险，不会想要再来一次了。"

张咪咪想，她自己家肯定是不安全了，那些恶心的大蚱蜢也许会追踪到自己的家里。它们妄图染指极重要的北京统计数据的野心已经是昭然若揭。她看着陈楸帆房间里的样子，实在不愿意把这个破房间想象成极安全的堡垒，也不想睡到他那张极安全的床上，但现在情况紧急，也只能有什么就拿什么凑合了。

"离我远点儿。"她告诫他说，把高跟鞋一甩，蹦上床去，和衣睡到靠墙一边。她的脸虽然朝着墙壁，却大睁着眼睛，紧张得要命，不知道为什么，仿佛又有点期待。

背后传来脱衣服的声音，然后是重物压到床垫上的动荡，但是只有一下，就消失了。她等来等去，终于忍不住回头，看到陈楸帆躺在床的另一半，特别神志不清的样子，心里不由恨起他来。过了一会儿，不知道为什么，又有点心疼他。

她踹了踹他："喂，你得帮我想想，现在该怎么办？"

"啊，"陈楸帆抬了抬头，"我毫无头绪，这个问题太复杂了，思考这个需要时间。"

"多长时间？"

"要我说，怎么也得要个两三年吧，也许要更久。"陈楸帆心虚地说，然后赶紧心虚地睡去。

"对了，在那东西咻地掉下来前，你想和我说什么来着？"

张咪咪后来非常后悔问了他这个问题，而不是争取这一短暂的时间抢先睡去，那样的话，就不会被他雄起的鼾声搅得睡不着了。

早上张咪咪被阳光唤醒，她欠身拉开窗帘，正常得不能再正常的北京清晨登时一拥而入。也就是说空气照样污浊，噪音照样嘈杂。远处好像是有模糊的东西飞下，但是凝神细看，又看不清了。北京的大气能见度一贯很差。

如果不是身处陌生的房间，躺在陌生的床上，身边躺着位姿势难看的科幻作家，她真的会以为只是做了场梦，一切都没发生过。

"不要乱。"她再次告诉自己，然后起身直奔卫生间洗澡洗脸刷牙化妆，待她红光满面精神焕发地闯进厅里，发现客厅里坐着的那两位幻想作家姿势依旧都没有动上一动。

既然如此，她决定仍然找房间里躺着的那位不靠谱男人帮忙，于是她把陈楸帆摇醒，盯着他的眼睛，耐心地解释说那些数据一定要送到领导那里去……她继续把他摇醒，告诉他这是件非常非常重要的事。非常重要。她持续性地把他摇醒，告诉他没有这些数据，北京也会飞向太阳系边缘,和那些万恶的资本主义国家一起堕落。

"我才不去,我宁愿神志不清。"陈楸帆挣扎着沉入梦乡。他紧抓住黑暗的幕布不放,要用它覆盖住睡梦之乡。但是,张咪咪同志不依不饶地摇他,他终于醒了过来,带着愤怒翻身坐起,正好和张咪咪对上了眼。

这一对眼让他们措手不及,突然之间,这一瞬间的感觉仿佛要盖过自昨天以来发生的所有事情。他们相互凝视。人的一生要眨眼四点一五亿次,但此刻他们都忘记了眨眼;人的一生呼吸约十亿次,此刻他们却一概觉得自己难以呼吸。他们两个人同时觉得脸色发烫。陈楸帆挪开眼睛。

"好吧,我去,"他穿上套头衫,找到外套,爬了起来,"不过张咪咪,我告诉你,这是最后一次。"

停在楼下的自行车两个气门芯都被人拔了,这在北京城里很正常。

他们没挤上公共汽车。这在北京城里很正常。

他们没在第一时间打到车。这在北京城里很正常。

事实上,周围的一切都太正常了。

张咪咪开始再次怀疑起自己是不是做了个梦,而陈楸帆依然在她面前晃来晃去,那是因为现在她还在梦里没有醒来。但陈楸帆拒绝配合,坚决否认自己是个梦中人。

好吧,那就照计划来。

张咪咪的计划是带着电脑回她的工作单位去看看。这个计划听起来不够好,北京市统计局已经消失了——但也保不齐会有专人前来处理接收呢?毕竟她们单位是最重要的部门啊。

那一天他们的打车过程异常地不顺利,他们的车开上没一会儿不是爆胎就是没油了,他们不得不一路换车走,等过了天宁寺桥,他们已经换了五辆车了。

"等一下你来付车费。"陈楸帆不高兴地哼哼唧唧道:"我把钱包忘在刚才那辆车里了。喂,你真的没有和那位名字也不能提的人说过话吗?"

"我说啦。我说喂,你们好吗?你也说啦。你说喂,你们两个傻逼坐在这儿干吗?"

"我虽然也说喂了,但我那是单独对莫雨笙说的。"

"那么另一个人到底有什么问题?"

"他没问题,但是和他接触过的人都会有大问题,坏事的概率大幅度上升。他们会发现做任何事情都不顺利,总是会出各种意想不到的岔子。古书里管这样的人叫'衰神'。"

"有统计数据来证实这一说法吗?"

"我倒是试着统计过,但是那个数字很快超过了自然数范畴。"陈楸帆气哼哼地回答说。

"我很怀疑。"张咪咪嗤之以鼻,"你倒说个最大的自然数来听听。"

陈楸帆愣了半天,使劲地想啊想,最后说:"三。"

一跳下车张咪咪就大喊了一声"靠"!昨天被流星毁灭了的天缘公寓,此刻却好端端地竖立在他们面前,没有一点儿损伤的痕迹。

"新盖起来的?"张咪咪咕哝着说,把它使劲上上下下地打量了个遍。蟹壳红的外墙依然一副脏兮兮的样子。

统计局的牌子还挂在老地方,显露出一副正常的冷冰冰面孔。打卡机也在原地,吱吱叫着责备每一位迟到的人。正常。门厅,正常。电梯,正常。

唯一不正常的是老罗不在。

张咪咪责备地盯了陈楸帆一眼,露出一个"你还说这不是在做梦么"的表情,陈楸帆回应了一个"我宁愿自己还在喝酒"的表情。

好吧,顾不上那么多了,她带着电脑包,和陈楸帆冲进电梯,一阵嗡嗡的轰鸣声中奔上十楼,敲开局长办公室的大门。

局长正用一种张咪咪极熟悉的姿态,坐在那张庞大的沙发椅上,背对着门,还有烟圈从沙发椅后面袅袅升起。

"报告!崔局长,我有重要情况汇报!"

沙发椅慢悠悠地转了过来。

既然人的一生里要心跳二十五亿次,那么在这一分钟里,张咪咪的心脏少跳了这么十几次也算不了什么。

椅子上坐着的不是她们那位得了脸上多肉症的局长,而是个瘦了吧唧三角脑袋蜻蜓眼睛的外星人。

这是个陷阱!

"抓住她!"蚱蜢局长狞笑着伸出绿色的前爪指着她喊道。

走道上一阵疯狂的奔跑声,冲进来三名狞笑着的穿着制服的卫兵,它们张牙舞爪,武装到了牙齿,手里全都明白无误地提着机关枪。

陈楸帆吓得浑身发抖,只恨自己神志太过清醒。逃跑还是就此认命地死去呢?这是一个非常两难的选择题。对于一辈子循规蹈矩生活的陈楸帆来说,做人生选择题的机会不多,而这一次,老天爷却同样不给他这个选择的机会。因为……第三名卫兵开始毒打第一名卫兵,用枪托猛揍它的脑袋,而第二名卫兵开始毒打外星人局长,第一名卫兵开始打第二名和第三名卫兵,局长开始打第二名和第一名卫兵。因为手脚太多,它们在地板上绊成一团,十六只胳膊纠缠在一起,从墙的这头滚到另一头。

张咪咪凝神细看，发现有几只天顶星人有点怪，它们不像蚱蜢，看上去倒像是穿了戏服蒙了脸的人类，伪装服实在有点粗制滥造不负责任，有人直接在棉布作战服上刷着"天顶星来的"几个大字，字体还错了，就混充外星人——

天顶星人早在统计局的废墟上重建了一个全息影像。它们在这里设下陷阱，等待张咪咪前来自投罗网，可是重新竖立起来的崭新的北京市统计局大楼就如同蘸了蜜的蛋糕，不但招来了二十四名推销办公商品的推销员，四名闯空门的盗贼，还招来了其他猎人。

那些猎人针对这个陷阱再次设下陷阱。再次迟到的其他猎人只好设下陷阱的陷阱的陷阱。这是一群猎狗在夺食，他们的目标都是张咪咪手里的电脑包。

门被撞开了，越来越多的猎人们陆续加入游戏，张咪咪试着清点人数，但他们一刻也不安静，在地板上滚来滚去，撕其他人的嘴，从窗户里往外掉，发出各种惨叫声。

办公室里越来越挤，每个人都像布朗运动里的小球那样滚来撞去，每个人都难以达成自己的最初目标，但是混沌的中心始终是明确地朝向张咪咪的方向滚动，直到终于分出了胜负。

有一派的猎人占了上风。他们杀光了屋子里的其他伪装者和真的外星人，把他们的血涂在墙上，然后狞笑着冲了上来。为首的那名猎手简直就是巨人，高有两米，胳膊粗得像水桶，可以干净利落地把一个人的脑袋挤碎。他站在张咪咪对面，就好像巨熊站在羊羔之前，用霹雳一般响亮但又肯定不标准的汉语喝问："哪里在？电脑？"

张咪咪的脑海里过电一样闪过了刘胡兰黄继光王二小的身影，她抱紧了自己的电脑包，使劲地摇了摇头。

"要活的吗?"壮汉扭头问。

"不要,把数据毁掉就行了。"

"我喜欢。"大汉号叫着说,抬起枪管狞笑着对准张咪咪的脸。

陈楸帆一直缩在角落里出汗,在等待那个人生选择题何时落到自己的脑袋上。他等到了。陈楸帆猛地鼓足勇气跨出一步,把张咪咪推开。

张咪咪踉跄了两步倒在了地上,机关枪开始咯咯咯地响了起来。

陈楸帆向后退去,撞碎了窗户,一声惨叫,头朝下掉了下去。

这里是十层楼呀。

张咪咪躺在地上,惊恐地睁大了眼睛,看着这一切。她还不知道那天下午,陈楸帆要和她说点什么呢。

虽然一个人平均每天说四千三百个字,一生大约说一亿二千多万个字词,大多都没什么意义。但是那一天,那一个下午,这位年轻的科幻作家要说的话,也许对她有意义呢?

巨熊再次抬起枪管对准张咪咪,喊道:"看到了吧,反抗是没有用的!现在和你的数据一起见鬼去吧!"

就在那一霎间——老罗闯进了办公室,咆哮声震动屋宇:"谁让你们进来的!有出入证吗?"

他正气凛然的叱喝镇住了屋里所有的人,让他们一时傻愣在当场。

过了五秒钟,然后又是五秒钟,最后又过了五秒钟,最后大家都不耐烦的时候,用枪对着张咪咪的巨熊才率先醒了过来,他侧着头使了使眼色,用左手在咽喉前一划。另一名猎人心神领会地提着枪蹭了过去,却未料到还没举起手来,就被老罗一个白鹤亮翅扣住了右腕一带,登时抛翻在地。

又两个身强力壮的猎人扑了上去,却照样一碰到精瘦的老罗就身不由己地翻跌倒地。

他们围着屋子扑来腾去,就是抓不住这个瘦弱的小老头,反而一个个以奇怪的螺旋线飞出去。现在他们惊讶了,又愤怒了,同时还怀疑了:"妈的,这是什么道理?我们体重是你两倍,年龄是你一半,没理由打不过你。这一定是幻觉。"

老罗威风凛凛地大喝,让房梁上的灰尘簌簌地往下掉落。"呔!没听说过太极拳四两拨千斤吗?现在通通投降,就不罚你们的款!"

转眼之间,办公室内还站着的人就剩下老罗和那名巨熊了,他挥舞起粗如水桶的胳膊怪叫着冲了上去,想要拧住这老头的两条瘦胳膊,却被老罗使了一个闪通臂,一低头扣住脚腕,顺手一抄。猎人惨叫一声,从老罗背上越过,穿窗而出,步着陈楸帆后尘去了。

老罗拖起张咪咪问:"张统计员,你怎么在这里?"

张咪咪愣了半天,才突然冒出一句话:"老罗,你杀人了!"

"杀什么楼?"

"这不是十层楼吗?你把他们都扔出去了。"

"不是呀,这里根本是一层嘛。楼昨天就倒了,咦,你昨天不是在吗?"

陈楸帆飞出窗外,只听到耳边的呼呼风响。他本来想说:"我要死了……"后来又担心没有说这些话的时间,于是在心里默算了下,十层楼,掉到地面的时间至少需要个三秒钟吧?时间倒是够了,于是他张开嘴说:"我……"

啪的一声,他重重地砸在了地上。

"我靠,"他晕乎乎地躺在地上想,"这是怎么回事,距离比我估算的要短,而且也不疼。"

啪，啪啪。一个巨熊般的身影突然占据他的眼眶，然后重重地砸在他身上，疼得他惨叫一声，几乎要灵魂出窍。

"发生什么事了？"他可怜巴巴地问。

但那个人不回答他，而是爬起来拍拍屁股，吱溜一下跑了。

突然他眼前的天缘公寓抖动起来，然后消失了。地面变成一片废墟。

张咪咪和老罗就站在他的眼前。

陈楸帆揉着腰爬起来，哼哼唧唧地抢着道："……我能解释，整栋大楼都是全息投影嘛。我们站在电梯里，以为自己在向上升的时候，其实只是周围的投影在动，我们自己根本没有动。"

老罗问道："这民科是谁，这到底是怎么回事？喂，你有出入证吗？这班民工，总是趁我去买个便当的工夫就乱窜。"

陈楸帆一个箭步蹿出大门区域外，站在外面对张咪咪说："张咪咪，我很想帮你，但我没有出入证呀。哪，我先回家了。"

张咪咪不理他。"老罗，我包里有拯救北京的重要数据。你一定要帮我。"

老罗搔了搔头皮道："那就对了，从昨天到今天，什么乱七八糟的棱都在找你，国安局啊、公安局啊、民政局啊，还有一些打扮得怪模怪样的绿棱。"

张咪咪心中一片温暖，祖国没有忘记她啊。她急切地问："他们没留联系方式吗？"

"就留了几个电发。"老罗说，"看我这记性，都留在门黄了。"

他们回到门房，老罗果然用铅笔在墙上抄了三个号码。

第一个号码是国安局的：38 哎 AD 呀 3 西 $$%

数字被涂涂抹抹了好几遍，还插有箭头英文字母等等符号在其中，

他们勉强辨认出几个数字,却怎么也数不够8位。"呃,他们要求保密。我就给加了点密码在里面,哎呀,年龄大了,只记得加密,忘记怎么解密了。"老罗有些尴尬地挠着自己的头发解释。

第二个号码倒是很正常的阿拉伯数字,打过去是个怪腔怪调的电子声:"欢迎致电北京市公安局电子政务系统,公安电子巡逻防范管理系统请按一,ＥＳＡ2000 电子印章系统请按二,警犬大队请按三,闯红灯电子警察抓拍系统请按四,其他请按五……"

五。

"人工服务请按二,智能服务请按一,返回请按 # 号键,退出请挂机……"

二。

"很高兴为你服务,这是个图灵机器人,请猜猜我是个人呢还是个机器程序呢?"

张咪咪快速按了下 # 号键,然后再按了下一。

听筒里传来《世上只有妈妈好》的电子铃声,唱到"没妈的孩子是根草"时终于被接了起来:"喂?"

"我是张咪咪,你们有人找我?"

"啊……我可没有。"

"也许是其他人呢?"

"这鬼地方就我一个活人,其他都是图灵机器人。是它们找的你吗?"

张咪咪对着话筒着急地喊:"我手上有一份重要文件,我在被一群不知道是不是人的外星人追杀啊。"

"外星人?那不属于我的管辖范围。"

"那我们找谁?"

"给你们个电话啊,"那人好脾气地回复说,感觉在电话那边捣鼓了几下,然后又冒出来个电子声,"请记录:38哎AD呀3西$$%。请记录:38哎AD呀3西$$%。请记录:38哎AD呀3西$$%"

张咪咪崩溃地将电话挂上,喋喋不休的电子声终于消失了,他们三人都舒了一口气。

陈楸帆说:"试试最后一个。"

"好吧。"张咪咪深吸了一口气,

第三个号码一拨就通了。

"我是张咪咪,你们有人找我?"

"喂,谁,谁啊,张什么,你得大声点儿,张咪咪,口米咪是吧,没错,我找你。"

他们又惊又喜地互相看,哈哈,接上头了,他们得救了,北京得救了。

话筒里继续喊道:"喂,我这里是民政局啊,你的居住证到期了,限你下午四点半前到外口办交纳延期费用,逾期将被驱逐出境,没搞错……喂,听不见,有意见来了再说吧……"

张咪咪怀着满腔报国无门的愤怒,无力地放下话筒,转脸面对陈楸帆怀疑的目光,解释说:"我真的是北京户口,他们一定搞错了。"

"要不你把东西放在门房,我转交呀。"老罗建议。

张咪咪转了转眼珠问:"老罗,你是福建人吧?"

"是啊,我是胡建人。"老罗大咧咧地说。

"不是我不相信你啊,这东西太重要了,我可不能随便交给谁啊。"

"这是广式煲汤,味道怎么样?"

张咪咪满怀疑虑地找了根小勺,从陈楸帆捧着的瓦罐里舀了一点

点,带着品尝毒药的勇气喝了下去,然后沮丧地把勺子一扔说:"太淡了。"

陈楸帆好脾气地解释说:"没加盐嘛,这是原味的。"

这两天他们一步也没出门,只是躲在左岸住所里,陈楸帆给她展示广式厨艺,张咪咪发现只要习惯了的话,那些煲汤里即使不放盐也确实很香。

那时候,莫雨笙还瘫倒在沙发上,虽然打的赌已经结束了,但是众所周知,这样打赌很耗费体力,所以他决定一动不动地再待上几天,以存储能量。

而另一名危险人物呢?

"出门找工作去了,"莫雨笙兴高采烈地说,"好像是到建国路那块,我猜朝阳区的人要倒霉了。"

陈楸帆站在窗台上瞭望了一会儿,不太有把握是不是朝阳区那边的火流星雨格外密集些。不管马伯庸去了哪里,反正他再也没有出现。这让他们大大地松了口气。

那两天他们就是不停地闷睡,然后不分白天黑夜地看电视。电视台现在其实也没有啥节目,有一些城市已经提早毁灭了,比如上海早先在一场离奇的遗忘性火灾后,被太平洋缓慢吞噬,而成都被从深达地幔裂缝里爬出的怪兽吞噬,西安的钟楼下爬出了一只巨大的蛤蟆……但是中国,也终于开始起飞了。

最先飞起的是海南岛。雷州半岛和海南岛北部的雷琼断陷成了这粒扣子上的最后一根断线,它升到空中以后停留了片刻,以五指山为轴不停旋转,似乎也在纳闷发生了什么,随后突然带着一声呼啸飞速地掠过北部湾海面,掀起了十几公里高的巨浪——仿佛是开场哨响,宣布了这场浩大玩笑的高潮一幕来临。

这个愚蠢的玩笑来源于难以理解的宇宙意识，它终于看够了地球上过去的四十六亿年间的起伏沧桑，决定加上些更辛辣的佐料。"最后一幕得快一点儿，我赶时间。"它吼叫道。

两广福建地区早先由于一系列的地震，已经沿大致平行的北东向，缓慢断裂成条状的地块，好像一群银鱼优雅地游上碧空。

随后是被中甸—大理断层、康定—甘孜断层分隔开的云贵高原和四川南部，包括中甸、丽江、鹤庆、剑川、洱源、大理、弥渡、巍山、南涧这些中国最漂亮的地区，巍巍雪山和清鲜的空气、当地人，还有大量的游客、国家地理杂志的摄影师，就这么飞向火星，一去不返。

世界屋脊沿着西藏中部断层分成了两片巨大的石磨，它们带着无数阳光下闪耀的庙宇金顶，怒吼抖动着交错腾空而起。中国最高的阶梯如今踏步入云，高耸的雪山是半圈白色的利齿，每当它们在云中团团旋转，上百立方公里大小的黑红色岩石好像磨盘边缘滚落的碎青稞，带着冰雪成串陨落。

青藏高原的北部是青黛色的高原牧场以及黄色沙漠和深棕色戈壁相间的广袤高地，它们被阿尔泰山断层、南北天山和塔里木带分隔成了打着转升空的花瓣，如此轻盈地腾上天空，看上去很美，但实际上却有连绵上千公里的森林和草场落入大地的断口，上千公里的雪山崩塌成丘陵，塔克拉玛干则把它的滚滚黄沙顺着拜城到和静、库车至轮台一线向下倾撒，把成串的古老都城和石油新镇一视同仁地掩埋在沙丘下。

深达地幔的大裂缝继续顺着陇中黄土高原蔓延，如同猛兽惊起飞鸟，断裂带两侧那些碎裂的山地成群地被轰上高空，它们盘旋回绕，似乎心有不甘，忽地又决然而去，不再回顾。

上百公里高的火舌从地下喷出，吞噬了同步轨道上的卫星群，整个地球都在轻轻摇晃。这是莫名其妙的反重力暴风对地球表面的最后进攻。

　　它是一场飓风，是龙的呼吸，是大地的咳嗽。它拖着不可阻挡的脚步席卷向前：松潘、平武、临夏、天水、武都，只是飓风边缘吹起的小卵石；龙门山、贺兰山、巴音乌拉山、雅布赖山，只是顺坡滚动的大块磐石；柴达木和银川盆地、磴口—五原、呼和浩特以东的河套草原则是飓风抛起的铁皮屋顶。

　　它摧枯拉朽，顺着河西走廊、祁连山北麓，朝着东部猛扑。

　　长城被一点点撕裂，它们断裂的脊骨星星点点地散布在数千个孤立的飞岛上。

　　最后飞起的是山东半岛和渤海湾。庙岛群岛仿佛一串珍珠，带着轰隆隆的巨响和旋转的旋涡，从它们的基岩上拔地而起；随后的莱州、蓬莱是张开的龙翅，在山东的脊梁上抖动；威海、荣成则是龙头探入高空，张开巨嘴亲吻虚黑的太空；泰山带着三千年来的巍峨重量陡然上升，留下一万二千立方公里的深坑；黄河咆哮翻腾，飞流而上，把千亿顷黄色的水洒向天空，此刻它真的成了天上之水。

　　庞大丰硕的中原地区像个熟透了的番茄般裂开。那些经历了上千年磨难的城市遇到了最后的浩劫，只要不幸落在了边缘地带，不论是拥有更高比例的现代工业垃圾还是被过度包装的绚丽文化古城，就都会像熟透了的果实一样往下坠落。

　　有人哀号，有人悲叹，有人无所谓，有人则已经开始忘却地球上的生活了，他们带着新的憧憬面向宇宙看去，然后惊叹道："哇！"

　　他们最终得习惯新的生活。

　　只有北京完完全全一点不漏地剩下来了。

"我们被宇宙忘记了么?"

北京人想了想自己的伟大,很快就自圆其说地回答了这个问题:"不对,是我们甩掉了宇宙。"

此刻被他们甩掉了的宇宙里,某块飞行的陆地上有一片绿色草坪,绿色草坪上有一栋白色的建筑,白色建筑里的某个椭圆形房间里照例坐着两位神秘人。

为了和本小说第五节里出现的两位神秘人区分,我们权且叫他们 A 号神秘人和 B 号神秘人。

对 A 号神秘人来说,在这栋白色为主调的房屋里,他还是个新手,而且还是有史以来第一位黑皮肤主人。这让他很有点不习惯,也考虑过是不是把整栋屋子刷成更贴切的颜色。

B 号神秘人则是位金发妇女,她对这栋屋子倒是相当熟悉,此外她穿着笔挺的职业套装,一副精明干练的样子。

A 号神秘人言简意赅地指示:"汇报!"

"行动失败了。我们伪装成天顶星人的特别行动队遇上了真的天顶星人,而且没有杀死一号目标。"

"给我接行动队的电话。谢谢。" A 号神秘人说。

墙上的一幅油画移开,露出了个屏幕,上面是一个体格如巨熊的男人在说话:"……如果不是一个傻瓜阻挡了一下,我可以杀死她的,连同她电脑包里的数据,妈的,全都能干掉。"

"他为什么要阻挡呢?" A 号神秘人插了一句嘴。

"谁知道,也许他爱她。"行动队长耸了耸肩膀。A 号神秘人注意到他的鼻子被打破了。

"我讨厌爱情。"B号神秘人恶狠狠地说,不知道为什么一条沾染白色污物的蓝裙子飞入她的脑海。

A号神秘人若有所思地突了突下唇:"这么说北京人赢了?他们会留在地球上,统治那颗星球了?"

"恐龙以来最没有竞争的统治者。"B号回答说。她关掉了电视,油画再次升起,把电视屏幕遮挡住。

这样就没有人听见行动队长下面的话:"中国人也在找她。他们派出了北京军区所有的特种部队……"

B号转身建议。"好吧,别管地球了,考虑下太空争霸计划吧。"

"是个好主意,比如说,我们不能飞得比俄国人更高吗?不能比他们飞得更优美吗?"

B号翻了翻手头的文件夹:"南半球高纬度上空倒是道路畅通,没人和澳大利亚、智利抢道,但我们这边就很拥挤了,轨道上一塌糊涂。以色列人很开心,他们划着自己的国家穿过了红海,把整个阿拉伯甩到了地中海另一边。巴基斯坦在试图调整轨道向北飞,印度却在往南靠,他们都在各自寻找更合适的邻居……国内也有好消息,阿拉斯加正在试图加入阳光明媚的加利福尼亚,施瓦辛格州长已经起草了欢迎文件……坏消息是,古巴和委内瑞拉正在朝莫斯科方向靠近……"

"那本是我们的势力范围!"A号怒吼道。

"还有南斯拉夫和伊拉克,它们似乎想要绕到我们的对跖点去,和我们相隔整个地球——我们相信这里面得到了俄国人的帮助。"

A号猛捶了一下椅子扶手。

"最糟糕的是,夏威夷误入西伯利亚领空,他们表示不准备归还这些土地。"

"我靠,那是我的出生地!"A号这回真的生气了,脖子涨得通红,鼓了起来,还一起一伏的。"这太过分了,这是赤裸裸的宣战。我们的核潜艇在哪里?我们的俄亥俄在哪里?"

"九艘在太平洋,五艘在大西洋,密歇根号在佐治亚州金斯湾的海军潜艇基地整修,佛罗里达号和佐治亚号在太平洋沿岸的班戈海军基地,其他的都在外海游弋。"

"大西洋?"

"大西洋也飞起来了,在比我们更低一层的地球轨道上,比俄罗斯人低两层,这需要重新计算轨道,但不会太麻烦。"

A号神秘人嘟囔着说:"好啊,那就让你们看看,三叉戟弹道导弹,三百三十六个分弹头可以在半小时内摧毁三百个大型城市——把我的核弹手提箱拿来。"

他把箱子摔在桌面上,干净利索地打开了密码锁,然后,犹豫了一下:"希拉里,我这么做对吗?"

"当我还是个小女孩的时候,"B号充满感情地说,"我告诉自己,要好好保护地球,绝不能让它毁灭。"

她停顿了一下,眨了眨眼。"但是——我们已经不在地球上了。"

隔壁马路的高楼里有人在放礼花。后来,整个天空都变得璀璨夺目,白色的条纹飞来飞去,在黑暗的幕布背景上放射出夺目的亮光。

"很悲伤吧?"

"是的。"

"但也很快乐。"

张咪咪和陈楸帆站在阳台,看着外面的天空发呆。

"看着它们毁灭,不知道为什么又悲伤又快乐,有些极力挽留的东西,原来是这么不堪一击,拼命想要留下的东西,又觉得没有什么不可放手的。把这些表面的浮华繁盛全都抹去,你可以看到更沉甸甸的残酷现实。"

"北京马上也要飞起来了,"陈楸帆伤感地说,"也许这是我们在地球上的最后一晚了。"

"四环以内房价比较贵,还能多坚持一会儿吧。"

那时候,反重力断层带已经逼近了北京西郊,他们站在阳台上,就能看到飞翔在空中的北京大学,博雅塔在落日下闪着细长的光。这个著名学府带着未名湖,带着亚洲最大的大学图书馆,带着"思想自由,兼容并包"的校训永远地飞走了。陈楸帆看着它们在天空里逐渐远去的剪影,有点依依不舍。那是他的母校啊。

跟随着北大横过天空的是清华大学,它从北京带走的是圆头圆脑的大礼堂、德式屋顶的清华学堂、廉洁正直的荷塘月色以及"自强不息,厚德载物"的校训。张咪咪看了也不免有些伤感。那是她的母校。

"没多久就轮到我们了。"陈楸帆说。

那时候张咪咪已经喜欢上广东菜、啤酒和杂乱肮脏的厨房间了,也喜欢上左岸社区里混吃等死的懒散生活方式,所以她也同样伤感地看着乱糟糟的房间,说:"不知道飞到空中,还有没有这么舒服的生活了。"

陈楸帆从汽车上偷来的收音机已经不声不响了很长时间,突然间又嘀嘀咕咕地叫了起来:"下面播报重要通知……所有的北京人,凭借户口本到市中心广场集中……所有的北京人,凭借户口本到市中心广场集中……"

"出什么事了?"他们问一直横卧在沙发上的莫雨笙——他看的电视最多。

"……中科院呗,那些科学家还真不是吹的,好像找到了最后的办法,靠人体的重量来压住北京。据说把所有人集中到天安门广场,能把二环以内都压住吧。"

"啊,那二环以内的房价岂非要暴涨了?他们承诺的房价调控又要完不成了吧。"

看着这两个外地人毫无责任心地讨论一些关于北京的数据,听着广播里不断重复的腔调,张咪咪似乎是第一次意识到,她的工作彻底结束了,她手上的数据也真的无用了。

有一刻,我也想过,我可以选择另一种生活。打开门,逃到另一个地方,那里没有任何数据,没有数学,甚至没有数字。我是说每个人都不会数数。她暗自想道,也许那个地方根本就仇恨数学。那也他妈的挺爽的。

"墨鱼,你是北京人吗?"陈楸帆问。

"不是呀。要是我能和你挤住在这鬼地方?我还能写鬼他妈的九州小说?他妈的早飞黄腾达了。"

"那就和我们一起飞吧——喂,如果外星人也鄙视我们,我们还能飞到哪儿去?"

"你们干吗一起飞?你是广东人,小张呢,她不是北京人吗?"

陈楸帆沉默了。

墨鱼却不依不饶地问:"小张,你说啊,你不是可以留下吗?"

陈楸帆抿了抿嘴,小心翼翼地提醒她说:"是啊,你是北京人,你可以去广场集合的。你可以下楼,骑自行车去天安门报道。会搞清你的问题的,有户口本的就是北京人嘛,这事儿天经地义。"

"我不想去了。"张咪咪说。

"你说什么?"

张咪咪因为自己让他们震惊了而深感得意,她也能做出一些出人意表的事情呢。她突然发现自己这会儿还不自觉紧紧抱在怀里的电脑包，她厌恶地看着它，好像刚刚发现它的丑陋似的。

"去他妈的电脑，我还抱着它干吗？"她说，一甩手将它从阳台上扔了出去。

"我当不了英雄，让别人当去吧。"她快活地说，然后转过头去问陈楸帆，"那天下午，你到底想和我说什么来着？"又加了一句，"不要骗我，我看得出来。"

"哦，那天啊，"陈楸帆尴尬地抓了抓后脑，"那天我刚失业，本来想跟你说，能借我点钱吗？"

张咪咪很有点失望，甚至失望得要停止呼吸了。

可是陈楸帆眨了眨眼，又说："可是现在我想说，我爱上你了。我爱你，张咪咪。"

张咪咪的心跳停止了。她抓住自己的衣领，惊慌失措地想，人的一生有十二年的时间在讲话，人平均每天说二百个大小谎话。她心慌意乱地想，陈楸帆说的会是谎话吗？

陈楸帆郑重其事地揪了揪她的鼻子："你必须忘掉那些统计学。这是我们爱情的开始。"

"那我要注意什么呢？"

"随便其他什么。"

张咪咪想了想说："我包里还有一件顶漂亮的黑色小裙子，是我那天上班前在秀水街买的，你喜欢我穿上它吗？"

"那就穿上它。我们好好祝贺下，为这个飞起的日子。"

他们脚下的楼房摇晃了起来。杂乱地停在小区里的那些汽车一辆接一辆地升上天空，好像灰色鱼缸里的金鱼。

"最后问一遍，放弃你作为北京人的权利，一起跟着我走吗？"

"是啊。"

他们一起漂浮到了半空中。莫雨笙知趣地飘到厨房去了。而陈楸帆和张咪咪，他们和陈楸帆那间丑陋肮脏的小屋一起旋转着，飞翔着，飞向自由自在的宇宙空间。屋子里所有的锅碗瓢盆纸张书籍没吃完的广东秘制煲汤全都漂浮了起来。张咪咪看看这一切，并不觉得那么难受。它们自有其混乱之美。

陈楸帆在空中朝她飞了过来，飞行姿态还不太熟练，有点怯生生的感觉，但张咪咪伸出了自己的手，朝他迎去。他们的楼房直接撞进了一朵温柔的云里，而张咪咪和陈楸帆拥抱在了一起。

人的一生只有两周时间在接吻，但张咪咪既然背叛了伟大的统计学，她决意这一次就让这一数据见鬼去。

此刻，在地面上，一支精锐的雪豹特种部队像真正拯救地球的英雄那样，在最后一分钟里找到了那台摔碎的电脑。他们装备精良，借助动力滑翔伞，以最快的速度将硬盘送到了数据恢复中心，然后又以最快的速度将恢复了数据的硬盘送到中科院秘密基地。不知道那些全中国最牛逼的科学家们搞了什么鬼，于是四环以内的北京城，房价最贵的北京城，震动了一下，落回了地面。

整个地球一片寂静。

数据被小心翼翼地灌入了最新的存储器，崭新崭新的存储器啊，从来没有写过数据的磁盘，然后默默地运算了十二个小时，最终那台脑满肠肥的大型电脑得出了结论。

二十台小型一些精干一些的电脑再次检查了那个结论。

最后那个结论交到了人类的手里。

他们再次仔细检查了结论，然后把它送交到地球上最神秘的地点神秘的房子里那位二号神秘人物手中。

"没错，"二号神秘人物说，"现在北京变成地球上最伟大的城市了，因为没有其他城市了。"

"第一？"

"一。"

一号神秘人又数了一遍。他郑重地站起身，把手插在西装的第二粒和第三粒纽扣之间，说："开记者招待会，宣布这一喜讯。"

那天傍晚之前，地球上只剩下了孤零零的北京躺在华北平原上，四周是一片红色的光芒四射的地幔层。

北京就像是个烤热的铁砧子上的煎饼果子，薄薄地平摊在夕阳中，被夕阳那接近六百三十到七百五十毫微米波长的光线照射得通红，并且越来越红，越来越红，最后仿佛融化在红彤彤的太阳里。

命·不服 ————

文/有时右逝

第一章

　　石家庄没有什么大历史，但是石家庄的人命硬。

　　在六七十年代，这里勉强称为一个庄——其实更像一个大一点的村子，靠天吃饭，没有什么引人注目的地方。不过，这里的有些人很引人注目。

　　比如张五。

　　张五出生的年代不好，过了没多久就是三年自然灾害，正赶上了国家最困难的那段时间。当时他们一家八口人，张五爹张五娘还有张五爷爷奶奶以及四个哥哥。八口人可以为了一碗粥一粒米就和别人抢菜刀拼命——如果还抢得动的话。本来就喂不饱肚子，偏偏张五娘的肚子就在这个时刻渐渐的鼓了起来，这不是要命吗？

　　张五的爹骂天，张五的爹骂地，张五的爹骂张五的娘，张五的爹也骂自己。

　　张五的爹名义上算是庄里的教师。那个时代所谓的教师，也就是认识几个字，会写"毛主席万岁"，会说"为人民服务"，这种文化水平就可以担负起下一代的教育了。最后张五活了下来倒不是因为张五他爹的觉悟高，其实当时张五的爹已经盘算好了：只要老五生下来，就扔到后面的野河里淹死算了，反正留下来也是饿死，还不如给个干脆的。这样起码有一个好处，那就是死也不是一个饿死鬼——管喝饱。

事情的转折发生在张五的娘怀上快七个月的时候。

当时张五的爹从村自救会里领回来了几斤粮食，他爹盘算着，这点大米一次带回去，两天之内就会被家里的大嘴小嘴啃个干净，过不了几天就得全家继续喝西北风过活了。于是他自作聪明地把那袋宝贵的粮食藏在了自家的磨盘底下，拿着一点大米回家熬了锅稀饭。那是名副其实的"稀"饭，但是一家人依然是狼吞虎咽。嘴里有食下咽的感觉，在这个年代几乎要被人淡忘了。

张五的爹很满意自己的安排，觉得这样的日子过得有盼头。

第二天早晨，张五的爹再来磨盘底下和自己久别的宝贝亲热时，吃惊的发现粮食袋不见了！确切地说，那里什么也没有了。张五的爹愣了半天才明白自己被偷了。作案现场没有一点痕迹，除了周围几个正在喝热粥的地痞，喝着和这个时代极为不符的稠稠的稀饭，吸溜吸溜的声音让人听着都流口水。

但是张五的爹没有流口水。

那是一个人为粮食而疯狂的年代，张五的爹带着自己两个半大的小子和十几个人结结实实地干了一架。家里的碎砖变得更碎，破瓦变得更破。张五的爹一开始是打算告诉那群地痞：吃了他的给他吐出来，拿了他的给他送回来，这毕竟是一家人救命的粮食。但是混乱之中不知道是谁拿起了镰刀，"噗嗤"一声，自己的大儿子就捂着腰硬硬地摔在了地上。转眼之间，八口之家变成了七口之家。

大队处理的结果就是没有结果。全庄的人都要饿死了，打架打死一个又能怎么样？有力气枪毙一个人还不如省省力气看着他饿死呢！张五的爹抱着自己儿子的尸体跪在大队门口不胜其烦地哭号了一夜，最后换来了小半袋大米。回家埋了尸首之后，张五的爹拉住了张五娘的手说："一定给老子生下来！！"

张五的爹现在知道了生儿子是有必要的，起码以后在庄里打架还有个帮手。

这就是为什么张五能活下来的原因。

生张五的那个夜晚是电闪雷鸣，就是不见下雨。这样的天容易劈死人，庄里的医生是不会冒险出门的。所以张五的爹就搬了个马扎坐在床前，看着张五的娘使着吃奶的劲儿生张五。半大小子们都被轰到了爷爷奶奶的屋里，省得碍事。那天晚上三个小孩听着自己娘叫的撕心裂肺，在忽明忽暗的泥房子里哆嗦着，不能入睡。

张五的娘是第一次难产，嘴唇咬得发紫，被罩床单早就被汗湿透了。按说在这个青黄不接的年岁，婴儿都该是细胳膊细腿打娘胎一使劲就出溜下来的，可张五偏不。看着张五卡在他娘的身体里就是出不来，张五的爹也是搓手跺脚的干着急——可是还有什么办法呢？难不成上去跟拔河一样生拉硬拽？

还别说，张五的爹真就上去了，肚子里面的死了无所谓，反正生下来也是负担。但是张五的爹可不打算看着自己的婆娘活活疼死，以后生火做饭还要靠她呢！于是一双布满老趼的大手就生生地抓住婴儿水嫩的皮肤，一声啼哭，伴着一个响雷，张五的娘生了。张五的爹抱着张五，嘴里嘟嘟囔囔的，意思是前边四个小子没有害死自己的娘，你小子可不能这么霸道。

张五的娘欣慰地在床上喘气,休息一会儿,收拾收拾,明天还要给一家人做早饭呢。张五的爹正抱着张五乐呵呢,忽然脸色一变紧接着大嘴巴子抽到了张五的娘的脸上:"你个没用的贱货!"

张五没有把儿,是个女的。

第二章

张五的娘走得蹊跷，就连张五的爹也不知道怎么和外人解释。

就挨了一巴掌，连惊带吓的一口气没有上来，张五的娘就这么生生地走了。半辈子任劳任怨张五的娘没累死，那么多年饥荒张五的娘没饿死，难产折腾过来折腾过去张五的娘没疼死，倒让张五的爹一巴掌打死了。埋张五的娘时，张五的爹蹲在坟旁都忘了烧纸，显然没有醒过味儿来，一直自顾自地问，你咋就死了呢？

老四手里的张五冷不丁地哭了一声，恰恰提醒了张五的爹。

"就是因为你个小杂种！害死了你娘！"张五的爹狠狠地冲着老四喊。老四吓得一哆嗦，差点儿没把张五摔地上。

那是一个重男轻女的时代，张五的爹想到很远：以后张五长大了要嫁人，这几年不就白喂了？退一步讲，就算养大了，结婚要嫁妆，别多说，就算要五斤大米也是要人的老命了……思来想去，张五的爹总觉得应该弄死张五，给自己省心，顺便给老婆报仇。

问题是怎么弄死张五。

喂狗？现在哪里还有狗，都让人偷偷煮了吃了；扔河里？倒是个办法，就是这几个月大旱，河里的水是越来越浅，还真不一定能淹死人；干脆，用棉被捂住算了，动静小，又不费事。

张五的爹想了半天，觉得可行，于是把张五用被子包住了。就在打算蒙头的时候，张五的爹扫了一眼张五，顿时吓坏了。

那双眼睛，不就是张五的娘吗？

晚上吃饭的时候，张五的爹思来想去地喝不下。且不说那点米汤到底值不值得吃，倒是刚才张五的眼神，难不成是死人来讨债了？张五的爹看了看自家的老房子，觉得一个屋子连着死两个人似乎有点忌讳，而且都是自己弄死的，一个老婆一个女儿，这莫不是要下十八层地狱的吗？想着想着，手里的筷子就掉到了地下。一家人只顾抢着吃东西，根本没有人问张五的爹站起来去厨房干什么。等看着张五的爹拿着点粮食走出家门，一家人才傻了眼：敢情爹一个人吃好的去了？

过了一会儿，隔壁的寡妇就来了，抱起张五走到了后屋；张五的哭声就渐渐小了。一点大米换奶水，寡妇本来还不乐意；但是奶水足肚子也是空的，还不如喂饱一个小的然后再喂饱自己来得合适。就这么着，好歹张五算是有食了。

在那个时代，生下来没有饿死就算是万幸了，张五竟然还能吃到奶，估计张五的娘活着她也没有这待遇。这就叫塞翁失马焉知非福。

问题是家里几个半大小子坐不住了，明白点事的总是想过去看看。张五的爹脸一沉，一巴掌打在了老二的脸上——这次是悠着劲儿的，怕打死——然后大声地怒吼："你哥咋死的你忘了是不？还有心思琢磨这个？"于是老二就不闹了，老老实实地出门玩去了。老三老四也跟着老二，出去了。

寡妇倒没多想，就是觉得眼下的张五不能喂饱，要少喂——这样张五她才饿得快，保不准一小会儿之后张五的爹就得再拿粮食过来求自己呢！盘算着这些，她是一会儿喂张五一会儿又把张五抱开，足足折腾了一个钟头。就这样，张五也不哭了，过了一会儿，竟然睡着了。

"这不是长期的办法。"寡妇和张五的爹说，"我也不能常来啊。"说着话，寡妇不住的扫视着厨房的方向。张五的爹没有理解寡妇的意思，只当是怕人传闲话。"谁还管这个啊？都他妈要饿死了。"张五的爹说。

喂了几次奶之后，寡妇找个借口就不来了，张五的爹显然也没有打算再去请。倒是寡妇喂出了感觉，几天不喂奶涨得难受，最后不得不乖乖地又自己上门来了。

"邻里街坊的，互相帮衬着点儿呗。"寡妇说。张五的爹感恩戴德，觉得寡妇是个好女子。

寡妇经常上门后，张五的哥哥们就总是被村里的几个闲汉莫名其妙地打，下手还挺重。张五的爹一时半会儿没有琢磨过来是怎么回事，还当是庄里人觉得自己家的人好欺负，于是就数落儿子们不争气，没人怕。

"你们得让别人怕你们！"张五的爹总是说，眼前浮现的是倒在地上的大儿子，还有那把丢弃在地上的镰刀。"不然迟早被人吃了！"

话倒是实话，就是听的人不明白。张五的爹活着的时候很无奈。

等张五的爹闭眼的时候，张家总算是出了一个吃人的人。按说张五的爹应该瞑目，可是有两件事情是张五的爹万万想不到的：

第一件事情，是唯一一个吃人的张家人竟然是张五。

第二件事情，是张五吃的第一个人，竟然就是自己。

张五活下来了，但是不代表她活得好。从小时候开始周围的小子们就把她当成小子一样操练：打架，干仗都不带含糊的。由于天生是女孩，力气比不过那些男的，所以张五就一直被人欺负。有吃的？抢！给了一个树枝子编的头环？抢！穿了新衣服？抢！后来张五穿了一次裙子，被男孩子扒了以后发现穿上不合适，挨了一顿揍。

有人问了，那张五的哥哥们就看着张五挨欺负？就这么眼睁睁地干瞪眼？

当然不是了。

当别人都在争先恐后地欺负瘦弱的张五时，她的哥哥们也一拥而上地参加了抢夺，甚至有几次是自己家的人先动手，外人也跟着上的情况。

张五就是这么倒霉。一面是自己的哥哥们嫌自己能吃，抢了别人碗里的；一面是外面的人认准了张家的人好欺负，张五尤其好欺负。张五到十岁的时候懂事了，就躲在家里。被自己家人欺负总比出去被一帮子半大小子扯了裤子强。

其实张五长得是越来越水灵了，这一点张五的爹看在了眼里。现在的日子倒也比当时好过了许多，这让张五的爹打消了拿张五换粮食的预谋。眼见着围在自家门口的小子们越来越多，张五的爹似乎有了主意：那群人里，可有村支书的宝贝公子！

张五的爹盘算着要不要自己厚着脸皮去给自己家的女儿说个门路嫁过去，张五却已经不乐意了。那是张五第一次哭，说自己不喜欢那个喂自己吃土的村支书儿子。但是张五的爹没有理会。"女大当婚！"张五的爹斩钉截铁。

没有过多久，张五开始恨自己的爹。

爹没有和自己主动说过话，她不恨；爹经常偏向着自己的哥哥们，她不恨；爹从来没有带自己出过门，她不恨；现在爹开始逼自己卖人了，张五开始恨了。

她觉得自己还不如后院那只驴活得有意思。

那是张五十几岁的时候，被自己的爹讪笑着"请"进了支书的家。支书给了张五的爹一瓶酒就让他回去了。张五的爹美滋滋的喝了一晚上酒，梦见自己和支书成了亲家；没想到支书家的小子第二天把晕过去的张五又送了回来，裹在一床被子里扔在了张家门口，没说娶也没有说不娶就走了。张五的爹欣喜地以为得了一床新被子，抖落开一看上面全是血。

全庄的人都看着张五的爹拍马屁的笑话。

从此，张五没有出过门。

过了一年，身败名裂的张五来不及被自己的爹明码标价卖出去，一场全国的风暴突然就刮了起来。无数的年轻后生穿上了军装，戴着红袖箍，举着小红本本冲上了街头，愤怒地喊着口号，叫喊着要打倒不知道龟缩在哪里的阶级敌人。武斗派的作风让张五耳目一新，昔日里那些流着鼻涕的小男孩摇身一变就是革命军领袖了。

支书家的小子莫名其妙地就从一个地痞流氓成了一个革命派领袖，张罗着打倒周围的反革命分子。周围的人都人心惶惶，这是一个可以轻易把黑变成白把白变成黑的年代。

张五的爹却不在意，逢人便说："支书家的小子按规矩叫我一声爹哩，我怕什么？"

然后，第一批被打倒的名单里就有张五一家。老太太看着一群红卫兵冲进了屋子打砸抢后，吓得两眼一闭走了，倒也干净。老爷子当然不乐意了，愣是冲进了一间挂着《维护革命果实指挥部》牌子的民房说理，立刻被屋子里的人冠上了"反革命分子""冲击无产阶级胜利果实"的帽子,当场打死。张五的爹只能在家里抹眼泪,却连屁都不敢放,害怕自己放屁会冲击到无产阶级专政。

张五把一切看在了眼里,却什么也不说,静静地看着自己窝囊的爹。张五的爹此时已经失去了所有的希望,看着自己女儿那酷似自己老婆的眼神,经常一宿一宿地做噩梦。

后来有一天,来了一群人,冲进来就绑了张五一家人。庄里建了一个大台子,上面全是被打倒的对象,所以张五一家人也有幸站得高看得远。

台下是一群群跟着呐喊的群众,台上是一个个耷拉着脑袋的群众。要打倒就要有个说法,为什么要打倒。于是支书家的小子就喊着让下面的人揭发台上的罪人是怎么破坏革命的。

"XX偷过共产主义的鸡蛋!"

"XX杀过共产主义的狗自己偷偷吃肉!!"

"XX浪费过共产主义的粮食!!"

底下的人说着这些是个人都干过的事情,不同的是加上了"共产主义"的名号,于是上面的人罪孽深重。而下面的人虽然也偷过鸡蛋杀过狗浪费过粮食,但是那是别人家的不是共产主义的,所以不构成罪。

"打倒反革命分子!!"台上的领导大吼。台下的人大吼。

既然罪孽深重,那就认错吧!于是大喇叭一个一个地扩音,反革命分子老老实实地承认着自己的那些罪行——那些破坏共产主义的罪行。

一切本来也就是按照首都搬来的传说走一下过场,打倒之后底下的人回家睡觉,上面的人也是回家睡觉,明天继续来这里打倒就可以,跟上班一样。剩下的,就让那些年轻的武斗派们斗去吧!反正死几个人不会影响国家建设,只要死的不是自己,怎么都好。

可是偏偏张五就喊了一句话。

喊了一句张五的爹永远喊不出的话。

"我要揭发!!我爹以前卖国!!"张五喊出了这一句后,台下的人鸦雀无声,台上的人也是鸦雀无声。

除了张五的爹瞬时尿了裤子,一切都静止了。

大字报上传唱着张五大义灭亲的事迹。

当时张五就被人松绑了,请到了主席台上。这年头,偷鸡摸狗的反动分子太多了,群众难免提不起劲儿来,现在竟然有了一个卖国的,这实在是雪中送炭。

张五在上面开始滔滔不绝的讲述自己爹卖国的经过,台下的人听得越来越兴奋。当然在很久之后,大家看了《地雷战》啊《地道战》啊,觉得张五讲的明显是电影里的汉奸。

总之事情就是这么发生了:立刻就有人喊着打倒汉奸。张五接过一条群众递过的武装带走向了自己的爹,喊着那个时候的豪言壮语,用皮带扣那头狠狠地抡了下去。

那是一个开始,之后的批斗会场场见红。

"不能让一个娘们儿带头革命啊!"这是开批斗会的人的心声。于是之后的批斗和武斗一次比一次狠,人们似乎都红了眼——自从第一次见血后,还是女儿打老子的血。

张五看着爹倒了下去,满面鲜红。头上黏稠的血液是张五不曾见过的,仿佛九岁那年过年喝得那碗稀饭一样。

张五打人时吓得一直抖,张五的哥哥们吓得一直抖,台上台下的人其实看着都在抖。抖了一会儿,张五反而不抖了,腿也站直了,嗓门也大了。

"毛主席万岁!"张五喊道。

在这一刻开始,张五死了;以后的这个女孩,叫张舞,红旗挥舞的舞。

张五的爹抬回去以后,第二天又被抬了出来,不过这次没有坚持到再回去。连惊带吓,还有张五——不,张舞——那酷似她娘的眼神,活活地逼死了张五的爹。当着无数人被自己的闺女打了,这老脸还要吗?出门之前张舞的爹就吞了毒鼠强,上了台就开始吐沫子了……人死了?没事,还有儿子呢!几个小子缩着脑袋在那里检讨着反革命分子的罪行,今天说私通国民党,明天又说给日本鬼子送过信……总之自己都不记得自己说的是什么了,检讨的罪要不为人知,要大,要新,才能避免武装带狠狠地落下——还是带着皮带扣的那头。

埋张舞的爹那晚,张舞没有出现。不少人都纷纷竖起大拇哥,觉得根正苗红就是这个概念,虽然张舞是个黑五类。再之后的一切都顺其自然,张舞出现在一个又一个批斗场,穿上了改了裤腰的军装,拿起了红色的小本。无产阶级专政就在一个又一个武斗派互相群殴之下渐渐地巩固。

张舞的名气越来越大,就有人坐不住了。谁?支书家的小子。他记得自己那一晚是怎么对付张舞的,确实是禽兽不如;现在张舞成了禽兽,保不准想报仇呢。这年头,你瞪别人一眼别人就有捅你一刀的理由,何况是女孩家最在乎的东西?

支书的小子是越想越怕,好几个晚上都是从噩梦中惊醒一身的冷汗,就好像那带着皮带扣的武装带是抡到了自己的脑袋上一样,皮开肉绽,露出了白花花的骨头。

在一场批斗会后,支书的小子带着一大群人冲进了会场,当场按倒了正在收拾东西的张舞。张舞看清了来人是谁后，冷笑了一声。

"反革命的后代就是反革命！大家的眼睛要擦亮！就算她出卖了老子，保不准是计划着翻天呢！"支书的小子喊着，从背后拔出了一把镰刀。"昨天就有人看见这个浪荡婊子和别人私通。我们能容忍这种伤风败俗的事情在革命队伍里发生吗？"

人，都是支书小子带来的，而跟着张舞的那点人数跟现在的阵仗一比，显然不成气候。看着周围的人纷纷去捡地上的砖头准备行刑，张舞就笑了，但是眼睛瞪着支书的小子，没有害怕。她怕什么？她最怕的都经历过了，现在有什么可怕的？

"放开我。"张舞就说了这一句话。按着她的人看了一眼支书的小子，意思是问到底放不放。支书的小子其实是不想多事的，但是张舞紧接着就喊了一声："这么多大老爷们儿，还怕我一个小女子不成？"人群中就开始骚动，举着家伙的人放下了手，议论纷纷：好像这么多人处决一个女人——还是手无寸铁的——是有点不够光明正大。

"放开她。"支书小子说，然后把自己隔在了别人的后面继续喊着口号。他心里聪明啊：万一这个丫头藏着个手枪什么的，那自己不是自寻死路吗？自己可以藏着镰刀，保不准这丫头片子藏着什么呢。

果然，张舞被人放开后，从容的整理了一下自己被按皱的衣服，然后手就放在了腰间。

"这小妮子还真有家伙？"支书的小子吓了一跳，自己胡乱猜测的难道中了？

不过张舞没有拔出什么吓人的玩意儿；相反地，她开始一件一件的脱衣服。

那是什么时代啊！那是一个保守的时代，那些半大小子有几个见过姑娘什么样的？一群人就流着口水，看着张舞越来越暴露的肉体，口号都喊得不利索了。张舞最终剩下了一件小汗衫,由于人多地方小,已经热得被汗浸透了,下面肉色若隐若现。

支书的小子此时舌头都麻了,恨自己当初为啥就让这么好的一个姑娘给跑了。

张舞走过去,拨开几个已经不会说话的人,拉出了站在人后的支书小子,然后轻轻地抱住了他,在他的耳朵边吹气:你舍得杀我这个反革命?

支书的小子成为了历史,他在那个夜晚被人吊在了开批斗会用的那个院子里后面的枣树上,身上被人用镰刀划了个遍,身上还着了一把火。天亮了,有人看见后,说太狠了,人都死了何必这么折腾呢;有人就轻轻地拽袖子,说,小点声,谁告诉你是人死了以后才烧了个断子绝孙?

张舞狠啊。

当时张舞看着眼前的一群腿都软了的人,笑了。"谁想要我的,"张舞指了一下眼前的支书小子,语气突然软了下来,"就抓住这个真的反革命分子!"

张舞一边穿衣服一边轻描淡写地说了那一晚的事情,有流鼻血的,也有当时就开始责骂支书小子的,也有想表示一下大男子主义而上去义愤填膺的。总之,不到半个钟头后,支书的小子就被几个以前的亲信吊在了树上。

那个夜晚,支书的小子在树上晃着,嘴里不干不净地骂着张舞。张舞就笑,就拿出了一个瓶子打开了,别人都以为是酒,要拿喝醉来壮胆的;但是张舞却泼在了支书小子的要害上。

哟,人们有人闻出来了,是油。

火柴一点亮,支书家的小子怂了,不敢骂了,哭爷爷叫奶奶地求张舞手下留情。张舞没有说话,别人也没有说话;张舞在冷笑,别人在冒冷汗。

火柴灭了,支书家的小子裤子也湿了。好容易缓了一口气,张舞又划亮了第二根火柴。

这下热闹了,大家跟看耍猴一样看着支书家的小子在树上拼命地扭,由于手已经麻了,动作扭曲得可笑。这次已经是开始骂自己祖宗十八代了,连同自己未出生的种也骂了个遍。不管他现在心里多恨张舞,不管现在多丢人现眼,但是现在命根重要啊。

一群人就哄笑着看张舞耍着树上的人。张舞足足地玩了半盒火柴,地上全是半截的火柴棍。"好了,不审你了。再这样下去,我不是浪费共产主义的火柴嘛!"张舞说。周围的人哄笑,上面吊着的是面红耳赤,几乎要晕过去的支书小子。等到了这句话,他也没有力气挣扎和道谢了,只能等着别人松绑。

旁边的人热闹也看够了,等张舞这句话一出口,就准备上去放人,谁曾想,张舞又划亮了火柴!这次不是一根,是一把。

"我求你的时候,你放过我了吗?"张舞在火光后面问。

然后就是一个人的惨叫,叫得撕心裂肺。火光大了一些,照亮了一个个恐惧的面孔。快晕过去的人就这么清醒了,在树上拼命地荡秋千——他想把火弄灭,但是除了两条腿不断地摩擦外,没有别的办法了。

周围的人傻了。

张舞再回头时,没有人再用轻佻的眼光去看眼前的这个女子,相反,他们的目光就像是在迎接新的首领一样。

"打倒反革命分子!!"张舞喊。

一群人愣了一忽，也跟着喊了起来。放火烧人犯法，但是对方是反革命的，这就是在维护革命的胜利果实了。

人群的吼叫伴随着惨叫，渐渐远去。张舞带着人去抄家了，去抄当年支书的家，轻车熟路。充满欲望却不知如何宣泄的人们跟着一个身影，愤怒地破坏着一切。

人群散去时，张舞独自告诉支书，一报还一报。

半夜里，张舞带着几个人回到了枣树边，看着树上的支书小子。带来的人是谁？她的哥哥们。张舞拿出几把镰刀，递到了他们手里。

"砍。"张舞说。树上的人已经不省人事了，不知道是不是已经死去。

没有人敢动。砍人和杀猪毕竟不是一个概念。

张舞狠狠地抡了一刀，半截刀刃刺穿了树上人的大腿；那个人鼻子里噗噗的开始冒血，然后传出了一声沙哑的呻吟。

人还没死。

张舞把手里的镰刀给了二哥。二哥看三哥，三哥看四哥。

"你们别逼我。"张舞瞪着从小欺负自己的哥哥。"忘了爹跟咱们说的，大哥是怎么死的了吗？"

没有人说话，手却越抓越紧。

回到家已经是半夜了；几个人在河里洗了澡，洗掉满身的鲜血后，才回屋子睡觉。河水很凉，但是几个人都不觉得冷。只是洗着洗着，老三突然开始哭，老二和老四劝了几句，突然也开始哭，而且越哭越狠。

上岸后，三个大老爷们儿光着身子，在满是石子的河边恭恭敬敬地冲着张舞磕了三个响头。

张舞一个人睡大间，三个哥哥睡小间。

那一夜，张舞偷偷地去了张五爷的坟前，哭得稀里哗啦。

"爹，咱们家以后是吃人的了。"

从第二天早晨开始，跟着张舞闹革命的人是越来越多了。革命嘛，就是要闹。于是张舞意气风发地带着一大群人，开批斗会，找反革命分子，发表爱国演说，和别的伪革命组织械斗。一个女子，是不用走得太靠前的，她身后那些盯着她屁股看的后生有的是，为了一句夸奖就敢上菜刀玩命。于是张舞这个名字就越传越神秘，大家都觉得她是一个绝世的尤物。虽然张舞长得不是那么出众，但是人人见了她，都觉得身上有那么一股东西，让人的眼光离不开。

也有的女子想要这么闯出名堂，但是不是被人说是伤风败俗给批斗了，就是让一群男人给糟蹋了。偶尔几个女的带着一点人来革命，就被反革命了。

几个哥哥，平时也不显山露水，但是一旦有人和张舞涉及到了利益上的冲突，保准在一个夜黑风高的夜晚，就有杀人放火的事儿。周围想和张舞亲近的人偶尔去家里坐一坐，三个哥哥也不多说，只是冷笑着拿眼神瞄一瞄对方，往往对方就找个托辞告退了。

那种眼神，就像是在问你：你有几条命？

跟着张舞的男人多，但是没有人敢碰张舞。

张舞一大早就出去开批斗会了，一伙人突然杀进了张舞的家。老二一看，认识，是"坚决维护革命成果战斗小组"的人（顺便一说，张舞的革命派系叫"坚决永久维护革命胜利果实小组"）。这群人也是心狠手辣，大部分人是一个技校的学生。为首的是一个半大的后生，大号没有什么魄力，自己起了个外号叫二滚。可以说，整个石家庄的大派系之间都发生过摩擦，就是不知道为什么二滚一直没有和张舞的小组磕上。

来的这些人里为首的是一个歪戴着军帽的人，拿武装带指着老二，说，我们来抄家。身后的人就拿出了绳子，要绑人。

老二就喊了一声，然后飞身逃进了厨房，老三和老四从后院冲了过来，手里拿着的是生锈的镰刀——不是因为潮湿生得锈，那是上次的血留下的痕迹——人们还没有回过味儿来，老二也从厨房里返出来了，拎着菜刀。

一个钟头后，张舞带着人去了解放桥附近的技校谈判。几个哥哥被人用古代的木枷困住了，张舞一眼就看见了木枷上还插着自家的菜刀。双拳难敌四手，三个人难敌三十个人——况且别人是有备而来，手里都是长兵器，镰刀菜刀什么的根本很难近身。就这样三个人被打了个头破血流，老三折了几根肋骨，老四的牙也掉了两颗；二哥是最好的，除了眼珠子快掉下来基本没有别的大伤。

"几个意思？"张舞问坐在太师椅上的二滚。张舞身后的人都拿着家伙，二滚周围的人也都拿着家伙。冷兵器的时代，还是铁与血说话比较靠谱。人数就是道理，人数就是正义，人数就是革命，人数就是一切。

其实很多人都知道，人数越多越打不起来，这是一个概率问题，本身石家庄就不是一个大城市，出门转几个街人就认得差不多了。都是街里街坊的，不是铁石心肠还真的下不去死手。惨的都是几个人和几个人的遭遇战。眼下这阵仗，大部分就是吓唬人了。

二滚坐得端正，也不说话，就是用眼睛不断地打量着张舞。几百个提刀挂枪的大老爷们儿里，就一个娘们儿站在了自己的面前，还面不改色心不跳的，说实话二滚觉得眼前的娘们儿有那么点意思。不，是很有那么点意思。

"早就想见你了，都是革命同志，应该互相加强沟通。"二滚这话一说，气氛就稍微缓和了点，起码举着的钉耙啊锄头的都放下了。可是张舞不，自己的哥哥可是被人打成狗了，自己能舒坦吗？

二滚做了一个请的手势，意思是让张舞进教室说话。张舞想了想，低声地吩咐了身边的亲信几句，意思是有什么响动就动手，然后自己不慌不忙地进去了。

椅子是二滚亲自摆上的，张舞坐下了。嘴里的话除了表达自己的意思还要带上"伟大领袖"、"最高指示"等等词汇，听着就跟讨论着国家发展方向一样严肃。里面的谈话声音时高时低，倒也没有针锋相对。

外面的两拨人剑拔弩张，都各自心怀鬼胎。

说了一会儿，所有人都听见二滚哈哈的笑声。正当所有人紧张地猜测发生了什么时，门"咚"的一声被踹开了，二滚在前，张舞在后，然后二滚大手一挥："松绑！都是自家人，不是阶级斗争！我们误会了！"

几十斤的木枷开了，三个血人倒在了地上——手脚麻木的时间太长了。两边的人都等着下一个命令：是拼命，还是别的什么。

张舞说，走。一大群不明所以的人就乖乖地扶着受伤的人离开了技校。背后，是一群不明所以的人看着得意的二滚。

半夜，街上一个人都没有了。白天的事情让人分外劳累，晚上都贪图睡个好觉。只有一个人吹着口哨，在这街上游荡。

是二滚。

只见二滚穿着一身新军装，还换上了自己平时舍不得穿的军靴。有人要问，这大半夜的，二滚一个人去哪里？没错，二滚正是要去敲张舞家的门。

那有人继续问,二滚白天刚刚把人家家里的兄弟打得半死,现在又只身一人往人家家里去,这不是找死吗?

可是二滚不觉得自己是去找死。

二滚早就听说了这个奇女子,平时觉得不过尔尔,人云亦云罢了。今天一见,竟然拔不出眼睛。那个时代的爱情就是这么纯洁,也这么尴尬。几个字一出口,平时拿人命当鸡蛋的二滚竟然脸微红。

"你要是真有心,今天晚上来我家。一个人。"白天的时候,张舞犹豫了一下,对二滚小声地说了这句话。然后二滚就出门喊放人了。

因为二滚看到了,张舞的脸也微红,紧咬着嘴唇。

二滚到了的时候,风有点凉了。敲了敲门,门立刻就开了,果然开门的是张舞。

"你小声点儿,哥哥们就在隔壁屋子呢。"张舞低着头说。二滚谨慎地点点头,一脚迈了进来。

家里是微弱的烛光,还有张舞红扑扑的脸。

"真就一个人来的?"张舞似乎不信,一边做开水一边轻声地问二滚,二滚点了点头。"大老爷们,说话算话。"

张舞"噗嗤"的笑了:"你不怕我们家的人暗算你?白天你可把我哥哥们打惨了。"

二滚听了以后尴尬地笑了笑。"想见你,没别的法……改天我割肉给哥哥们赔不是。"张舞听着,给二滚摆上了茶叶——其实就和树叶差不多,有个味儿罢了。二滚受宠若惊,这年头喝茶可是一种礼遇啊!人家请自己喝茶,这不是有意思,啊?立刻的,二滚伸手捧着杯子,等着张舞给自己倒开水。

张舞的手一抖,开水就溅到了二滚的身上——滚烫的开水,让二滚在这夜深人静的时刻喊了一嗓子"啊——"

张舞很紧张地看了看门口，二滚也紧张地看了看门口，然后看到了张舞紧张的脸，紧接着脱口而出："没事没事！"声音大的啊，比刚才的叫喊还响亮。

"疯了你！想吵醒我哥哥？"张舞赶紧捂住了二滚的嘴。那是一双和时代不符的柔软的手，让二滚立刻就醉了。

"等我去给你拿毛巾。"张舞说着，走进了后屋。二滚自己摸着自己的嘴，拼命地吮吸残留的雪花膏的味道。

你说，这么好的一个女子，要是能娶回家……

二滚的美梦就做到了这里，张舞再出来的时候，身后跟着的是几个浑身绷带的人——老二，老三，老四。

几个人立刻就按倒了二滚，然后老四拿出了镰刀。二滚没有喊，也没有怎么反抗，只是一直看着张舞，脸上是冷静。二滚心里笑，这才是奇女子，她就该这样，她不这样就不是传说中的张舞了。张舞的脸上没有任何红色了，而是一种漠视。

张舞根本就没打算接受二滚，这是设计让他自投罗网来了。刚才泼开水也是，她料定要是二滚带来人，听见惨叫必然会露出马脚冲进来，到时候就可以反咬一口，说二滚一个大老爷们儿说话不算话，连个娘们儿都不如。要是二滚喊了一嗓子确实没有人，那么三个哥哥虽然受了伤，对付一个怎么也不在话下。

总之，张舞算计的好啊，二滚带人来也是无法立足，不带人来也是无法立足。

老二老三牢牢地按着二滚的手和腿，老四挽起了袖子，手中的镰刀借着烛光，刀刃越发地瘆人。张舞搜着二滚的身上：这个年代，坐到这个位置的人出门都是要带刀的。

"家伙呢？"张舞问地上的二滚。

二滚笑了。"来丈母娘家，带家伙干什么？"

老二就扇了二滚一个嘴巴。张舞听着也不顺耳，皱着眉问："你还有话不？"

二滚又笑了。

"你，以后就是我的女人了。"二滚说完就被老二扇了一个大嘴巴："死到临头了你还他妈乱说！看你是条汉子，自己挑是左腿还是右腿！"

二滚没有理会，而是问张舞："你说给我拿毛巾去了，毛巾呢？给我。"

张舞一愣，回身拿过来了毛巾。她现在觉得自己没有摸透二滚这个人，是很没摸透。

"今天这条腿，就是给哥哥们赔罪了。小的不懂事，以后哥哥们还要看着点妹夫！"二滚笑着说，然后示意张舞把毛巾塞进他的嘴里。

烛光亮了一晚上。

二滚这个名号就这么从街上黯淡了下去，取而代之的是一个不显眼的瘸子，其中一条腿上还有一个瘆人的大血洞。人们纷纷议论着张家兄弟的心狠手辣，那个夜晚被人越说越离奇，最后所有人都确信是张家三兄弟杀进了《坚决维护革命成果战斗小组》的总部，在万军之中取了上将的一条大腿。

从此，张舞和张家，没有人再敢多看一眼。

事后有人找残废了的二滚的麻烦，却被张家兄弟一顿好打，血染半条街。事后张家的老二放出了话来："有我们一天，谁也甭想动二滚一手指头！"

二滚是条汉子，这是那天晚上张家的三个老爷们儿一致认可的。

镰刀过腿，二滚的牙都要咬碎了，毛巾从嘴里取出来后已经是一条一条，汗流的不比血少。但是他硬是没吭一声，最后自己扶着墙爬了起来，冲张舞勉强笑了笑，对着取走自己一条腿的人抱了抱拳，慢慢地顺着街离开了。二滚出去没一会儿，街上就沸腾了，无数人的惊讶与喊叫，让这个夜晚不再安静。

事后张舞才知道，门外其实人不少。二滚要来，也怕自己被人给暗算了，所以悄悄地带着一批好手。当时吩咐好了，要是出事自己就大喊，外面的人就杀进来。结果，是张舞的一杯茶让他下了死心，她一个娘们儿可以耍赖，咱一个大老爷们儿可不能当着自己喜欢的人耍诈丢人！！

二滚当时被开水一烫，情不自禁地喊了起来，其实外面的人听见之后就打算动手了。二滚也知道啊，于是才大喊"没事"，那不是安慰张舞，那是给外面的人听的。

再后来三个人按住了自己，要取二滚一条腿，其实二滚只要一声呐喊——甚至一声惨叫，死的就不是他而是张家人了。可是二滚铁了心要给张舞看看自己是个男人，才咬住毛巾废了自己的一条腿。刚一出门他就晕了，被手下抬走送进了医院，勉强保住了一条命。

张舞的眼神里，似乎多了点什么。"你，以后是我的女人了。"这一句话，让张舞失了方寸。

老三和老四偷偷地去找过二滚，觉得这样的男人可以保护妹妹。不过自从二哥放出话不许旁人动二滚后，二滚就从石家庄消失了。

"我丢不起那人。"二滚留下了这句话，就从石家庄消失了。显然他不打算靠着别人的保护活下去。后来有人说在河边发现了一具尸体，看着像是二滚。

张舞恍惚间，觉得自己好像已经活了一百年。

很快地，张舞就让自己忘记了那个曾经单身深入虎穴的人了。每天的生活还是要去过的，张舞没有时间后悔或者回忆。

倒是从此之后，张舞突然觉得自己身后跟着一大群男人很恶心，于是就慢慢地不再那么锋芒毕露。等到人们醒过味儿来，才惊觉很久不见张舞领着人开批斗会了。现在的张舞，又变得大门不出二门不迈，只是那几个哥哥还偶尔抛头露面，去解决一下不同团体的争端——现在的张家人有面子啊，说句话在石家庄就是好使。

张舞就这么活着，外人都说：以前的报应来了，活该现在张舞守活寡。有几个传闲话的半夜里被人打折了双腿，第二天早晨被人扔在了马路边上，从此以后所有人都闭了嘴。

外面也有当初死心塌地跟着张舞的，上门提亲来的有，找人说辞的也有，但是老二还是那句话："我妹妹已经嫁人了。"言外之意就是：以后甭提这事。老二其实没有死心，多处都打听着二滚究竟下落在哪里；他不信那么一个铁骨铮铮的汉子会投河自杀。不过，除了能说二滚的外号是二滚以外，其他的线索几乎没有——老二又不想和别人说"那个瘸子"，觉得是自己手黑干的缺德事，喊二滚瘸子就是抽自己的脸。

揪住以前跟着二滚的小弟，人家就算知道也不说——都当张家人没有完，要去灭口，谁愿意告诉他们二滚的下落？

二滚消失了，张舞退隐了，整个石家庄两个要风得风要雨得雨的人物仿佛一夜之间约定好了似的同时淡出了历史舞台。

石家庄是一个不需要过去的城市，所有人都在向前看。

不久后，二哥出事了。

那天老二在街上买菜，在街上看到了一辆车巴巴的撞倒了一个老人。司机醉醺醺的下来看了一眼，上车要走。

"你他妈的还想走？"二哥过去抓住了司机。这是自己的地盘，怎么也不能看着别人这么放肆。司机看了一眼，倒吸一口凉气：是张家的老二。关于这张脸有太多的传说了，不由得人不怕。尤其是左边那只眼球，上次的伤有了后遗症，总是凸出来，看着就怕人。

司机把老人送进了医院，老二接着买菜。

结果当天晚上老二在家门口被抓了，罪名是"开车肇事。"老头死医院了，现在是死无对证。后来才知道，车是民枪局的。

民枪局就是"文化大革命"的一个时代产物，不是政府，却有枪。平时总是冒充公安局，其实说穿了和大街上的武斗派系基本没区别。除了，人家有枪。你要问为什么事情赖在了老二的头上，这谁也说不清，却谁也说得清。反正几个带枪的就包围了张家，在半道上抓住了一脸莫名其妙的老二。

张舞是后来才知道二哥被抓走了。民枪局抓的人，杀人案，枪毙。

一般来说，张舞是没有打算再出面。但是这次是事关自己的哥哥，没有办法的事情，只能再次走出了家门。

去民枪局要人的时候，张舞拿出了许多证据表示死的人和老二没有关系。没有想到的是，这里咬紧牙关就是不放人。张舞生气啊，带着一群人想冲击这里——被几个拿枪的给打了回去。看来这次对方是玩真的，二哥凶多吉少。不过究竟为什么民枪局瞄上了张家还不得而知。按说张舞当时虽然能闹，但是也有分寸，没有得罪这方神仙啊，为什么这次对方就一定要斩尽杀绝呢？

张舞琢磨着不对。

果然，晚上有人请张舞去趟民枪局。张舞就去了。一夜过去了，张舞出来后一脸的愤怒。"你们除了欺负我一个寡妇，还会什么……"张舞自言自语着，走回了家。

第二天，照样是请张舞去了民枪局。张舞这次去了以后，看到哥哥身上比昨天多了很多新伤，没有了言语。二哥整个人被打得浑身是血，见了张舞之后摇了摇头，让张舞出去。他不想被自己的妹子看见这么狼狈。

回来之后张舞偷偷地抹眼泪，老三老四一听张舞的描述，当场就拿着家伙要去玩命，被张舞吼住了。张舞知道对方要的是什么。

第三天张舞再从民枪局出来的时候衣冠不整，脸色刷白，但是她的身后，跟着她的二哥。

"别和别人说。"张舞咬着牙，眼泪已经打转了。

二哥靠着墙，喘了口气点点头，第一次特别心疼地看着自己的妹妹。

二哥三天以后死在了民枪局门口，是被乱枪打死的，身后藏的镰刀根本就没有机会拔出来。行刺领导的罪过，是现行反革命。这不是明摆着要推翻无产阶级专政吗？

于是一群人，一大群人包围了张舞的家。

按说吧，这个时候张舞伶牙俐齿那么一说，事情也就过去了。问题是这次张舞铁了心了，认准了死的人就是自己的亲哥哥，嘴里没轻没重的造谣生事。这可是划不清革命界限的问题，是原则问题！于是久违的批斗会，久违的愤怒而又莫名兴奋的人群，不久违的是，张舞又被绑着跪在了台上。

老三老四跑了，平时就是一些黑五类，没有什么革命积极性，现在出了这事，要是被抓住了就是死路一条：你说你不是同谋？连平时看着对主席挺忠心的张舞——现在又是张五了——都承认了自己是反

232

革命的家属，那几个平时一起吃饭睡觉的小子能逃得了干系？

其实老二走的时候说了几句话，意思是让老三老四带着张舞走。张舞当时整个人都跟失了魂一样，眼神呆滞，谁叫她也听不见。群众们围住的张家已经人去楼空，正值所有人失望之际，张五自己一个人神神道道回来了。

风暴就这么掀起，张五被人斗得死去活来——你之前有多狠，现在就有多惨。每天的张五就是上台去，衣冠不整的。到了晚上锁进一个牛棚。牛棚外，每天还有两个持枪站岗的人瞅着衣不遮体的张五吃饭睡觉。折腾来折腾去，张五想到了死。

她看着房梁，一夜一夜地发愣。

最后张五也消失了。

这场席卷全国的风暴，无声无息地过去了。人们都从噩梦中惊醒，回到了生活中去。没有人再去关注那些应该被打倒的对象了，大家更关注的，是未来。

新时代风调雨顺，但是张家却彻底地在石家庄销声匿迹。后来闲汉们扯淡起来，说老三现在在北京干装修，有人亲眼见过；老四好像去了长白山混到了道上，也有人亲眼见过；还有张五，某个夜晚牛棚被人撬了锁，哨兵被人用镰刀撂倒了。大家都觉得是那两个没有走远的哥哥趁着风头小了些把人救走，然后远走高飞。自从牛棚的锁坏了之后，张家的故事就在石家庄断了，几个人没有再在家乡出现过。

石家庄人，不服命的有的是。

时候一长，人们口中的张家就不再是历史，而是故事。有的说张家以前是地主所以一直这么横；有人说张家其实有祖宗保佑所以八辈子出了一个张五；有人说张家肯定还会回石家庄的。但是，针对于最后两个哥哥不顾安危在拿枪的手下救了自己家妹妹这件事，大家觉得是那么回事。

"是汉子，没丢咱石家庄人的脸。"人们说。

十年过去了，二十年过去了，张家渐渐地从大家的回忆中消失。

到了九十年代，石家庄以铁路为中心渐渐地繁华了起来，；不少人都已经想不起来那个"五"是张五还是王五，亦或者是刘五了。就在这个时候，风平浪静的石家庄出了一个大案子。

公安局里的一个领导被人在大街上给暗算了，身上多了十几个窟窿眼，前后透气。

报纸上说得玄乎，人们就继续往下看。杀人的是一个老瘸子，当场被捕。杀人之后还意图藏尸，后来可能是累了，所以索性扔在了马路上。社会心理学家分析说是老头的老婆刚刚死了，心里的阴暗导致了老头的精神不正常，所以产生了报复社会的想法。到底是被捕了还是跑了？

报道的下面是一大幅照片，是发现凶手被捕的现场。

老点儿的人们有认得的，说照片上就是"民枪局"的旧址。

也有人说，公安局出示的那把用来行凶的镰刀看着眼熟。

更多的人，是竖起了大拇哥，由心里佩服，二滚是条汉子。

芳草萋萋

文／武束衣

今天，张翔又弄哭了五个女孩子。

她们都会捂住嘴，只能看见被食指顶到些许变形的鼻翼轻轻颤动。眼皮噙不住晶莹的泪珠，任其顺脸颊滑下。她们无法直视张翔，眼神闪烁地飘向头顶，天花板上的灯仿佛比以往刺眼一倍。难以分辨真假的长睫毛，因为眩晕，在一次次用力紧闭。

她们的男友或女友站在一旁手足无措。特别是那些男孩儿，讪讪的，扠着腰，喉结上下抽动，却大气也不敢出，终于只嗞嗞地吸着气。

张翔低着头瞅瞅他们，然后悠然地继续忙活自己的事，嘴里喊着："哪个要的咪咪辣？烤好了！来拿！"

炉火烧得正旺，艳红的火苗从黑黝黝的铁网探出头，张扬妖娆。鸡翅在火苗上不断翻叠，直至油渗出表皮来。轻微可闻的噼啪声，爆着香甜味在空气里。红色的碎椒末一层层撒下去，包裹，黏连。鸡翅从而异常厚重，厚到已看不出该有的嫩黄色。

一串两翅，十元两串。

也许是最早街头新疆火炉燃起的浓烟，让张翔每次都想咳又咳不出，于是一向对烧烤类食品敬而远之。要倒转几年，他绝想不到如今自己会整日站在热腾腾的烤架前，把一份份冒着气的烤羊肉烤鸡翅送到别人手中。

当然，倒转几年，他也没料到江汉路一带拆拆建建到繁华如此，天上地下会冒出这多小吃摊，偏还家家都能生意红火。

也许只能说明武汉人嘴太馋吧。

所谓的大武汉，纵有千般惹人诟病的地方——涵盖各方面——提到吃，总没人会抱怨什么。鄂菜作为一种菜系实则死亡久矣，但这并不妨碍鄂人继续狂热地膜拜美食。武汉小吃便宜，种类多，花样翻新快，这个接贯了南北的城市能施施然把片皮鸭和基围虾一起搬上桌搞，也从来不避忌各地连锁餐馆在这里落地生根。

"只要还有这多好吃佬，在武汉做餐饮就做得下去。"张翔总是这样一边收碗一边跟她老娘信誓旦旦。

张翔的妈却总只盯着电视里那些方言剧，头也不转地说："你个小烧烤摊子每月赚点零花还可得，有么脸学别个谈餐饮。"

"那说不好我哪天搞出个艳阳天咧！"

"莫做这种梦，我看你那帮朋友都是闹眼子的货。"老妈嘟囔几句，继续关心小保姆和教授的花边故事去了。

张翔叹气，真要敞开说，恐怕她打心里觉得她儿子也是在闹眼子。

大学毕业，拿着一张国际贸易文凭不知找什么工作的张翔只面试了一次，就决定再也不尝试在人才市场挤杀。他对于被别人选择，被别人拒绝有着一种深深的恐惧。保险、银行的一线不是不缺人，但他死活不想做那类笑着拉住陌生人"占用您几分钟"的事。可是像他这样的条件，不去一次次尝试社会接纳的底线，又能躲到哪里呢？

也算机缘，生意一直稀烂的佳丽百货，要在地下一层弄个叫"happy站台"的美食街。张翔被人拉着合伙顶了个铺位，开始学着卖变种的BT鸡翅，生意一直不错。他不怕热，一天烤到晚，人也没觉有什么不舒服。抵上这份高强度人工，每个月还能多摊点钱。

说来也算个CEO，当然未必有做一个业务员赚得多，但他就是更享受那种被人请求"多给点辣"或者"莫烤太焦"的姿态，在那一刻，他总觉得自己掌握着点把东西。

"老板，来串不要钱的！"

张翔抬头，笑嘻嘻的李元嵩正夹着皮包靠在铺子边打招呼。他和这人在大学时并没太多交道，不过目前李元嵩就在顶上的写字楼上班，每到收工总来探望一下，所以一来二去倒也熟得多了。

张翔用手肘擦擦脸，拾了串肥肉较多的猪肉递过去。李元嵩有点失望，不过也依然不客气，换边夹住包，美滋滋地大撕大嚼。

"不是专门来占便宜的，我是有内幕消息告诉你。"扔掉竹签，李元嵩咂着嘴，意犹未尽。

张翔皱着眉头用手指调了调铁架。"我跟你说了懒得操心股票。"他嗓子很细，和本人棱角分明的五官看来并不特别相衬。

"不是钱的事啦！属于人事。"李元嵩小眼睛斜盯着黄灿灿的鸡翅，"我下午刚接到电话，明天要搞个大学的同学聚会。过年都忙，所以延到现在了。"

张翔摇摇头说："去年我都冒去。一班在武汉的不就那么几个人，平时零零星星都碰得到。"

李元嵩神秘地凑上前,但随即又被过来买鸡翅的顾客挤开,他念念地在后面压低嗓子喊道:"不一样,这次可是有朱子晴的哦!"

张翔一愣,找的钱悬在半空,对方用力抽两下才抽回去。

看到这反应,李元嵩脸上立刻露出判断正确的得意神色。

"她不是在深圳干得好好的吗?"

李元嵩耸耸肩说:"经济危机撒,所以随着大流回来了,还好这边有单位接收。"

张翔像是叹了一口气,但声音只有他自己听得见。

"反正晓得你肯定想见她,我特地来通报的。时间地点明天告诉你,我走了啊。"李元嵩像忽然忆起颇为不得了的事,拎着包大步往外冲。

张翔朝他背影张望了一下,本想叫住他再多问两句,身后店员提醒他手上的鸡翅在冒黑烟了。

该死!

这一天账本里,张翔给自己画了四串翅膀和一串肉的钱。

收了工,张翔拎着一袋泡面慢吞吞往家走。顺着六渡桥的马路边转向西边的民权路,繁华喧闹快速消弭于身后,路两边的夜景开始变得逼仄而暗栖起来。

朱子晴留在他记忆里最后一个深刻画面,是毅然决然的一咬唇。

"总之,我不想在这地方待了。"

张翔打小就觉得,武汉这个地方只要能习惯,是挺适合居住下去的。再说,女人何必给自己定下太多规划与要求。

遗憾在于,关键的那个人并不这样想,他们一开始就想错了方向。

这种尴尬让张翔一度怀疑自己,同样是生长于汉口的小巷老屋里,类似的家庭环境，为何心态差了这多。

所有知情者都以为在大学那会儿，张翔是苦苦地，又白白地追求了朱子晴两年多，最终还是剃头挑子一头热。只有两个当事人心知肚明——张翔其实成功了——坚持的真诚确确实实打动了对方。她的高傲面具揭开后是一颗温婉细腻的心，和他最初预计的一样。

只是，毕业来得太快了，张翔还没体味到恋爱的甜蜜，就必须面对抉择，什么都来不及享受。

朱子晴顺利找到深圳的工作，顺利地签了。

吵架是免不了的，没有吵翻只因为两人还没亲近到某一个地步。没什么值得纪念的回忆，伤害对方的能力太有限。朱子晴悄然离开了武汉，谁也不知他们有过这一段。其实时间久了，过去就似飞灰般在眼睛前划过。张翔也会惶然起来，他们难道真的有过一段？

最恰当的安慰，就是两人方向迥异，所以即使在大学谈上一年，两年，三年，这结局很难有太大不同。不会有什么永恒。

胡思乱想着，不自觉已走到了铜人像。这是个典型因景而名的地方：在还算空旷的街心，立着个大约一比一大小的孙中山纪念铜雕。武汉作为辛亥首义之地，历史的印记都渗到了平淡无奇的街景中。高高的底座黑灰色斑驳交错，它安逸地立在周围这些老房子中应该很久了。铜人穿着中山装，微微驼背，右手挂着手杖，抬起的左脚仿佛要迈步。路在它面前应该坦且直。

武昌那边也有尊像，不过是石的，而且也不在大街上。

张翔依稀记得，小学时还被老师以春游的名义莫名其妙地带到这里来抄底座下的石碑文，却依然记不得这像到底有多长的年头。

总之是没有永恒，他抬头盯住铜像的手杖，在心里对自己说。

正当他准备收回目光,奇怪的事发生了。

手杖上的"手"动了一下。

严格来说,那不能叫手,只是一块被风吹日晒过外皮已粗糙得不像话的铜块。当然要论斤,也许还能值不少钱,至少若干年前这手杖就神秘地失踪过。

张翔直觉认为是自己每天盯着鸡翅的眼花了,因为鸡翅总在动,这种天长日久的记忆造成幻觉一点也不奇怪。他皱起眉头屏住呼吸,再聚焦在那只手上,发现是……

真的在动!真在动!

"手"的动法并不是机械地颤动,要那样的话张翔会怀疑有轻度地震。

是"手指"在分开。

路灯笼罩的夜色中,食指、中指、无名指,在手杖弯内很清晰地活动了一下。

张翔下意识往两边看了看,当然没人同他一样大晚上抬头盯着铜人看。只有一些可疑的老头子在周围慢悠悠地闲逛,似乎在等待有人来寒暄一番。

张翔倒吸一口凉气,慢慢地鼓起勇气再抬头。

这次,目光不由自主落在离他更远的"头部"。因为他发觉那铜人的脖子在慢慢扭动,没有任何声音,但扭动得很坚定。无比熟悉的那个暗黄色下巴一丝丝后移,渐渐看得到鼻尖了,然后是前额。

他……它……在低头。

背上汗毛竖起来,张翔感觉脖子一硬,猛地后退了两步。

铜人居然会自己低头?

一辆摩托车呼啸着从他身边画了一道弧线驶过,差点儿撞上他。

他跟跄着打了个转,还好没摔倒。

定一定神,张翔按住胸口。耳朵下筋骨的剧烈疼痛,让他感觉身体轻飘飘的,还好有那两盒泡面通过塑料袋提醒着他现实的触感。

相对僻静的环境顿时变得更阴森,四周灰色的老式洋房似乎开始在倾斜。但他始终不敢再抬头了,也不敢抬腿。只好就站在原地,继续努力用快速闪现的念头在解释。

也许是一次所谓的行为艺术,铜像被悄悄搬走,然后找了个人化好妆站在上面。

但这种事不可能大白天做的,一定是半夜,也就是这人至少站了十几个小时。

但做这件事如果没有许可,铁定会被抓起来,破坏古迹,判刑。

但街道办或者居委会,允许这种行为吗?

可能吗?

张翔无奈地长舒一口气,习惯性地仰起头。等意识到铜人再次进入他视野,已经晚了。

他头皮未卜先知地一炸,嗓子眼涌出粗气。

但铜人却安静地站着,看起来没任何变化。

张翔克制住在周围找根树枝往上捅一捅的冲动,仔细盯住中山装的下摆分叉,分辨着裤裆往上的部分。

百分之百是实心的!

"个婊子养的……"果然是幻觉。

是路灯电力不足闪烁后造成的错觉吧。

他这样想着,快步往家里走,虚飘飘地像踩在水里。

第二天在铺子里,张翔压抑着给别人口述这段奇闻的情绪。如同人的笑点会被各种短信段子慢慢垫高，现在的小青年对鬼故事的口味也变重许多了。"铜人像看了我一眼"会被讥笑太没技术含量，不提也罢。

生意比前几天好了不少，张翔忙着忙着竟就忘了时间，直到下午五点多才收到李元嵩的短信。

"我们在新世界时尚广场的绿茵阁，八十号桌，快来"

张翔咬牙切齿地把竹签塞在同事手中，拿着要换的衣服急匆匆跑洗手间。

穿得太正式，是不是会显得还太在乎她，有点丢人。

穿得太随便，是不是也会显得太不稳重，也没面子。

而身上这股油烟味，又怎么能一下子去得掉？

虽然步行到新世界只要五分钟，却突然像变得很遥远一样。

忍不住，还是赶着洗了个头。带着香波味的张翔被服务生往里带，一路看得出别人都有意无意往他额头以上瞅。

"这边！"依然大呼小叫的李元嵩。

张翔慢慢走近，在那堆人头中快速地扫了一圈，有个女的做了离子烫，有个男的换了女友，另外两男三女完全没变。问题是……她在哪儿？

李元嵩像早就准备好了答案："朱子晴刚打电话过来，说有事在外面吃，晚一点来聚，你先点吧。"

一个貌似刚研究完菜单的女同学热心地插嘴道："好像鸡排不错。"

张翔苦笑道："我不饿。"干一行怕一行，他现在很不愿闻到鸡的香味。

另一男生拍拍他肩膀问："一直没你的消息啊，你在干吗？"张翔仔细想了一下，叫不出他的名字。

李元嵩在一边插嘴："张翔了不起啊，我们都是打工的，就他一个在做老板。"

不知情的人纷纷发出赞叹声，知情的几个则跟着一起哄。张翔内心泛起厌烦感，但为了能等下去，只好捡几件趣事来聊。不知是其他人生活太过单调，还是之前他们把话题已抛过一轮。一时间，食客吃完辣味的丑态反成众人间的焦点了。

由于有某人的新女友加入，李元嵩怂恿着要张翔再变一次拿手的魔术，其余人自然跟着叫好，更有人马上将道具准备完毕。

说是魔术，其实根本无关技巧手法，不过是张翔自小发觉的身体特质。他不但不怕热，皮肤更能微微耐高温，说来也算不得多厉害的能力，最多端碗热汤没大顾忌。不过他找到个花样——将餐巾纸薄薄地叠在手指上，然后让打火机的火焰通过手指缝，燎着纸巾，而已。一般人尝试下便疼痛难耐，而张翔最多觉得痒痒的，足以坚持到纸燃尽。

张翔面无表情地操作时，想到他很久很久没有做这件事了。

原因好像是她说很无聊。

火焰顺利燃起，新女友惊喜地轻轻鼓掌。而张翔在微弱的火苗中，忽然看见朱子晴的脸，还有她脸上泛起的一层淡淡的讥诮。

掌心猛地生疼，他臂弯不自觉往前伸直，无意打翻了一杯菊花茶。茶水溅到旁边，祸及三个人的裤与裙。张翔惶恐起站起来，嘴里不住地道歉，眼睛却没有离开朱子晴。

朱子晴好整以暇地站在一边，眼里分明在说"你还是冒变嘛。"

不对！他确实听到了这句。

接下来的话是——"你们大家都冒变啊！"

后面很长一段时间的事儿，张翔仿佛记不太清了，声音与图像都隔着一层雾气与风烟，身边的人都晕在一层光圈里。

朱子晴坐在他的对面，谈笑风生。而他喉咙干涩着，吐不出太多清晰的字。他完全没料到会这样失态，他越想在沙发里坐出一个泰然姿势，腰部就越紧绷。自然旁人是否暗笑或讶异都无关紧要，但朱子晴却像对一切视而不见地与他们寒暄着，笑话里武汉话与广式普通话夹杂。即使在谈到接白信封时的讨价还价，口气依然那样自信与从容不迫。

"今天来是个错误吧。"张翔暗地想着，不知不觉，他把身边李元嵩的茶一饮而尽。

不到九点，住武昌的人提出早走，聚会干脆散场。众人穿衣服拿包检查手机一番动作，有几个人顺便跟朱子晴交换了联系方式。在李元嵩闹着要去结账而同另外几个男生扭打着冲向柜台时，朱子晴趁机拍拍张翔手肘，说："留个号吧。"

张翔一愣，把手伸进裤兜："你报一下，我打给你……"然后他忽然发现屏幕黑糊糊的，看来是没电自动关机了。"我的号我自己我老背不下来，要不……我……"他笨嘴拙舌地试图让自己显得并非在成心拒绝。

朱子晴没好气地低头从包里翻出张名片，在递给他之前，她又迅速地看了一眼，皱着眉头撕掉了上半部分。"我外地的号，开机后记得给我发个短信。"

"你还好吧。"他低头分辨着那十一个阿拉伯数字，下意识问她。

而她没听到，已大步去得远了。

照例步行回家，张翔摸着不晓得何时干透的头发，发现自己一晚上啥也没吃。

接近铜人像，他想起昨天的幻景，犹豫了几秒是否要改道，但立刻为这个念头觉得好笑。

铜人照例那样硬邦邦地立着，路边初开堂药铺里仍透着光，光线的明亮让人多了点壮胆的资本。

张翔居然有些失望。

他站在护栏铁链的边上，昂着头盯住铜人的衣服，从下往上数铜人中山装上的纽扣，顺着数是七颗，反着数还是七颗。

张翔从裤袋里默默取出那半张名片，一点点仔细地把它给撕到手指再无法撕碎的纸屑。

不知从哪个方向刮起一股冷风，没来由钻进他的领口。他一抖手，纸屑在手心被吹得四散飞起，有几片居然飘到了铜人的头顶之上，反射面一亮一亮。张翔手心凉丝丝的，心里凉飕飕的，此刻他真希望铜人再看他一眼，打断他的不安。

但铜人依然傲然地看着前方，于是，他苦笑着，绕道回家。

他并不知道，铜人有没有在他背后扭头。

本以为拒绝一次，就会像什么都没发生一样重回无聊的"正轨"，但张翔的手机很快就响了。

"你么不给我回短信啊？"要不是这句话，光凭声音，张翔恐怕很难马上听出是谁。

"啊……我，那天我回去冒来得及整理荷包，我老娘顺手把我外裤洗了，我还埋怨她半天。"张翔扯着理由，从早点摊上站起来，顺手把没吃完的豆皮甩进垃圾桶。

"好在我还是问到了,多费我一堆口舌。唉。"电话那头的朱子晴好像如释重负地叹了口气,"就想请你帮我个忙,你今天有空吗?"

"我……"本难得休息一天,继续睡回笼觉才是幸福。张翔张了张嘴,始终没办法扯下一个理由:"你有么事咧?"

"嗯……搬东西。"

"小心!小心!"朱子晴慢慢地后退着,指引着看不见路的张翔将这张大桌子一点点端进房里。

"最后一件了吧。"张翔喘着粗气看着设施简陋的四周,"东西一上过了四楼,果然是分量就翻倍。"

"不好意思,辛苦你一天,还要你跑这远到湖大来。"

张翔把桌子推到墙边。"没事,现在过江隧道也通了,打个的,回去快得很。"

"擦擦汗吧,等会下去吃点好的。"朱子晴抽了张湿纸巾递给张翔。

张翔出汗并不多,不过他还是慢慢地擦着,两个人忽然都沉默了。

朱子晴低低地说:"你肯定想问我,我怎么不回家住,倒要在外面租房子吧。"

"嗯。不过怕是你的家事,不敢问。"

朱子晴浅笑着摇摇头说:"你猜一哈。"

"嗯……你家暂时没地方住?还是你和老特老娘吵架了?"

"都不是。"朱子晴拿着抹布走向厨房。

"那到底是——"张翔不由跟着她,但厨房小到挤进去两个人就得跳贴面舞。他只好站在门外,倚住门框。

"其实,我家里一直都不晓得我深圳的工作丢了。"

"你搞地下工作啊,为么事咧。这又不是么丢人的事。"张翔瞪大了眼睛。

朱子晴忽然扑哧一声笑出来:"看你紧张流的,哪个说怕丢人了。"

"搞不懂……你们女人的想法。"

"现在这个工作也干不久的,我还是在等机会。"朱子晴搓好抹布,"啪"地扔在灶台上:"要是家里知道我回来了,只会热闹流地张罗着叫我相亲,搞不好我就只能留在武汉了。"

"你就这讨厌武汉?"一种熟悉烦躁的情绪忽然又在张翔胸口蔓延。

"不是讨厌,哪个苕会不恋家呢?"朱子晴伸了个懒腰,"可是,我还是想再给自己一点机会,了无牵挂地去闯下啊。不是说北京上海广州就肯定比这里好。"说到这里她停了一下,好像艰难地在思索什么。"但,这里现在没办法留住我啊。"

这些并不陌生的话像引子一样,快速带起了许许多多张翔以为早遗忘的细节,但他并没说什么,只是低沉地说:"饿了,去吃饭吧。"

朱子晴又笑了:"好,那反正希望你能帮我保守这个秘密。"

"这冒得问题。"张翔此刻心里有了另一个秘密。

这并不算秘密,因为路人皆知。

他发现自己还爱朱子晴,他想重新追求她。既然又碰上了,就索性再尝试一次吧。

他努力地与朱子晴保持通话,尽可能同她一起承担些独居的麻烦。尽管武汉是她的家,但此刻的朱子晴却把自身当做了一名过客。而能陪伴她的,仿佛也只有张翔这个前男友了。几年职场生涯会改变人许多,但还不至于到彻头彻尾,张翔尽可能就只去面对他所知的那个朱子晴。聊聊天,吃吃饭,所有温暖的给予,并毫不索取。张翔再非每次计较约会得失的小毛头了,他有他成熟的心态,他知道怎么去让她信任。

只是,张翔并不知道,在这个游戏中,对手的强大依然超出想象。

"我们不要再来往吧,至少,最近这段时间不要。"

在江滩外圈散步,朱子晴忽然这样说。

张翔没来得及反应,居然笑了起来:"你说么事?"

"我说真的。"朱子晴站在原地,小车一辆辆从他们身边呼啸而过。她的长裙飘动不已。

"我有么地方做得不对啊?"他平静下来。

"冒得,你做得太好了。好得……我快受不了了。"她也很平静。

"不要说反话,我没想到你这讨厌我。"

"不是反话,是真的。张翔,你的心意我晓得,如果我硬要找留下来的由头,第一个原因肯定是你。"朱子晴的声音哽咽了,"你脾气好,又体贴,但是我不想找你这样的男人陪伴我一辈子。"

"就因为我没钱?"张翔冷笑。

朱子晴摇头道:"不关么钱不钱的问题,是——那种热情。你太随便了,太散漫了,也不是说你这样不对,换个人在你身边一起过小日子会蛮开心的。可是我……说我犯贱也好,跟别人不同款也好。我是打小就希望做点事业来,真要有人能跟我一起奋斗,那才是我想要的伴侣。"

"我可以跟你一起奋斗撒!我现在也开个小店,以后说不定还可以做大的!你怎么就看死我一辈子是过小日子的咧?"张翔愤愤地跺着脚,有股力不知撒在哪儿。

"曾经,我是以为,我可以刺激到你。但哪有那容易咧。"朱子晴忽然打断他。

张翔愣住。她真的看出来,他烤鸡翅只是为了逃避找工作?

"以你的个性,从这个摊子起步到做大还有几多年?不是看死你,真要你一条心积极地去赚钱,也不会开心的,如果……算了吧,何苦呢?"朱子晴慢慢地向后退着,"要怪就怪你碰到的是这么个人吧。我是怕到时动了心又后悔,才跟你说这些的。莫怪我。"

出租车门"砰"地一关,带着朱子晴和泪水远去,留下的是张翔无止境的怨怅。

"说来说去,还是嫌我没钱,我要是会赚钱!个板妈的——"张翔踢开路边的一个纸杯。

一股熟悉的令人不舒服的触感泛起。

天气开始转暖了,人都穿得宽松。冷风从张翔的裤管钻进去,从短袖蹿出来,弄得他周身一阵酥痒。张翔戚然朝四处打量,发现此刻他正站在黎黄陂路口的宋庆龄故居前。夜色掩映里,这栋西式建筑显得有些阴森,故居门口旗杆上的国旗很怪异地逆着风向飘动。

旗杆边上围铸了五个锈迹斑斑的红领巾小学生正在升旗的铜像,仰望国旗。拉绳的拉绳,行少先队礼的行礼。

又是铜像?

张翔腿一软,大步往马路那边走。

"等一下!"一个声音缓慢而有力地于耳边响过。张翔循声望去,声音依然来自旗杆。眼见着,左边三个高举着少先队礼的小学生里,个子较高穿吊带裙的马尾女生,正慢慢放下了那只手。

这次就在眼前,在视线的水平上,决不是幻觉了。

也许是刚遭受的情感打击作为这个恐怖场景的缓冲,张翔居然没有表示多么强烈的反应。在某种程度上,他甚至有些无所谓了。

"过来一下嘛，有话跟你说。"

他听清楚了，是一个年轻女性的声音。

"你是谁？"他开始佩服自己，居然真的隔着一条街开始跟她聊。

"你那天还盯着我紧看，换个地方，你就认不出来了。"声音娇滴滴的，还带着嘻笑的腔调，而且换成武汉话。

张翔不怕了，他抬腿缓步往那边走，但也不敢靠太近，只踩住马路牙子，打量着对面的铜像。

声音显然是从小铜像里发出，但又似乎不是通过空气传播。"马尾"轻微而灵活地活动身体，但脸部一片平静。铜铸的五官死气沉沉。

"呃，请问，你家是么事？"他换了个比较礼貌的口气。

"你猜一哈？"怎么女人都爱这套。

"你是铜像成精了？不对啊，最早看到你是在铜人像，那你是铜成精了……还是宋……"他打住话头，阻止自己继续想。

"就知道你猜不到啦。"对方忽然又换成普通话。

"是的，我比较笨，再说从小也冒碰到过这种事。你家多担待。"他不知道自己在胡言乱语什么了。

铜像簌簌颤动了一下。"啊，这身体还是偏弱，不能跟你瞎扯太久。说正题吧。自我介绍一下，我是夷蛇。"

"蛇！"张翔吓了一跳。这可不是什么好物。自古以来，跟此类动物扯上关系的似乎就没有好事。

"对，就是骗人吃苹果那个蛇。"夷蛇好像是看透他心思，故意放慢了语速，"也是蛇山的那个蛇。"

"蛇山？我们这边黄鹤楼那个蛇山？"张翔脑子一下子没转过来。

夷蛇长叹一口气："就知道这家伙要永远压在我头顶上，是啦是啦，天下又有几个蛇山呢？！"

张翔还是不明白："那你是……"

"用你们人类的词汇，你可以理解我们是——神兽。反正也是一种会喘气儿的东西，但喘气的方法跟你们不一样就是了，爱怎么想就怎么想吧。"古铜色的脸颊上布满了绿色的铜锈，特别在鼻根部位聚集，看上去很像戏曲丑角的妆。

"你……们？"

"是啊。"夷蛇慢条斯理地点点头，"武汉有四大神兽，嗯，夷蛇，也就是我，还有乾龟，黎龙，再就是黄鹤。"

张翔随着她的话，脑子里快速闪过龟山、龙王庙、黄鹤楼三个地方。传说听了太多次，慢慢居然跟上趟了。

"你怎么变成铜像了？"

"先跟你解释一下，我们元灵是能随处跑的，但一段时间就必须找个实体寄住一下，当然年头越久灵气越旺，我们待得就越舒服。不光是雕像，街心你们那些所谓后现代的玩意儿我也可以待，不过就是我不乐意。"

"你不是应该在蛇山守着吗，跑出来干吗？"

夷蛇没好气地叉着腰："都跟你讲明是神兽啦，当然也就我爱动一点。龟龙两懒鬼成天到晚就躺在江底打呼，老黄毛更是难得回来一趟。"

"黄，黄鹤还真的不在黄鹤楼？"想到崔颢的诗，张翔啼笑皆非。

"那倒了几次的破楼……修到安电梯那年他就不爱在这儿住了，那么多香火我又拿不走……算了，这些八卦聊不完，我找你有事。"夷蛇像老朋友一样朝张翔摆摆手。

"我跟你很熟吗，怎么找到我的……"果然是来者不善，张翔的脊背又开始麻起来，说到底他现在依然不知道对方的目的。

夷蛇上下打量他一番："你没觉得自己和别人有什么不同吗？"

"没有！"

"不过也难怪，这个属于蔽息的内质，本体感受不明很正常的。你呀，是万中无一的阴寒之体，放在几百年前练武事半功倍哦。当然一般也犯不上……所以我想你肯定从小对热的事物不敏感吧？"

张翔很想否认，却还是下意识点点头："那这有什么用？"

夷蛇的声音平静下来："阴寒之体天生敏感，能吸引异界生物，我想你帮忙去抓些来给我。"

张翔讶异地朝四周看看："你是说，我身边总有怪物？"

"不一定。灵虫奇禽敏锐感也分等级的。不过我可以帮你打大阀门，就能充分招到那些低级生物来。放心，没有危险，就像畜界的蚊子爱围着光转一样，你只是让它们聚集，并不一定会招惹攻击。"

这不是钓鱼的鱼饵么，张翔压抑着反感问道："你这么神通广大，怎么还要我来做这种事？再说，你干吗要抓它们？"

"香火不够吃的撒，只好打野食。我也不想这麻烦，可我灵场太明显。一到哪儿这些虫豸就闪得远远的。"夷蛇低声嘟囔了一句，"再说，帮你们清除一些杂物，城市环境也好一些嘛。"

张翔不说话了，一个更大的世界还隐藏在水面下，虽然理解起来没困难，但要接受它的展开却还未必容易。

"反正我拜托你的就是这个。"说着，夷蛇居然恭恭敬敬地鞠了一躬。

这个动作太大，使得张翔不由朝马路两边张望，万一被路人看见倒真会引起骚乱了。

夷蛇开解道："一般人也看不到这个像在动的。第一次你看到我的那个像，是我最近比较爱去的位置。所以那天你注意到我，我就一喜，知道能帮我的人出现了。"

张翔忽然壮着胆子呛了一句:"你要我帮你找食物,那我有什么好处?"

夷蛇一呆。"这个我还没想咧,你打算要哪种好处?我可说在前面,什么成仙永生太离谱的事我也干不了。"

"我要赚钱!"

夷蛇笑了:"啊,果然是凡人。"

"你告诉我下期彩票开奖号码,或者你让股市哪几只股票翻倍,或者你直接改我银行存款的数字,我把账号密码告诉你!"血一下子冲到张翔头顶,不知是因为朱子晴的拒绝还是因为对平淡的叛逆,他拼了。

夷蛇摇摇头说:"这些事我都不能干。"

"那你还当什么神兽!"张翔无力地一屁股坐在路边隔离墩上。

"废话,这种事牵扯到好多层面,非得要过问上面的。"

"那你能教我怎么点石成金吗?"张翔看着路边的石头,忽然又想到一条路。

夷蛇摸着下巴:"这手续也很复杂,不过如果你的要求只在这个难度……倒是一举两得。"

"什么一举两得?"

铜像又再一次剧烈地颤抖起来,夷蛇叹着气说:"这身体真待不下去,那就这么说定啊。你记住这句咒语,到时心中默念就 OK 了。"

然后她呜噜呜噜发了七个音,张翔心中一凛,立刻感觉这句咒语铭刻在了大脑里。他的嘴居然念不出,但却怎么也不会再忘记。

"那我怎么找你?"他急着问。

"我……来找……你——"

"马尾"沉默下来,一点点举高细细的手臂,仰起头看向旗杆顶部,缓慢地恢复成最初的状态。从她的头顶冒出一道细细的白光,歪歪扭扭地冲向云端。

白光的末端分出一条细细的白线,射向张翔。

张翔猝不及防,被白线围住,但白线只爬上他右手食指,绕过几圈就消融在皮肤里。被绕住的部分耀眼一亮。

身上暖洋洋,心底依然凉飕飕。

张翔盯着指根多出来的、证明着方才一切对话并不是幻觉的戒指。无语。

戒指的奇特造型只引起了一次关注就被无视了,张翔拖着疲惫的身体继续工作。他空闲时总禁不住好奇盯着戒指左右前后看,揣测它到底能有多大效应。有趣的是,他对周遭变化的确日益敏锐,谁在他背后做什么小动作,都仿佛有后眼般可知。但一切改变也仅限于此,无论是体能还是动作依然像之前那样笨拙。他悄悄地用拳头使劲击打路边的树干,树干没事,手疼得想骂娘。

平安无事地过去三天。他始终不知道何时会碰到夷蛇所说的那些异界生物,到时情景会是怎么样。

不过,当真碰到的时候,他就知道了。

那是下午出来吃饭的时间,大约六点半的样子。天气热起来以后,这个时刻还算凉爽。万达广场外面熙熙攘攘,闲逛的人不少穿着清凉。

张翔顺着水塔旁边的广告牌往上看,天空被染成奇怪的浅灰色,这是他从来没有见到的颜色。他眼球突然发涨,好像被一股力量往外吸。而不知不觉中,四下的环境已经发生了变化。

张翔瞳孔一缩,眼看着空中重叠的云被冲散,几只黑色的蝠翼大鸟直线滑翔而来。光线越发昏暗，但路边的人都毫无反应地继续走自己的路。

果然只有他看得到。

黑暗的阴影迅速接近，张翔感觉恐惧顺着指尖爬上脖颈，他颤抖着只想反悔一切约定。左手下意识努力去拔那枚戒指，但仍像这些天般徒劳无功，他只好拔腿往后跑。

怪鸟发出"嘎嘎"的刺耳声音，翅膀下带灰黄色的粉尘颗粒落在他头顶，让本就焦虑不安的心越觉烦躁和灼热。

张翔顺着步行街往江边跑，心里尝试努力默念那句咒语，但没有任何变化，怪鸟依然在头顶盘旋。

"难道我记错了？"

街上一个又一个景观铜像从张翔身边掠过，他想起夷蛇那种轻描淡写的口气，不由得深深怀疑所有话是否都言过其实。他只是一个普通的人啊，怎么可能抓得住那些怪异的生物？！石板地面不知怎么变得崎岖不平，加上内心的惶恐，张翔一脚踩空，膝盖撞在路边的铜竹床上，整个身子向前扑倒。

怪鸟在空中交错着向他扑来，怪叫声翻倍地增加，因为从脖颈处钻出一个又一个脑袋。他本能地把手掌伸向空中遮挡自己的脸。

惊声尖呼，是怪鸟发出来的。因为戴着戒指的手，手心一面开始放出灿烂的紫色光辉，冲在最前面的怪鸟旋了两圈，反着退开去。

他慢慢从地上爬起，高举着戒指，重新一遍遍默念咒语。紫光愈盛，怪鸟愈乱。从戒指里飞出几乎看不见的半透明细索，缠住怪鸟粗壮的腿。它们拼命扑扇着翅膀。但细索在挣扎下缠得更紧。并且慢慢把它们往回拖。

张翔也感受到这种力度，他的脚慢慢在地面滑动。他只能惊慌地继续狂念咒语。

怪鸟被生硬地拽到近前，紫光如泼洒开的水扩散，慢慢吞噬掉它们的身体，将它们一点点吸入到戒指内。张翔的右手感觉到戒指剧烈的震动，他用左手扶住，整个身体跟着一起抖。

"咕唧咕唧"的挤压声不绝于耳，听起来颇有些恶心。张翔努力不去想它们的身体与内脏变成什么样子，闭着眼睛等待这一切完结。

终于，一切静止。

天又亮起来，四下扫视，其余人依然闲适地从身边走过。

黑小贩照例凑上前问："要不要耐克？阿迪？过来看哈子咧？"

张翔一直以来就懒得看这些人，不过这次直直地盯了对方很久，直到对方心里开始发毛。

"不要。"

"不要就不要，盯倒打鬼。"小贩骂骂咧咧地走开了。

张翔翻转手掌，戒指中间镶嵌上了一颗暗色的宝石，反射出无法确定的光。

"谁说他们不会攻击我？"张翔站在铜人像前，气急败坏地拿手指戳向虚空中的夷蛇，"一个个来势汹汹的，这个戒指反应又特别慢。"

"即使打到你也不会受什么太重的伤啦。"夷蛇懒洋洋地转动着手杖，"我给你的法器是低级了一点儿，不过相应你的阴寒气也散得比较克制，不会吸引太厉害的来。总之你有经验了，下次早点儿念咒语就好。"

"我怎么把这些……这些玩意儿给你，这戒指从手上么样都拿不下来。"

夷蛇又咻咻地笑了，配上那张老人的脸感觉十分奇怪。"不用，你把石头那一面靠在底座上。"

张翔依照她的指示这样做了，夷蛇深深吸了一口气，戒指里流出深紫色的液体，顺着底座往上蔓延。液体像细小的蛇般慢慢爬到铜人的脚上，钻进那个实心的身体里。

"好了，这些飞禽虽然味道不咋地，无论如何还是辛苦你。"

"说话算话，那我的点石成金呢？"张翔一摊左手。

夷蛇伸出手指，点点他的戒指。张翔低头，宝石依然留在上面，只是没有了之前神秘的光泽。

"虽然我不知道金银如今的价，但它们残体被粉碎后凝结的玩意儿肯定比金子值钱。"夷蛇夸张地伸了一个懒腰。

"就这样拿去卖掉，真的能卖钱？"张翔还是有些不确定。

"卖不掉我就帮你去改银行存款行了吧。"夷蛇不耐烦地打断他，"你要想休息就拿黄布裹住法器，异物便感觉不到你的。你抓到什么好东西记得就送过来，要是我不在，它会自己这样吸收的。"

"你去哪里？"

"最近可能多在汉阳晃晃。"夷蛇顿了一下，"其实如果你集中注意力，还是找得到我的。"

事情果然比想象中顺利，张翔只惴惴不安地在唐家墩市场的最外面一间古玩店里坐了十五分钟，店主就决定买下，但死活不肯先开价。张翔壮着胆子报出个五万，对方皱着眉头犹豫了半天，只愿意出到四万五。张翔心中暗怕他反悔，拿上现钱就走。但在走出店门口时，他分明感觉到店主在他背后欣喜若狂的表情。

张翔在自己小房间里把所有钱摊开放在床上，数了一遍又一遍。

直到银行收银员熟练地验完所有钞票，将银行卡和单据重新递回，他才真的相信，这笔钱确确实实是属于他的了。也许这次卖漏了，但还有下次。

一出银行，张翔就迫不及待地从手指上扯掉黄布，将光秃秃的戒指暴露在太阳下。尽管依然不敢确定接下来遭遇会有多么凶险，可他真的没有太多顾虑了。

第二次碰到的是一只长得像招财猫一样的巨大怪兽，骨碌碌翻滚着朝张翔压过来。张翔强压着盆骨要被压断的痛苦，在它身体下面慢慢念着咒语。期间他强压着呕吐的冲动，差不多坚持过十分钟才吸收完毕。最后得到一块有婴儿拳头般大小的红石。

为避免招摇，他花了很大力气把石头砸碎才去卖的。最后共计卖了三十多万。

第三次，他从武胜路的新华书店开始，轻松自如地追着一堆蔓藤跑了三站路，最后气喘吁吁地钻进骏骏面馆吃了两口牛肉粉又继续追。后来买家跟他打听了很久是哪里寻到成色如此之好的祖母绿，他只能胡扯了个理由闪人。

到第五次，他的存款数目达到了一百万，他用学到的知识把这些钱分藏在不同的安全地方。

但他也跑遍了武汉几个大的古玩市场，引起了一堆人的注意。圈子都传说有个外行手上拿着一堆宝贝，也许再踏入那种地方，墨镜和帽子都不管用了。

再干一次！一个声音在他体内说。再干一次，就差不多了。

"这个店面怎么样？"李元嵩笑呵呵地问朱子晴。内层空间宽敞，装修工正在粉刷顶部，敲敲打打的声音从角落传过来。

朱子晴朝玻璃外的人流看了一眼说："还不错啊，可以弄的项目很多。"

"交给你做怎么样？"

朱子晴歪着脑袋看他："你好像是做基金的吧，么样改房产经济了？位置是好，我可真的没钱盘这个店。"

"不是要你盘，就是要你管。你在深圳不也是做这个的吗？"

朱子晴上下打量着他："是哪个要你找我的？"

李元嵩捂住自己的嘴巴。

"我可不想这样不明不白。要是你真的不说，那我走了。"朱子晴佯作气愤地推开玻璃门走出去。

李元嵩跟出来，但站在门口并不追上去。他夸张地咧了咧嘴，对着马路。

张翔站在街的另一边，直视着头发被风吹得有些散乱的朱子晴。

阳光耀眼。

"你发财了？"

"是的，我无意找到了家传的宝贝，拿去卖掉了，就莫名其妙拿到一大笔钱。像假的一样。"

朱子晴淡淡一笑道："恭喜啊，但现在不景气环境下面，你这样就贸然找一个店面，谈不上很明智啊。"

"我觉得找你来弄就是最明智的。"张翔语气充满了自信。

"我们之间就莫肉麻了。"朱子晴摇头道，"张翔，有些事不是你想做就能做到的，我的事……"

"我至少在尝试去做，是不是？"张翔微微有些激动地打断他，"你是觉得我想靠这点钱来绑住你吗？你小看我了。是的，我是想你留下来，但我也是真心希望能帮你开创属于你的事业。你说我是个努力赚钱也不会开心的人，但现在我靠自己的办法完成了原始积累，谈不上还需要怎么忍耐。我只想对你证明，为了你，我可以做到怎么样一个程度。你咧，你能不能就信任我一次？"

明亮的玻璃窗将玻璃杯投出闪烁倒影，朱子晴惊异地望着张翔眼睛里更为耀眼的光芒。那是他从来未曾见过的某种气度，似乎令人折服，让人沉静。

"好吧。"朱子晴想了一下，"我觉得还是可以试试看赚女人的钱。"

张翔点点头说："嘴巴的钱和身上的钱总是大市场。这个你比我懂，我就交给你了。"

"男人会跑掉，高跟鞋永远都在。"想到后面的事，朱子晴显然轻松不少。

"我也永远都在。"张翔忍不住把放在桌上的手伸向前。

朱子晴缩回手。"给我们一点时间吧，现在我们都得重新认识对方了。"

张翔抬起头仔细地凝视她的表情，点头。眉宇之间的躁动只剩淡淡一抹痕迹。

有钱好办事，店很快就顺利开张。他把一部分资金直接交给朱子晴，但并不告诉她自己的实底。对他来说，整个城市暗处隐藏着的奇异低等生物就是他取之不尽的宝藏。他并不贪心，好在夷蛇胃口也不大，催急了去扫扫街总能对付过去。

空闲的日子，张翔还是回到"Happy 站台"继续烤鸡翅，做熟的事也会有瘾。身边的人不会有谁知道，他名下的精品皮包店已经开始筹备第二家分店了。

"是我们的。"他对朱子晴强调。

朱子晴否认："这不是可以送出去的礼物。"

"那我的感情呢？"他又试着去抓她的手，"没人要拿店交换么东西。我只是想问你，既然我们之间的障碍没有了。那你对我这个人，还有什么意见。"

朱子晴不说话，但也没有抽回手。

张翔真的有点感觉到炎热的滋味了。

七月过，八月起，武汉真正进入火炉旺燃的季节。持续高温闷热，难以抵抗的湿气搭在皮肤上，堵塞毛孔，造成透不过气的感觉。如今大部分人倒还买得起空调，晚上睡觉不成问题，不过拿电费抵上。但无数个对着天空吐气的交换机则将平衡还给室外温度。无论白天黑夜，在外面行走的人，总有一种陷入蒸笼炼狱的错觉。

这也是张翔每年最为庆幸的一件事。

但今年似乎有些特别不同，连他都开始察觉到某种挥之不去的焦虑。大家的脸色都不是很舒服，好像谁都有点轻微中暑的样子。

烧烤生意照例差了许多，隔壁奶茶店的冰沙则卖到断货。不过他也并没怎么在意，并不是这笔生意目前在他心里已经毫无地位。而是，他和朱子晴，终于重新走在一起了。

旁观整个过程的李元嵩一直闹着请客排婚期，张翔怕尴尬，已经私下踹过他好几脚。但李元嵩忘性大，碰到又忍不住爱提这事。

"没有那么急的。"张翔看了朱子晴一眼，"现在一切都还在起步。"

李元嵩拿餐巾纸抹着汗："够多步了，这可不是小事，现在你们就要开始筹备吧。到年底差不多能定好一些细节，不然拖拖拉拉又是一年。别的不说，至少好一点的饭店肯定订不到位置。不过我倒是有朋友在太子……"

张翔懒得接下句，转身招呼饭馆服务员把空调开大一点。

"已经是最大了!"服务员手一指,空调出风口系着的红丝带被吹得笔直。

张翔注意到服务员的手上也汗津津的。

怕热的人真可怜,他深吸了一口气,回头准备跟李元嵩说贷款的事。虽然他并不太需要,但总得像模像样地去找银行借点钱。夷蛇的事,他一开始就抱定想法,绝对不能让第二个人知道。

李元嵩下意识也跟着吸一口气,但身体绷到最直以后居然吐不出来了。他的眼睛瞪大,脸开始涨红。左手晃动着抬起,无力地捶着胸口。

"你怎么啦?"张翔惊讶地看着他。

李元嵩好像已经说不出话来,他一只手抱着脑袋,一只手按住桌面,努力想让自己站起来。但刚一起身就摔倒在地,把桌上的茶杯茶碟一起带到地上。

"是不是有什么急症发了。"张翔急匆匆扶李元嵩站起来,顺便从口袋里掏钱。

"我们把他赶紧送医院吧,协和就在旁边。"朱子晴也在一边焦急地扶着李元嵩。

李元嵩口唇青紫地咬着牙,浊重喘息声从喉咙发出。他脑袋在缓慢地左右晃,好像试图否定什么。

"病人现在没事,按说要留院观察,不管暂时没病床,只能等着了。"急诊医生整整白大褂。

"他到底这是什么病,好吓人。"张翔问。

"病人有心脏病史吗。"

"这个就不太清楚了,我们只是他同学。刚才已经通知他家里人,到时候问问他们吧。"朱子晴在一边补充。

医生嗓子有点哑:"他今天这种情况,就是血液循环忽然加快,造成心动过速,也不是什么治不了的大毛病。不过对啊,最近半个月犯这类病的人忽然多了很多。"

"那是什么情况引起的呢?"

"可能是这鬼天气太热了吧,温室效应,一年年的。唉。"医生说。

张翔疑惑地说:"天气热会造成这种效果?"

"每个人体质不同的。"医生低下头写病历不再答理他。

"武汉这个地方啊……"打的回去的路上,朱子晴突兀地只说了半句,意识到这并不是张翔爱听的话,就住嘴了。

张翔皱着眉头在想另外的事。

出租车司机一只手放在空调出风口上,嘴里也骂骂咧咧地说:"么办咧,武汉就是这热。像我们一天到晚开着个空调钱吃亏,不开吧顾客上来吃亏,石油跌了汽油价还硬得很。"

朱子晴接了一句:"天气热生意也好一点嘛。"

"谈鬼哟。"司机唉声叹气摇开身边的车窗,朝外面吐了口痰。

朱子晴低声问张翔:"你的烧烤店不然先歇一下?你是不怕热,不过总怕万一出事啊。"

张翔正要说什么,出租车忽然一颤。他惊慌地朝车窗外张望,发现小车已经穿过了双黄线,朝路边的车站驶去。

"喂,师傅,师傅。"

没有回应。

出租车司机整个人倒在方向盘上,身体怪异地扭曲着。透过防护栏,看得见他贴在喇叭上的那张脸,已经变成了深红色。他挂在挡上的手充气般地变得肥大。

小车毫不减速地穿过广告灯箱,将某医院一干专家的脸撞得粉碎。轮胎传来的震动让他们发现车身开始倾斜,似乎下一秒就会翻倒。

张翔只能把朱子晴尽可能地搂紧。

喇叭大作。

张翔奋力地把朱子晴从变形的车门中拉出,朱子晴的额头擦破了一点皮。他们无暇顾及依然困在车内的司机,惊恐地逃到路边坐下。张翔在那一刻意识到自己被攻击了。无论是李元嵩还是司机,都是突然发作。这绝不是什么天热的症状,一定是那些仇恨他的异界生物干的。

黄布果然还是挡不住戒指借他散发出的阴寒之气吧。

他在心里狠狠地默念着咒语,但很久很久,什么事也没发生。

周围看不到任何怪物。

"我不干了。"站在五彩斑斓的武汉广场的门口,张翔气冲冲地对着面前巨大的人头马雕像说。

暗黑色的人头马一愣。"干得好好的。"

张翔把今天遭遇说了一遍。

他本以为夷蛇会油腔滑调地又劝说一番,但她居然沉默了半天,然后低声道:"反应还真的这么大啊。"语气完全没有以往那么俏皮。

他继续等待着她后面的话。

"你知道武汉为什么最近这么热吗?"

张翔摇摇头说:"我自己没太感觉到,不过从周围的反应看好像真的是很热。"

"你今天碰到的事,不是谁在攻击,真的是高温造成的。不同人体质对这些环境的变化反映不一样。有你这种没感觉的人,当然会有血快速流动到心脏病发作的。"

"你开什么玩笑,武汉又不是第一天这么热,以前怎么没出现过这种情况?"

夷蛇缓缓把雕像的两条前腿放下:"因为,这次的热流,不是天气气候变化,是意外。"

"意外?"

"老龙受伤了。"

"龙?"张翔想起来之前提到的其他神兽,"龙王庙的那条龙?"

"黎龙的身体很长,延绵江底十几里。这次武汉一直在弄的过江隧道,好像伤到了它的尾巴。我前段时间也觉得有些不对,后来游到江里才发现,水质不太一样了。它的血是炽热的,漂到江面上就会造成整个气温的异常。而且,并不完全是你们的气象台能查出来的程度。"

张翔吸了一口凉气问:"那怎么办?"

"我太不确定,以前没碰到这种情况。"

"为什么不能让龙给自己疗伤?"

"唉,没醒,醒了哪会有这么多事。"

"受伤了还没醒?"

"这你是不知道了,神兽睡一次会持续很久,它一旦睡着我都叫不醒它。"

张翔烦躁地说:"那就让武汉这样热下去?你们不是要守护我们的吗?"

"谁说的?"夷蛇笑嘻嘻地说,"我们是守护这个地方而已。你们人类改朝换代多少次了,我们也从来不干预的。"她挥动了一下手上的半把弓,觉得不太来劲,又说:"其实救难这主要是黄鹤的事,我的法术虽然不比他低,但很多事做不来。本来香火受得又少,还要我去费事给龙疗伤,我才不干!"

夷蛇这种无赖的回答让张翔很没辙。

"那,黄鹤什么时候回来?总还有什么别的办法吧。"

夷蛇忽然打量了一下他,叫道:"对了,也许你可以做点什么。你是阴寒之体啊,你的血应该有用。"

"我的血?"

"是的,龙血要顺着江流继续往外漂的话,还很得漂一阵。但如果你的血能涂到伤口附近,说不定能结住那个部分。"

张翔看看自己的手指问:"我的血这么有用么。那,那试试看?"

夷蛇忽然又摸着下巴。"不过不清楚你全身的血是不是够用。"

张翔惊诧地问:"要用到我全身的血?"

"龙个头可是很大的,你这种块头的魔江鱼,他一口气能吃上百条呢。"

张翔的心沉下来。"血用光,那我不就死了吗?"

夷蛇点头。"是的,你可能性命不保。不过你可以……你们凡人怎么叫的,英雄嘛。"

"我一定要死才行吗……"

"我又不强迫你做英雄,反正随便你。"

张翔慢慢向后退了一步。

可我不想死啊,我和她才刚刚好起来,我的生活才刚展开。

"情况最坏是会到什么程度?"

"继续热呗。龙血是借着太阳散发到空中的,被风刮着一阵阵到处扩散。碰到体性高热的,说不好还会被引着烧起来呢?"

张翔面前出现一个画面：繁华街道上，一群男女带着黄色火焰在路面狂奔。他们双手抓着左右衣襟在猛力撕扯，但脱下衣服并不能减缓火势，反而让火苗窜得更高，他们抱在一起成为一团巨大的火球，皮肤几乎完全脱离肌肉，从骨头掉落，变成一块块黑色的小球。

然后他脑海里猛地出现了朱子晴的脸，打断这一切。

"这样行不行？"他心脏剧烈跳动着对夷蛇提出自己的想法，"能不能找几个和我一样的人，大家每个人都出一点血呢……"

夷蛇说："嗯，这个嘛，也不是不可以，不过得在整个市里找。"

"那你去找一下吧。"

"好累的啊。"夷蛇伸个懒腰，"我碰到你算机缘巧合，而且这段时间你多少也锻炼了体质。要再找一堆人，不是一时半会儿的事。"

"那你也总得找吧。呃，如果这问题解决了，我在蛇山上给你修个庙。"

"别瞎打保票，我又不是不知道你们凡人的规矩，你有什么权利修庙。"

张翔还想说什么，夷蛇打了个呵欠。"其实你怕什么呢？你又不会出事，最近少出门，等到秋天凉气盛，这个事说不定也就过去了。"

——对啊，再等一段时间，也许没有那么严重的。

张翔沉默着，死亡对他来说，哪怕在面对危险的瞬间，都是一直如此不真切的感觉。但此刻却变成了一个选择，他真的不愿意就如此结束掉自己还打算尽情享受的生活。在他发现生活本身的另一面之前……

这要怪夷蛇把他拉进了这个世界吗？可是假如他不知真相，是不是就会更无助呢？至少现在还可以防患未然。

"那，我有没有办法让普通人也不受热气的影响呢？"

夷蛇慢慢把弓举起，好像准备结束这次谈话："只要你能把你的内体阴寒部分度到对方身上就好了。"

"怎，怎么弄？"

夷蛇笑得很讽刺："这你都想不到吗？让人喝你的血，或者，阴阳交合。"

晚上七点半，朱子晴的家。

看到张翔手上的火车票，朱子晴露出难以理解的表情。

"旅游？你怎么好端端地想起来要去东北旅游？"

"你不喜欢意外吗？"他本想买飞机票，可以更快地离开这里，但他担心意外。

"也不是……有点突然。"

张翔压抑着内心的恐惧，用没伤口的手给她倒了一杯红酒。他老娘那边已经安排妥善，他是看着她一口口吃下掺入他血液的鸡蛋面才离开。腌菜给了很多，不会吃出腥味儿的。

朱子晴皱着眉头抿了口酒："味道不对啊，你也别喝了。"

张翔一惊，如果她的味觉如此灵敏，这可怎么是好。难道真的要用……

"张翔，你好像总有事在瞒着我。"朱子晴叹气，"我呢，也知道男人是该有些秘密的。不过在你决定告诉我之前，我也得跟你说一些事。"

"你说吧。"张翔敷衍着，暗自想着是否等会要再进厨房做点儿什么手脚。

"你该知道深圳是怎么样一个地方。我做过些我现在十分后悔的事。"朱子晴嘶哑地说。轻轻捶着她的腿，张翔伸手按住她膝盖。

"我明白你很看重我,我不想用一些过往伤害你,但也不想欺骗你。所以现在我只能告诉你的是,我打过两次胎,为了业绩我也陪过客户。但我现在已经和那些都切断了。"

"都切断了就好,只要你心是平静的,你的人就是健康的。"

朱子晴一愣。"你就这么冷静?难道你一点儿都不在乎?"

张翔用指节蹭着自己的鼻尖说:"我只知道,现在在我面前的你,说的是真心话。既然你愿意这样对我,我已经满足了。"

他真的知道,因为他感受得到对方身体内息的流动。

朱子晴眼睛一湿:"对不起,真的对不起,我让你等了太久了。"

张翔还没反应过来,湿湿的唇已然贴在了他的嘴角。

"那就一起去蜜月吧。"

"嗯,好。"

她拉住他的手说:"不要走。"

"我不走,我要一直都在你身边。"他的声音还在发抖。

"你是怎么了?"她低声笑着问

"没什么。"

一切来得如此快速与顺理成章。

阳光从窗户照过来,即使隔着层眼皮,好像也能看见天花板了。张翔试着挪动自己被压得酸麻的手臂,支撑起上半身。

毛巾被的另一边空荡荡的。

他把手伸到枕头下摸手机,被改静音了,屏幕显示一条未接短信。

他按出短信,居然是朱子晴发来的。

"你呼噜可真响,这种人睡得都像死猪,下去给你买热干面了。"

张翔懒洋洋地躺回到枕头里,左右脚跟交叉搓着小腿。

有点什么不对。

他又一骨碌坐起来。拿出短信仔细看了一遍。

这条短信是半个小时以前留的，也就是说她离开至少半小时了。楼下就是早点摊子，会花这么长时间吗？

张翔盯着屏幕上那个"死"字，不寒而栗，鸡皮疙瘩慢慢地泛起。

他感觉耳边好像有轻微的耳鸣，再仔细一听，是救护车的声音。

他穿上背心短裤和拖鞋，跌跌撞撞地从下楼去。

马路水汪汪的，南边停着三辆救火龙。对面一条街已变成了焦黑一片，半坍塌的房屋中不断有人抬出一具具焦黑的尸体来。

有整个身体被烧过的，也有某部分被烧到的。

张翔听到自己喉咙咯的一声，好像是被折断一样。

他不敢走过去。

无论如何不敢走过这条街。

各地新闻都在转播武汉的这次奇怪自燃状况，但科学家提供不出任何解释，只是告诫市民尽可能减少户外活动。

张翔把剩下的钱都取了出来，捆好放在自己床下。钱边留了封信给老娘，要她最近千万莫出门，这里有一笔绝对能开艳阳天的钱，但他儿子可能来不及去实现了。

夷蛇找不着了，于是他开始四处寻找她可能待的位置。磨山，晴川阁，东湖，武汉剧院，华中科技大学……只要有大型人像的地方他都去搜寻，连青少年宫吕锡三像边都留下了他的脚印。

心里只有一个念头，他要去给黎龙疗伤。

终于，走到归元寺。在罗汉堂前，他感觉里面吹出一股熟悉的凉风。张翔记得小时候来过这里数罗汉，好像这里被翻新过很多次了。

但那五百名罗汉的表情依然平静如昔。

他顺着路慢慢走,最近是淡季,没有多少人,扫地的僧人也无精打采地挂着扫帚靠在幡帘边。

终于他在迦叶尊者面前停下来了,只是停下来,并不看着佛像,也不说话。

迦叶张开了一只眼睛问:"你找我?"

"是的。"张翔平静地说,"我找你。"

龙王庙的渡口边,张翔偷偷最后一次检查着口袋里的刀。

夷蛇从江面露了一个黑糊糊的头出来,这是他第一次看见她的实体,也许就是最后一次了。

"你下水以后不能呼吸太久,这点我可以护着你。反正你顺着龙尾最末端开始摸,摸不了多久就能发现伤口的。"

"然后我就把自己的血涂上去?"

"差不多该是这样,你在身上切个口子,然后把自己的伤口贴上去,应该能慢慢把他的血止住。"夷蛇居然第一次流露出有点伤感的口气,"以后又没人可聊喽。"

张翔冷冷地看了她一眼,脱下衣服,努力地向水里跑去。他要在别人以为他自杀之前尽快下潜。

水底很冰,他咬着刀使劲扑腾。尽管小时候家里不让他到江边游泳,但他还是努力学会了一点点。

夷蛇在他身后游动着,带起一波波水流,让他可以省点力气。他对夷蛇并没有多少怨恨了,这只是不同的生物对与己无关事物的正常态度而已。

就像他自己那样。

他好像摸到龙的身体了，身边水的烈焰般灼烧着他，他努力朝更热更烫的地方扑腾。龙果然是有鳞片的生物，但和人们参照鱼类画出来的感觉完全不同。只是张翔已没心情注意这些，他只想尽快找到伤口，尽快了解这一切。

当手终于摸到一堆软绵绵的东西时，手掌心感觉到强于打火机百倍的灼烧感，他意识到就是这里了。

他毫不犹豫地拔刀割脉，但水下的阻力超过他的想象，一割只割了一点小伤口。他反手握住刀柄，朝自己的手腕用力刺去。

"你胆子可真大啊！"一个完全陌生的声音在他耳边响起，随即一股水流将他冲了个大跟头，尖刀脱手而去。张翔急坏了，双脚立刻猛蹬，去抓那把刀。

几只形状奇怪的大嘴鱼过来不由分说地咬住张翔的腿。鱼嘴里有密密麻麻数不清的细齿，只切入到皮肤与肌肉之间，居然没有血，但无法形容地疼痛。张翔使劲扭动着身体，但止不住地往下沉。

夷蛇呢？

他扭动指上的戒指，心里开始默念咒语，大嘴鱼嘴角冒出巨大的气泡，顷刻之后被吸光。张翔在水里调整了姿态，又朝记忆里刀落下的位置游去。

再一股力量冲来，天旋地转，尖刀不知被冲向何方，他陷入无尽的黑暗。热辣辣的水冲进肺里，填补已经没有一丝空气的地方。

一团影子鬼魅般地笼罩在他头顶，他感觉手指尖开始肿胀。

我要淹死了吗？顷刻之后，张翔感觉自己被某种力量包裹起来。

在一片白光中，他看见一团绿色。

"弄了这么半天，可不能让你莫名其妙给破坏了。"正是刚才那个声音。

"你是谁?"张翔问,其实他并没有张嘴,只是在心里这样想,但居然对方听见了。

那团绿色居然说:"考你一句诗,晴川历历汉阳树。"

"芳草萋萋……鹦鹉……洲。"

他看见那团绿色耀眼地展开,露出一只大大的弯弯的嘴。

张翔惊骇地挣扎着身体,它也是神兽吗?为什么夷蛇从来没有提过这一只。

鹦鹉"哼"了一声:"当然喽,我又不是位列正坛,那条蛇当然不稀罕提我!"

"你为什么要阻止我给龙疗伤?"

"因为他是我弄伤的啊。过江隧道本来绕开了的,我故意把老龙的身子挪了一下,我算得可真准。"鹦鹉仿佛自豪地拍拍翅膀。

"为,为什么?"

"我要当神兽!我也是神鸟!可为什么我当年只能被关在笼子里被人玩,还得每天学你们那些莫名其妙的屁话!升天以后也只能当无名无姓的小喽啰。他们几个占据神位已经太久了,该换一换了!"鹦鹉恶狠狠地说,"我能力不比夷蛇差,她要是再碍事我就先把她给做了。"

"我不管你想怎么样,我一定要把龙的血止住。"

"还真是死心眼,嗯,可惜我是不能直接伤害凡人。所以你的元神得先在这空间里待着,等到龙真的死掉了。再把你放出来,你放心,你的肉身如今就躺在江底,一时半会儿也泡不坏。"

"武汉会有很多人被热死烧死的!"张翔大吼着。

"都缘出语无方便,不得笼中再唤人。那,跟我有什么关系?"鹦鹉轻松地回答,"每年还有多少只鸡被你们烤掉呢。"

275

张翔冷笑道："如果我能出去，一定要开个烤鹦鹉的新食谱！"

鹦鹉怒冲冲地一口啄上他的肩膀，张翔身体一缩，力量迅速地流失出去。

"那你杀了我吧，我不管这些事，我本来就不想活了。"张翔泄气地喊道。

"想得美！你待着吧。"鹦鹉桀桀一笑，转身要飞走。

张翔也不知是哪里来的一股力量，伸手扯住鹦鹉的尾巴。

鹦鹉大惊。"你这多事鬼！"回头就是一翅膀扇来。张翔整个人蜷缩成一团，双脚夹住尾巴在原地开始旋转。鹦鹉的尾巴被扭了一圈又一圈，虽然它也只是元神被困，并非真的受伤，但肢体被绞的断的痛感却不会打折。

张翔心中大喜，这些日子捕获异界生物所积累的经验总算派上用场了。

但鹦鹉毕竟不是那些没有智商的低等怪物，它稍微惊慌了一点，就马上后扬起爪子抓住张翔的胸口，这次抓得毫不留情，似乎要将他的心脏一举挖出。

张翔咬牙忍住，用劲全身力气双腿蹬向鹦鹉的肚子，一副同归于尽的打法。

鹦鹉终于惨叫一声，它没有想到对方会有如此充沛精神力量。其实张翔自己也很吃惊，但由于从来未曾以元神的状态与其他人接触过，除了有多少力气使多少以外，也无暇思考到底和肉体攻击有多少区别。

"别得寸进尺！别以为我不敢杀你！"鹦鹉狂吼着。

"是吗？那你这一切肯定就白干了！"张翔毫不示弱地继续使劲蹬，连续蹬。

"疯子！疯子！"鹦鹉呱呱一抖，整个身体滑开一段距离。这时张翔猜到对方禁锢自己的法术恐怕接近无效，赶紧努力想象着自己的身体。

张翔闭上眼睛。

然后他听见耳边咕噜咕噜的声音越来越大，随后压在身上重负忽然消失，整个人好像腾空了。

一对爪子抓住了他的肩膀。

他抬头，看见鹦鹉头部反垂挂下来，凶狠的眼神。巨大的翅膀完全展开，反射着美丽的光芒。

"你再胡折腾，我就把你带到云上面去，让你自己摔死。"

看见鹦鹉湿漉漉的羽毛，他明白自己脱离幻界了。幸运的是，那种充沛的力量依然存在。他默不做声地一拳打向鹦鹉的左眼，然后顺手撸回来几根毛。

鹦鹉大叫，因剧烈的疼痛陷入疯狂，旋转着继续往上飞升。在他的叫唤下，周围出现越来越多的扁毛畜生，神态狰狞。

昏天暗地、鬼哭神嚎。天空在如同一片片乌云般的怪鸟群掺和下变得混乱不堪。

张翔无论再怎么伸手，已经打不到鹦鹉了。但鹦鹉似乎也飞不了太高，他只能眼睁睁地看着张翔滑落。

就这么完了吗？张翔心里想，我就算醒悟了什么力量，也总是来不及学会飞。

他听到一声长啸，然后感觉到自己的身体在空中飘荡，刺眼的太阳让他睁不开眼，光亮和黑暗织出两道流畅划动的线。尖锐的声音在耳畔交错，隐约还有鹦鹉咒骂的声音。

他感到有一双清凉的翅膀在后面托着他，轻轻地，柔柔地。他的身体顺着一个弧度往下滑。

"扑！"脊背贴上硬凉的石板地面。

张翔慢慢撑开眼皮，看到"极目楚天"四个大字。

黄鹤楼。

黄鹤回来了。

他努力地想坐起来，却又向后躺倒。

"别动，你的身体刚被我用得太过度，现在没力气。"一个苍老的声音在他耳边响起．

"刚才，刚才不是我的力量吗？"

"在元神离壳时，我便偷偷将一魄附了你体，这样才有机会让鹦鹉轻敌，伤到他。"

张翔苦笑道："我还以为，是我有了能耐。"

"你是个勇敢的人，也因为有你这样的，我做的事总算有点价值。"苍老的声音欣慰地说，"接下来的一切交给我吧。"

张翔捂着手腕上的小伤口，勉力向后看，一只高瘦的黄鹤扑腾着飞向天空，在空中划出一道优美的弧线。

黄绿两色在空中交错。绿色笨重，黄色灵巧。

嘶叫。冲撞。

绿色攻击狠辣，但飞得越来越低。而黄色被绿色弹开几次以后，慢慢地围住了绿色。

"果然是它在搞鬼，"夷蛇操纵着岳飞的石像慢吞吞地拖着一堆体态畸形、浑身焦黑的小怪物从台阶下走来，"我是说前段时间汉阳怎么一下子冒出那么多麻烦呢，刚才我也是被这帮东西分神了。"

张翔不说话，这是他们神兽间的战争，一切始终与他无关。他只是在面对自己的问题前，输给了自己。

一只肢体残缺不全的怪物还"嘎嘎"地叫着往花坛爬，"岳飞"摆了个造型，大脚一脚踏上去。声音彻底同身体一起碎裂，铺成满地的煤渣。

夷蛇继续唠唠叨叨："他回来就好。后面的事你就不用管了，老黄毛知道怎么善后。你的一切可以恢复到原来的样子啦，没事还是记得帮我抓……"

张翔用力地、用力地拔下手指上那枚戒指，扔在一边。

武汉继续热，不过总算没人再继续自燃。有关部门找来了一帮专家在度假村开会，研究防暑降温可以怎么和市政建设结合起来。黎龙还是没醒，乾龟也是。有关神兽名义这场阴谋在他们的睡梦之外积蓄，实施，然后破灭。夷蛇依然每天蹲在武汉某个热闹的街区的雕塑里打哈欠，等着再有人发现她的小动作，因为张翔离开了武汉。

张翔来到了深圳，在东门开了一家冰淇淋店。他的冰淇淋，味道好，不易融化，吃了以后凉爽整日。于是生意火爆到不得了。但他只开着这家小店，不加盟，不授徒。

他一辈子，再也没有烤过东西。

南屏晚钟
文/郭步调

"2003年12月26日杭州地铁一号线试验段开工，2007年3月28日一期工程正式破土动工，但自从次年11月15日一号线工地风情大道遭遇塌方事故造成重大人员伤亡开始，杭州地铁便灾难重重，遭到多方质疑，而日前又传出某个施工段遭遇了罕见的浅层冻土带，有关方面没有透露具体是哪个施工段并同时以'温带季风气候的杭州哪来的冻土层，这纯粹系造谣'来回应媒体……"

　　这是五楼的寝室，上下铺四张床位，床位对面是一排连体的衣柜和桌子，桌上排着四台手提笔记本电脑。因为没网费了，安战只好折腾起了自己的古董收音机。安战听说他们本家源出姬姓，大概已经好几千年的事了，具体就是黄帝次子叫安，因为帝位让颛顼得去了，安便被封到西戎，安在那里建立了安息国，也就是现在的伊朗，到汉朝的时候因为张骞来访，才和中土再次联系上，然后有个叫安清的太子不想当国王只想做和尚，所以从西域搬回了洛阳，虽说一心只做和尚，但最后似乎还是结婚生子了，所以留下了像安战这样的子子孙孙。就是这么回事。御先祖那点破事儿真的是很复杂，安战想，当一方土豪有什么不好了？非要出口转内销！混账祖先。

安战打开平时只有在英语听力考试才用得上的收音机，调着波段，搜索万峰的伊甸园信箱节目，不知道是不是时间没到，收到的却是关于地铁施工的奇怪新闻报道。最近铺天盖地这样的消息。安战琢磨大概每隔一段时间都会有类似的都市传奇被热炒。看来大家都寂寞到无聊。网络上也就算了，连食堂大厅里原本转播NBA球赛的电视也被人锁定了新闻频道。要命的是遥控器恐怕也被哪个唯恐天下不乱的家伙拿去丢到运河中去了。

虽然翻来覆去也就是"冻土层"这几个字，没有更多新意，甚至没提到冻土层的规模大小、具体分布、成因，但即便如此，在地铁施工工地发现冻土层的消息仍然是甚嚣尘上，听者亦是乐此不疲。也许他们一准都希望政府能挖具猛犸象出来，然后全民开个烧烤派对。

这间小小陋室中除了安战外其他三人都是三年级生。安战休学了两年，所以说起来应该是六年级的老怪物了。此时，他的室友们似乎也将遭受竭网之苦，安战已经听到哭丧的声音传来了。

"快没网费了，这可怎么活啊！"其中一个嚷道。

"我也是！"另一个分析道，"这学期快要没了，续费太不划算。"

"好，那我们去书吧无线上网吧！"剩下的那个戴一白口罩的提议道，"那谁，安大侠，要不要一起去？"

等收音机中莫名其妙地响起蔡琴的歌时，安战终于关掉收音机没再继续听下去。他对他的室友摆摆手道："导师的论文还没搞定呢，你们随意！"

安战其实跟这些三年级的医学院学弟们没多少共同语言，而且因为自己是国学专业的缘故,常常被人投以奇怪的眼神,他甚至从没告诉过他们自己的专业。这个专业没他们专业有"钱途"。

安战称呼导师为燕随云,但还没来得及知道他本名叫什么。

燕随云的"燕"字由四个部分组成:廿、北、口、火。

"廿"指雏燕从出壳到会飞所经历的时间,也就是二十天。

"北"指"玄",因为《说文》一文说燕子是种黑色的鸟(燕,玄鸟也)。

"口"为"或"的省略,或者你想象一下省略以前的"国",你可以把这想象成城市的平面图,这里则特指家燕有营巢于城镇民居家中的习性。

很多人从小被教育"灬"念作四点水,但这其实不是水,反而是火。这个字就念 huo,第三声。你可联想一下点、煮、煎、熬这些汉字,更不用说热、熟、焦了。当然,以前也有以此代表四肢的,比如羔、熊、馬、鳥,只不过现在很多动物的四肢都退化成蚯蚓那样没有四肢的情况了。在这里"灬"这个"火"则又特指气候暖和、春暖花开之际,所以同时也指代了南方。

同时廿、北、口、火又是燕子北飞时的形象:"廿"是燕子大张嘴巴的头部;"北"是燕子展开的翅膀;"灬"自然就是燕子的尾巴了;而"口"是指燕子的起飞之地。每年春暖花开之际,燕子从郭城里寻常百姓家的巢中起飞,一路向北,回归故里。这就是这个字的字面意义。

你可以认为"燕"这个象形字所承载的信息量大得足以撑破一张 3.5 英寸的软盘。这种情况跟男性的生殖器其实很像。

不过就安战个人而言,他倒更觉得"燕"是个载人火箭:"廿"是弹头兼载人舱,"北"是弹翼,"口"是燃料舱,而"灬"则是升空时的火尾。作为中国人居然不把火箭称为"燕"实在是损失啊,他对此愤愤不平。难说这不是古人对此类东西的暗号,客居他乡的陌客,按照希腊人的说法就是"客籍民"(Metic/Metoikos),安战琢磨,以前人是否以"燕"指代过"外星人"呢,我得去查证查证,蛛丝马迹也不能放过。或者,他又琢磨道,也许这个字可以指代我们未来的外星殖民主义。

当然,燕随云的"燕"完全没那么多名头,而且单独拎出来更是不成意思,因为他的名字来自姜夔的《点绛唇》:"燕雁无心,太湖西畔,随云去。数峰清苦,商略黄昏雨。"

而且他肯定也不是在太湖西畔取的这名字,很可能是在西湖边。

大家都叫他燕随云,就连他自己也管自己叫老燕。

谁知道是不是连他自己也忘了自己原来的名字了呢?

燕随云布置了一个以灵隐寺为主题的调研作业,安战却想着要写一篇关于灵隐寺的奇闻怪谈。写一个故事而不是那种呆板到处可见的东西。宗教是一种神秘事物,正合他意。自从很小的时候看过A.C.克拉克的《童年的终结》后,他就极想编一个神秘主义的故事,也许还可以模仿一下H.P.洛夫克拉夫特的风格。

室友们出去不过一刻钟就回来了。寝室窗外一栋建筑的三楼就是他们所去的书吧,其实离得他们寝室楼并不是远。水平距离大概五米之内。书吧底下一楼二楼是名为"毓秀堂"的食堂——安战怀疑这名头就是燕随云编的,闭关前他一般都在那儿补充碳水化合物。

"记住书吧无线网络的密码了吗?"

"0093100931。"

"那情景真逗，你应该听听那服务员的声音，'这是刚才谁点的柳橙汁啊！'……"

一进门他们就吵吵嚷嚷起来，然后一个个都坐到了桌子前，摆好手提，打开电脑，输进无线网络的密码。

"联上没？"

"联是联上了……"

"可是没信号，一格都没有！"

"我这边也是，哪怕是有一格也好，这样子开网页都是龟速，Shit……"

他们你一言我一言，而安战也已经打开了手提电脑，默不做声地试着输入那串密码。

"你们有没有发觉？"

"嗯？什么？"

"虽然说我们这里是五楼，但其实那边三楼的高度甚至还略盖过我们！"

"这不是明摆着吗，他们是高层建筑，我们则从来都是受压迫阶层。"

"不，不，不，我不是说这个，我是说，也许我们把手提抬高一点就有信号了……"那个叫赵海的小个子说着把手提捧起来，抬了抬。他最近患了感冒，戴了个白色的口罩，说话的声音顿时变得神秘起来。

"果然有了……"赵海又对其他两个正在折腾的室友说道，"一格信号！"

其他两个相视一眼，马上拎着手提爬到自己的上铺去了。

"我靠，相当厉害，居然有两格信号了！"其中一个大叫起来。

"我这里他妈的都有三格了！"靠近窗口的那位更是不甘示弱，

"真他妈赞！"

下铺的赵海着急了。

"你们俩没心没肺的，那我怎么办？"

"你就高歌老狼的《睡在我上铺的兄弟》吧！"

"别，我可受不了你那鬼哭狼嚎，你就找几本杂志垫垫增加点高度吧，你不是攒了那一摞的科幻杂志吗？"

"这倒说的也是！"赵海接受了这样突发奇想的建议。于是杂志一本本地垒了起来……

"怎么样？"上铺的兄弟问。

"就是原本那一格信号……杯水车薪啊……"

"顶天了！这是无产阶级的伟大胜利！来，我这里还有几本杂志，借你用用……"上铺的另一位兄弟说着把自己床头的几本色情杂志也丢了过来。

在赵海的隔壁桌上，靠近窗口的安战早已经把能找到的书都用上了——这一个月来他确实攒了不少，垒得高高的，然后把手提电脑像神龛似的供了起来。居然还挺好使。两格，有时三格的信号。至少开得了网页，安战甚感欣慰，他决定趁这机会再用支付宝多买几本参考资料。网购、网购，什么东西都网购得之，连快餐都可以用QQ订到，他也就更不想着那么快出去了。何况东教枕室书店的兼职也刚刚在MSN上得到被炒鱿鱼的消息。所以，急什么。

另一方面，一开始埋头写东西，就开始没日没夜起来，昼伏夜出仿佛成了安战的正常作息。偶尔倚在窗头看看星星，但从海岛上来的安战发现城市里根本就没有什么星星可言，不久后这个偶尔也就灭绝了。现在偶尔站在窗口拉开落地窗帘也只是因为对面书吧常常会有漂亮的小姑娘嘟着嘴倚在窗口百无聊赖地晒太阳。

也许，在安战眼中，不管是哪座城市——他去过几次上海和苏州，即便是这座他此生到达的第一座城市，它们都只不过是一座座毫无特征的钢筋混凝土森林，完全不是他兴趣所在，住在这里头的人也一样。所以，即便在这个城市待了这么些年，他其实还是像当初初来此地时那般对它一如既往地觉得陌生。也许在安战眼里这座城市一直就是不存在的。只是好像在那里。

开水也不用大老远地跑去开水房打，安战用瞒着楼下管理员阿姨藏起来的"热得快"烧水，很耐用，在网上订几本书的时间水就可以烧开了。于是泡了包面当夜宵，这时才发现之前的那箱方便面已是最后一包了，便趁着十一点学校超市关门之前又去抱了两箱回来，顺便带回几桶杯面，然后通通塞进了桌子上方的衣柜里。明天该打电话去北门那家新疆人的面馆叫盘炒刀削，或西门叫青椒牛柳盖浇饭，安战琢磨。唉，我手机还有话费吗？随即他又想到。

然后，就在这时候，他的手机仿佛被他唤醒似的，带着震动稀里哗啦地响了起来。他拿起手机，敲了敲按键，一看屏幕，是他的导师燕随云。短消息上几个字言简意赅：

"明日九时，老地方，切磋。燕随云。"

"灵隐寺，中国佛教禅宗十大古刹之一，又名云林寺，创建于东晋咸和元年（公元326年），当时印度僧人慧理来到杭州，看到这里山峰奇秀，认为是'仙灵所隐'，所以就在这里建寺，取名'灵隐'。

"这便是灵隐之名的由来，但也许不过只是某种欺人耳目的伎俩罢了。说到慧理，那么先让我们来了解一下此人。

"关于这个人我们可以简单地概括为：晋代僧。西印度人。生卒年不详……"

"于咸和元年（公元326年）来到中国，初住杭州，见其地山岩秀丽，遂建灵鹫、灵隐二刹。师常晏坐于岩中，故世人称其处为理公岩。具体见《释氏稽古略》卷四、《浙江通志》。"燕随云接上安战，然后指出，"前面几个都已经说尽了，你这一些没有半点新意！"

事实上安战一开始注意到慧理这号人完全是因为这个人多少让他想起了自己的御先祖大人安清。同样是为了传扬佛学由西而至的人，甚至比慧理早了半个世纪以上。而且一南一北。

"安清字世高，安息国王正后之太子也，幼以孝行见称，加又志业聪敏，克意好学，外国典籍，及七曜五行医方异术，乃至鸟兽之声，无不综达。尝行见群燕，忽谓伴曰：'燕云应有送食者。'顷之果有致焉。众咸奇之。"

关于御先祖还有以上这么一段。外语都学到能跟鸟兽交流了，举的例子居然还是"燕"。

安战觉得跟慧理的"猿粪"相比，从大方面看，其中的关联性可能更玄。不过，安战没提到这点一己之见。他不想听到"我教的是国学，不是他妈的玄学"从燕随云口中冒出来。

这一次的讨论在东教三楼靠近厕所久未开启的教室中进行，以前安战所兼职的枕室书店还在上面两层。就像他不知道燕随云的真名一样，他也不知道枕室那三个家伙的真名。他去专教的阶梯上正好碰到他们仨下来，于是向三人一并打了个招呼"Hi,Sam,Rock,Will"。没错，听着确实很像某二流明星的名字。

阳光从一排爬满常青藤的窗户洒进室内，将在空气中漫步的点点尘埃照得闪闪发光。安战前面的几个师兄弟已经读完了他们的调查报告，而安战此时读的只不过是自己准备进行小说创作的提纲要领，充充数罢了，他完全没想过真要去做什么调查报告。太无趣了。

"好歹让我读完好吗？"安战以不算是征求的眼神看了眼燕随云，"其实慧理在建灵隐寺之前盖过另一间庙宇，名为灵鹫寺。史称'天竺僧'的慧理，东晋咸和初，从中原云游入浙。据传，慧理登武林山时，见有一峰，叹道：'此乃中天竺国灵鹫山一小岭，不知何时飞来？佛在世日，多为仙灵所隐。'故山名'天竺'，峰名'飞来'，地名'灵隐'。于是慧理在飞来峰下龙泓洞侧建灵鹫寺，不过灵鹫寺在明末的时候被毁了。"

"你看，'天竺'、'飞来'、'灵隐'这三个命名应该多少有隐喻的意思吧？"安战暂时从打印件上抬起头来询问燕随云，"对吧？"

"隐喻个屁！我倒觉着出家人从不打诳语！"燕随云毫不客气地训斥道，"给你个机会继续念下去，然后我再给你点评一下。"

燕随云这么一说，安战反倒没耐心念下去了。但能怎么样，最后还是硬着头皮念了下去："咸和三年（公元328年），慧理在北高峰下建灵隐寺；咸和五年（公元330年）在涧右建下天竺翻经院，原为翻译经卷之处，后因天竺山亦名'灵山'，曾改名'灵山寺'；而后又建灵峰、灵顺，故史称慧理'连建五刹'。据《灵山志》称，'飞来峰北麓有灵鹫寺，故land随易其名'，'灵鹫寺后有理公岩（亦名燕寂岩）'。灵鹫寺的位置在今理公塔前，后人以为灵隐寺即灵鹫寺，实误。由于灵隐、天竺寺院由慧理创建，故后人尊奉其为灵竺开山祖师。

《灵隐寺志·开山卷》称：'慧理连建五刹，灵鹫、灵山、灵峰等或废或更，而灵隐独存，历代以来，永为禅窟。'据传，西溪石人岭下的夕照庵为慧理晚年退隐之处，现今龙泓洞侧的理公塔则为历代纪念慧理祖师的建筑物。"

读到这里安战停了一下。

"怎么，完了？"燕随云问道。

"不，"安战觉得自己吞吞吐吐起来了，"以下基本上就是我的猜测了。"也就是说充数的东西。

"那念啊！不要停下来浪费我的时间！"

听燕随云这么一说，安战只觉照本宣科应该没有什么危险性，于是他继续念道："所以，慧理这个人，他在同一个地方盖了至少五座庙宇。每个人都有秘密，所有的信仰也都是由秘密编织而成的。我们可以来猜测一下他为什么盖那么多的庙宇——我们可以这么理解，盖那么多的庙宇只是为了某个特定的目的，而为了盖那么多的庙宇所需要的人力物力财力则必须要靠信仰者的支持供养——而同时当事人又以此成功地制造了一团迷魂烟雾，隐藏了其真实意图，可谓一举两得。"

"哦，那是什么？"

"先让我们假设慧理这个人的可能性——因为我们对他所知甚少，可能除了以上我提到的那些还可以查找到一些其他更有意思的资料——但肯定不会更多。因此，让我们假设慧理这个人的可能性，以一种最离谱的方式：我们假设他是个外星人。"

听到这里，燕随云重重拍了下桌子，但什么也没说。他居然没说"荒唐"，他居然没说"荒唐"！这让安战惊了一下，当然不是那没冒出来的"荒唐"，而是那一掌重击。听起来简直就像小宇宙爆炸。看了眼对方的脸色又觉没有让他停下去的意思，于是安战还是继续念了下去："一个异类应当以什么样的身份出现在人群中并变得极为合群呢？比如说一个外星人出现在一个错误的时间、错误的地点这种情况。这个人于咸和元年（公元326年）突然出现在历史上，元年，通常就是指一个皇帝被另一个做掉刚开始的那一年。以史为鉴，非常容易可以了解到每当改朝换代时都会引起足够多的混乱和风波，而平息这些风波的手段要么是武器,要么就是信仰。慧理这个外星人明显牢牢抓住了这样的契机——也许整个佛教在印度的始作俑者就是一个外星种族是不是更好理解一些?就像欧洲人在欧洲混不下去了,所以跑去美洲开了块殖民地,当被殖民者有自我意识的时候,殖民地就会宣布自己存在的合理性,于是美利坚合众国出现了;蜗居印度的外星人在印度待不下去了,但因为什么目的去中国开拓他们的信仰殖民地?或许开拓这样的殖民地也并不是他们的目的,也许他们只是回来,故地重游,就像部分殖民者在新大陆待不下去,因此跑回老家结婚去了,大抵的原理都是类似的。"然后他又不禁想到了迁徙的燕子。飞来飞去的燕子,黑压压一片的燕子。

"荒唐荒唐!"燕随云连连说道,他终于这么说了,这让安战松了好大一口气。"你这是对我佛的大不敬!"燕随云补充道。

到这里的时候安战已决定不去管燕随云的反应,准备一口气念到底:"让我们继续相信他就是个外星人,然后我们继续寻找那些尘封于历史的传说神话以及那些远古尘埃中的佐证。比如说这样一个关于慧理和白猿的传说。"

一个是燕子,一个是猴子。真是太他妈妙了。合起来就是暂居地球的猴形外星人。

"灵隐寺正对着的飞来峰峰峦,被称作呼猿峰,又叫白猿峰。它的得名,也与慧理法师联系在一起。据说慧理法师宣称这座山是天竺国飞来的灵鹫山岭时,很多人对此将信将疑。慧理法师于是很有把握地预言:'这山岭向来住有两只猿猴,一黑一白。如果这山确系飞来,那么黑、白二猿也一定会相随而来。'说完,他来到山脚的洞口,俯身洞内呼唤。果然,随着他的喊声,有一只黑猿和一只白猿从洞中奔跃而出。靠着这样的把戏,大家这才入了他的道,并把这个洞称之为'呼猿洞'，而把这座山的山峰呼之为'呼猿峰'。

"关于灵鹫飞来和黑白二猿相随的说法当然是传说，但是慧理法师在此开建灵隐寺后，却确确实实养过一只白猿。

"据记载：慧理法师养的白猿很通人性，非常活泼。白天，它在溪涧中嬉耍跳跃；夜晚，松风低鸣，明月高悬，涧水丁冬，白猿偶一吟啸，凄哀婉转。慧理为此有'引水穿廊步，呼猿绕涧跳'的诗句，描述自己养白猴的乐趣。灵隐的猴群最多时是在南朝刘宋时期，有一个法名智一的僧人，敬仰慧理法师，养了一大群猴子。智一法师自己因此被人称为'猿父'。

"自此以后，灵隐山谷间就时常有猴子出没。一座怪石嶙峋的山峰，一条清澈透亮的冷泉，杂以松鸣水吟，偶或响起一声猿啸，此情此景的确给人以无穷的情韵和遐想。因此南宋时定临安钱塘景色，共有八景，而'冷泉猿啸'即为八景之一。当时的游人常把到冷泉边听猿啸当做重要的游览内容，文人墨客更是以此为题材，写下不少诗篇。如南宋浙江嵊县人吴大有即作有《听猿》一诗。诗写道：'月照前峰猿啸岭，夜寒花落草堂春。同来蜀客偏肠断，曾是孤舟渡峡人。'诗人大约是陪同一位四川客人来游玩的，客人坐船沿长江三峡而下来到杭州。三峡两岸的猿啸凄哀令人悲凉不已，现在在这里又听到猿啸，难免勾起乡情而哀痛肠断了。

"宋元以降，灵隐的猿猴逐渐减少，到清代时已经很难再见到猴子，不过从零星的记载中还可以寻到猴子的踪迹。清顺治六年（公元1649年），灵隐寺有僧人看见过白猿，它通身皎洁，白如积雪，在月光映衬下更显洁净可爱。第三年即1651年，僧人们又在青莲阁下看见一头黑猿。那黑猿居然头上戴着一顶斗笠，像是在匆匆赶路。僧人们一齐惊呼起来，那黑猿受了惊吓，发出一声轻微的吟叫，然后跳过溪涧奔窜而去。当时的人们把这一白一黑的猴子的出现看得很神奇，有人甚至认为这就是慧理法师当年从呼猿洞呼唤出来的黑白二猿。但这也未免太神奇了，从慧理法师开山建寺到清顺治年间，其间历经一千三百多年。但灵隐山谷间早年有猴子却是事实，而猴子的最早的豢养人就是慧理法师。他为灵隐寺这巍巍禅寺奠基开山，同时也为灵隐山谷增添过'猿啸'这一项景观。"

"等等！"燕随云终于打断道，"你说这么一大段猴子，难道是想说那些猴子也都是外星人？"

我暗示的难道那么明显吗？我大大地喘了一口气。

"我可没那么暗示。"安战想了想还是决定接着剧本往下念就行了，"我们不去管黑猿，因为这是一条干扰我们判断的因素，我们只来看白猿。在佛教故事里有白猿献花果一说，按照之前的假设，如果整个佛教的起始都是因为一群外星人的恶作剧的话，那么灵隐的白猿就只是慧理的噱头——虽然他可能并不是刻意而为之，他也许只是如今吾所为，先自己作了个假设，然后按照受众的常识而推导出这么一个确实存在的可能以加深其真实性。

"我们都知道，白猿，白化动物，所有的白化动物，没有谁是可以让生物学家单独给他们挂一个科一个属的（北极熊不算数）。所有白化动物都是由于它们基因的缺陷，对白化动物关注的人一定会了解到在中国的神农架由于不明原因经常出现各种各样的白化动物，可能是由于这个地区所处的地磁等种种方面的因素而导致，毕竟北纬三十度这条线上可以发生足够多足够奇怪的事情，而灵隐也足够靠近北纬三十度线。白化动物的出现，势必表明，某种东西改变过它们的基因。有什么东西可以改变基因的排列呢？有一种最简单的途径，辐射。"

或者那种外星人对磁场或气温变化或其他什么极度敏感所以只能

在三十度附近徘徊呢？谁知道啊。

"通古斯与切尔诺贝利的例子都不去说，让我们继续假设慧理是个外星人。白猿的传说可以让我们了解到，他为什么选择一个错误的时间错误的地点非得骗别人说自己是从印度来奉佛传教的原因。他是为了找回什么东西——他的真正意图——也许就是载他到来的飞船。一艘会散发出一阵阵辐射的飞船。"

火箭！燕子！宇宙飞船！哦也！

"灵隐寺非常靠近西湖，虽然我还并未求证西湖究竟由于什么原因形成以及形成于何时——也许，说不定便是在佛教诞生之初。非常微妙的地壳变化，或是神秘的冰川侵蚀，要么只是一种人为因素的干扰——一群外星人由于某种原因，逃亡地球，然后飞船失事坠毁在印度以及中国东部一带，其中有一艘飞船砸出的坑便叫西湖。我们从西湖周边的保椒山、三天竺、南北高峰、五老峰、南屏山、吴山等众多对西湖半包围起来的隆起山地丘陵地貌判断甚至可以大致想象出当初他们坠机时的倾斜角度：从东北偏东的方向而至，然后呼啸着坠地。

"有来有回，在他们决定了返回之期时——或者大部分的人已不想离去，就像美洲来的水葫芦不想再离开中国的河道，但总还是有些人想向他们来时的方向回溯，就像那些有溯游习性的鱼和鸟，就像是慧理，他们会来寻找那些即使对于他们来说也已经成为传说的东西。他拿建寺庙和传播信仰作为幌子，为了累积足够的时间去寻找能带他离开此时此地的工具。而寺庙本身——它的取名可能都是有寓意的，或许众多寺庙的宅基地中有一座便是飞行器的发射平台呢？盖幢房子就可以隐藏，不是很妙吗？

至于慧理最后真的回到自己来时的星空了吗？我们无从猜测。跟历史相比，它是巨人，我们都只是它身上的臭虫，真相是永远也不会为人所知的。

"宗教会让人上瘾，信仰会让人沉沦，历史会把真相沉淀让真相以外的东西让人足够的信服。于是，有些东西会变得神圣，剩下的则沦为奇闻怪谈——直到有一天某个人去推翻它们，颠覆它们，即使只是用想象把它们毁灭一遍。"安战最后总结道，"就像我现在所做的这样。"

我们这些意淫狂人。安战心想。

说完，安战最后又出示了两张图，一张是慧理法师画像——现在他看上去就真的像是外星人一样了，有一个像是肿起来的大脑袋；另一张则是佛教故事里的白猿献花果图。"我们是否可以把佛祖头上的光环理解为某种形式的辐射呢？不说佛，说不定连上帝都是外星人，某种智能设计者，就像新版《银河战星卡拉狄卡》（*Battlestar Galactica*）中那样的设定，你们看科幻吗？"

"我儿子很迷。"燕随云说着挥了挥手。底下几个同学已经开始窃窃私语起来——他们在这过程中其实一直窃窃私语着，安战听出来了，大抵上都是嘲笑的味道。或许他真的是哗众取宠了。作为导师的燕随云则点起一根烟，沉默了半分钟，仿佛在思考着什么，最后他终于环顾了现场的所有人，说道："我现在有一个想法，这次关于灵隐寺的调研，我决定不再让你们把它作为一次普通的作业来对待，你们的毕业论文就是这东西了！"

现场一片哗然，安战多少也有些吃惊。或者说，不安。这个善变的老家伙比外星人都更让他觉得不安。

"我要让你们知道一下什么叫做务实！"对众说完，燕随云又回过头直视安战，"你那飞碟还藏在孤山、小瀛洲和湖心亭下面是吧？"

"这个猜测很大胆。"安战评价。

"荒唐,你还不如直接说它埋在雷峰塔下,而且白蛇青蛇法海都是外星人呢!"燕随云继而又环顾了所有人一眼,继续对所有人说了起来,"你们也不用想糊弄我,虽然灵隐寺离得很近但你们中恐怕没有一个是真的去过的,至少最近没有,你们的调研资料都是从网上拉过来然后东拼西凑出来的吧?"

然后燕随云看着自己的学生们露出难堪的表情来。真是太狠了。等他看够了,燕随云挥了挥手。"好了好了,你们可以散了,下次切磋的时候我会通知的,就这样。"

于是学生们一个个出了门,安战也起身,已经走到门口闻到厕所的臭味了又被燕随云叫住:"喂,你,先留一下。"

安战只好回来听命。燕随云抽了最后一口烟,把烟头随便往地上一丢,然后从休闲西装口袋中掏出一封信来:"你下午就去灵隐寺一趟,把这封信交给沧月住持。"

沧月什么的,安战琢磨,不是写奇幻小说的吗?

安战接过信,发现信封上其实早已贴好了邮票。他抬头看了看燕随云,察言观色也读不出什么。

燕随云又挥了挥手。"这是封请帖,明日我大婚,想请沧月大师主持婚礼,但一琢磨今天寄出去也不知道什么时候能收到,反正你要实地去调研,一并带去……怎么,有零钱坐公交的吧,坐57路或26路到武林广场换游1路或者去朝晖五区那边坐807路,没问题吧?"说着就掏起钱来。

是第五次大婚吗?安战对这个导师的婚姻史倒是有所了解,这样道听途说的风传在校园里到处都是,但从他本人口中听说倒是第一次。结婚上瘾症患者,安战恶毒地想着,但嘴上仍马上接道:"我有硬币的,吃过午饭我就过去。"

"那成,先这样吧!"燕随云说完抢在安战前头出了门,又回身把钥匙丢给他,"把门带上锁好,钥匙先放在你那保管。"

中午赶着末班车,吃了顿食堂的残汤剩饭,电视上还是在报道着关于地铁工地冻土层的逸闻——据悉已经有部分冻土被转移到浙大某研究所去了,但中途电视被换了频道,变成浙江卫视一个关于相亲的节目——"在断桥上"。总之安战在闻到一股福尔马林味道的同时看到了那个笑得很夸张的主持人朱丹,等他从电视上移开目光就看着戴口罩的赵海已经捏着个遥控器端着碗猫耳朵面过来了,径直坐到了他对面。

"真是幸会啊,安大侠,这一个月来头一次见你在食堂出现。"赵海马上说道。安战觉得空气中福尔马林的味道越发浓重。安战听说他们医学院的学生入校的第一天就会被安排去参观那座阴森森的标本楼,这实际上成了他们墨守成规的某种入学仪式。标本楼中的那些尸体基本上就是泡在福尔马林溶液中的,而且多数还不是全尸的那种。

"导师那边开了个会,拖到现在,你怎么也这么晚?"

"哦,给你看一个好东西。"赵海说着神秘兮兮地取下背上的背包,打开,掏出一些蝴蝶标本来,他指着其中一个给安战看。"今早我在杭州植物园那边发现的,中华虎凤蝶!"

"这该是国家级的保护动物了吧?"

"非也非也,受国家二级保护的是中华虎凤蝶的一个亚种,华山亚种,这只不是。"说着他又指了指另外一个蝴蝶标本,安战观察了下这只蝴蝶,它比之前的那只中华虎凤蝶个头要大上一倍,全身橙色并遍布细密相间的黑色花纹,看上去非常高贵。

"了不得的是这只!"赵海道。

"这是什么蝴蝶?"

"我初步判断这是只帝王蝶,不过可能是个变种。"赵海兴奋地揭开口罩说道。

"帝王蝶不是应该产于美洲的吗?你在哪找到的?"

"我发现它时一群蚂蚁正在搬它呢,差点儿就暴殄天物了!"他说着重重地打了个喷嚏,全都喷在安战的套餐和脸上了。这样安战就吃不下任何东西了,还得找张餐巾纸把脸擦一擦。

"对不起对不起!!"赵海戴上口罩连忙道歉,一边道歉一边把蝴蝶标本又全都收回了包里。

"没关……"安战想说"没关系反正也吃完了"的时候重重地打了个喷嚏,全都如数还给了赵海和他的猫耳朵面。

"这么,我们就算扯平了!"安战很尴尬,但赵海听上去相当高兴。

鼻子又痒痒的,安战低下头去手捂着脸又打了个大大的喷嚏。难道被传染了?也许也得赶快去买个口罩戴了,安战琢磨着。

"大吉大利!大吉大利!"赵海说着毫不在意地吃起自己的猫耳朵面来。

吃完饭后,安战上楼拿了自己的墨镜戴上——多日未在白天外出阳光刺得他眼睛生疼,然后他出了北门,在德胜路另一边的一个从学期初开始就挂着"避孕套开学半价促销"牌子的小药店里买了只口罩。那口罩闻起来一股霉味,仿佛非典时期留下来的。

墨镜,口罩,再加上多日没刮的络腮胡子,现在他完全是个怪叔叔模样了。这倒也引人瞩目,他等了十多分钟的车,不下一打的小姑娘在他身边路过回头。最后他恋恋不舍地选了12路车，先是坐到清波门，然后换成游2路去了灵隐。

在晃动的车厢中安战不时地掏出那封信，看着信封上用毛笔写的那些字，特别是"沧月"那俩字，他感觉特劲。燕随云真是老派，安战心里念叨着，现在哪还会有人用毛笔写信的。不过一想到收信人也同样是个老派的人，他就突然觉得释然了。

因为没买公园年卡，安战不得不咂着嘴掏了两次钱买门票才进到灵隐寺内。见一个人怎么这么难，他抱怨着，劳民伤财。但马上灵隐寺的恢宏与庄严，以及让人如醍醐灌顶的佛经诵读声就令他感到了宗教的威慑力。简直震撼人心。宗教做到这种程度其实就是一件宏艺术作品了吧，难怪会叫人发疯。安战琢磨，如果我一早就接触到它，而不是渔村海边那些关于龙王妈祖之类粗糙的土著偶像崇拜，恐怕我也会把持不住的吧。

除了那些精致的偶像崇拜，他对大雄宝殿内那个领诵经文的僧人也颇为注意，对方那种平和的心境绝对不是一般人所能企及的，就这么看一眼安战就在心里肯定了，不简单的一个人，真的是不简单的一个人。半个小时后，经过引见，安战方才知道那领诵经文的僧人就是住持沧月。

把燕随云的信递过去，安战突然问道——事先没在心里准备过这样的问题，完全是临时起意："'沧月'二字何意？"

沧月大师一边接过信一边缓缓道——肯定有许多人这么问过他，安战心想——胸有成竹：

"万物无光影尽墨，沧海淘尽明月空。尘世尽头无一物，沧海明月莫须有。"

回到寝室已是晚上，安战泡了杯面，没有像平常那样把汤全部都喝个精光，太咸了，越喝越是口渴，何况今天一路吸进去不少的汽车尾气以及各种奇怪的城市味道，肚子原本其实也饱得差不多了。因此连碗带汤丢在桌上，自己跑去门边的饮水机倒了杯开水，折腾了一天，安战自觉大概已经损失了不少的水分，寻思得赶紧补充补充。

正当他喝了第一口水的时候，他那三个早早上床的室友们突然大喊了声"恐龙"，这让他险些呛个底朝天。前一秒钟他们还都捂在被窝中听广播，做一些只有成年人才会做的猥琐事情，这一秒钟他们都已经急匆匆地套上衣服提上裤子往外跑了。其中两个上铺兄弟带着收音机一道走了，剩下的那只收音机则留在下铺温热被窝中还在断断续续地响着：

"……冰冻的……九堡东站……朝德胜高架方向……天啊……居然是活的……恐——"

安战过去拾起收音机拍了拍。那收音机似乎坏掉了，收不到清晰的信号，怪不得被留下了。于是他把收音机关掉。嘈杂的声音影响到了他的情绪，吵得他心烦。难得宁静的夜晚。

安战刚一放下收音机，门就被推开了，是赵海。赵海拿起安战刚放下的收音机，然后又准备了一些饼干之类的干粮以及装着满满开水的保温瓶放进自己刚才忘记带的背包内。包不离身的赵海如果丢了包那还叫赵海吗，安战不禁打趣地看了他一眼。但赵海又急着往外蹿了，到了门口才又一回头："安大侠，你不一起来？"

"什……"安战还没问出口，赵海便丢下句"那我先去了"就又重新不见了身影。安战只好摇起头来。难道是什么大明星光临师生活动中心？还是什么院士设计师在邵逸夫科学楼开讲座？安战猜测了一番。反正肯定都不是我感兴趣的，他又想道。

大约一刻钟之后，安战才感觉到了震动。他放在桌上的杯面桶内的汤汁像跳舞似的泛起涟漪。像"五·一二"那天，但又不尽相同，这次更像心脏的微微鼓动，非常地有节奏感。然后，忽然停止。随后，他听到一声巨大的吼声从东北边——至少是东新河另一边的高架上传来的，声响短暂地淹没了所有车子的吵闹声。就像是一种巨大的发动机声响。安战试图去描述刚才自己听到那种声响生出的情绪，顿时唤起了身体中某种来自远古的野性。

那阵吼声消失后，有规律的震动又开始了，慢慢微弱，最后消失。也许是压路机或靠河那边空地上的打桩机在作业。这期间还有一种嗡嗡嗡的声响也是由远及近而后又慢慢远去，就像是种巨大的风车声响。这又是什么呢？安战努力压制住自己的好奇心，去一趟外面是会要他的命的。打开电脑，白天的见闻让他对灵隐寺有了新的认识，他需要在那些感觉还没消失前即刻记下来。这样，一夜下来，快到黎明的时候，安战才决定合上电脑。他的情绪因为敲了一夜键盘而变得相当高涨，因此就算室友们一夜都没回来也没能引起他的注意。

在写那些东西的过程中，安战又通过从书吧盗取的无线网络在网上定购了一些资料，因为是同城的缘故，对方说今天就应该能送到。安战在敲完字后，又打开了网页，但此时的无线网络已经断了，他撩起窗帘看了眼对面书吧的窗户，黑漆漆的。这个时间段自然是没人，像往常一样。

安战看了眼手表，六时差一刻。这个时间外面肯定不热闹，也没多少人。他的记忆这么告诉他。他已经忘记自己多久没在这个时间睁开过眼睛了。

昨晚似乎人们一整晚都在狂欢，热闹非凡，就像他越写越高涨的情绪。现在的情景却又冷清得就像他突然咕咕叫起来的肚子。于是，安战决定弃泡面而去，转而出去找吃的。在接受自己一整晚写下来的理念后，现在的他终于觉得自己找到了一种突破自己为自己织成的那颗茧的精神力量。他戴上口罩，戴上墨镜，戴上围巾——早晨的空气颇冷——决定出去一趟。

  安战先是在校园内走了一圈。

  虽然天蒙蒙亮了，但太阳还未升起。校园里没有一个人，静得出奇。平常就算是周末或是放假的时候，就算是这样的大清早也不会有这样的奇景。也许我只是忘记了早晨应该是怎样的，安战心想，以前我也跑去操场打晨练卡，但那也是好几年前的事情了。也许现在的小鬼都对晨跑不屑一顾呢！安战梦游般地在微明的天光中穿过校园内的小道朝北门慢慢踱去。

  北门外穿过高架下的德胜路，就可以找到那家新疆人开的面馆，刀削面炒得着实不错。大清早吃炒刀削也许对胃不好，等等——不过此刻眼前这条路是不是有些异样？

  临时摆在那里的红绿灯还在照常工作着，绿灯走完走红灯。但是道子上的车子却全然没动。仔细一看，车子上竟也是没有一个人。所有的车子仿佛都屏住了呼吸，公交巴士、出租车、私家车……有些车子的大门干脆都是大敞着。马路对面那些饭店招牌上的霓虹灯也都在闪着，大概是从昨天晚上就开始那么没命地闪着，闪着。安战过了马路，饭店里也仍然没见半点人烟。他回过身来走回马路中间，感觉着这个仿佛窒息了的城市，突然间他觉得自己耳内静得嗡嗡直响，只听得自己身体中的血液在沸腾。

  有一瞬间他觉得这会不会是《地球停转之日》里所预言的，除了那霓虹灯仍然在响。也许那些车子也仍然可以开。被停止的不是机器而是人?！

盯着两边的一辆辆车子，他在斑马线上来回踌躇了一番，不经意间一低头，发现了躺在白线上的一只收音机。他认出那是赵海的，机体上贴了个中国心。安战弯腰拾起收音机，转动旋钮，好像正在播什么科普知识：

"有专家根据目识判断那是头雷克斯暴龙，就像《侏罗纪公园》中的那头庞然大物，而非亚洲的勇士特暴龙，但为何这种体长达十三公尺、体重达七公吨，原本生存于白垩纪末期的马斯垂克阶最后三百万年、距今约六千八百五十万年到六千五百五十万年，白垩纪第三纪灭绝事件前，最后的恐龙种群之一的美洲新大陆恐龙会在此地被发现，短时间内专家仍不能做出定论……"

他烦躁地调了下频，似乎又是一档科普节目：

"这种病毒暂时被命名为 AM，或'小早病毒'，当然 AM 的全称为 Alternative Mitochondrion，也就是'替代线粒体'的意思，这种病毒会破坏线粒体内膜上的呼吸链酶系及 ATP 酶复合体并取而替之，成为为感染者生命活动供能的新主人……线粒体原本就有自身的 DNA 和遗传体系，但线粒体基因组的基因数量有限，因此，线粒体只是一种半自主性的细胞器，它最初便来源于远古的病毒，是变形虫外吞而形成的特殊结构。因为早有先例，科学家们才能在这么短的时间内确定了'小早病毒'的存在。据悉，科学家们初步认为它们会在导致宿主爆炸后形成伪孢子并以此种方式进行传播，但伪孢子离开宿主的寿命通常很短，一般都只有两三个小时……"

寂静岭?！他突然想到。接着安战又换了几个台，全都只是"嗞嗞嗞吧吧吧"的噪声，最后他只好关了收音机，并把它重新丢回了地上。

眼前诡异的情境让他暂时失去了食欲，何况，这种情况下肯定也找不到炒刀削那些生的食材。虽然静得可怕，但仍然有什么东西在暗处躁动，安战能清晰地感觉到，他知道那绝对不单单只是他那紧绷的神经在作怪。心中还是起了寒意，由于那点突然而至的恐惧感，由于害怕，他开始顺着德胜路朝东奔去。安战嘴里不住地念叨着"乐购、乐购……"来安慰自己，心想着到了那边的大超市就可以找到堆积如山的吃货来填肚子了。但没等跑到东新河，他就发现了高架上的异样了，而当他回头时，一瞬间他对这世界还正常的念头就完全被击打得粉碎了。

德胜快速路中段的高架在东新河前，得由匝道先下高架，然后在河的另一边才能由匝道重新上高架，再过去一点就是德胜高架与上塘高架的环形立架桥。现在，在他眼里的匝道旁的德胜快速路中段高架的末端尽头早已被踩得稀巴烂，仿佛曾有一个大东西从上面掉下来过。他回过头来时才发现静止在河这边的上行匝道上的车辆，一辆接一辆地，都被踩得稀巴烂。这一次，左顾右盼的安战终于在那一天开始后见到了第一个人。那个人正困在车中，但早已是血肉模糊了。然后安战发现了更多的被困灵魂——车窗上一片红一片红的基本上都是这样的灵魂。安战浑身颤抖地伏地狂呕起来，但只吐出了点苦水。肚子倒是越加地饿了。

毫无疑问，一个巨大的东西踩着这些钢铁畜生仿佛赶着投胎似的一路往西奔去了。安战很快就得出了这样一个极为重要的信息。安战边琢磨着边擦了擦嘴。

为了避免再看到匝道引桥上的惨像，浑身颤抖的安战回身顺路返回了高架下面。他在路旁一家无人的小卖店逗留了几分钟，在这里找几块烤面包以及一包红利群，丢了一张红色老人头在柜台上，他就又走了出来,然后站在路边界沿石上拆开包装抽出一支烟点了起来。双手剧烈地抖动着,点了好几次才算把烟给点上。

他抽一口烟吃一口面包,血液中的血糖浓度稍有上升后,他才逐渐平静下来。但还是间歇性地战栗着。

有那么一阵子,安战就那么站着,灵魂被抽离了躯壳似的机械地交替吃着面包抽着烟,等他回过神来,太阳也已经升得颇高了。但四周仍然是那么静,阴森森的,寒气阵阵。就在他吃完最后一口面包时,他听到一阵翅膀的扇动声,从高架路背面的阴暗处传来。

然后翅膀的主人终于拍打着它那蝙蝠似的翅膀探出了头来。这个长着恶魔般翅膀的怪物有着一张又大又深、看上去像海鹦嘴巴一样的嘴,它看了安战一眼,"嗖"的一声就飞到了高架桥上去。不多时他就听到它的双爪重重降落到某辆车顶时与金属刮擦所发出来的刺耳声音,然后是几声玻璃被敲碎的声音。这样的噪声引起了更大的骚动。更多的翅膀从高架路背面的阴暗处剥离了出来,开始悬浮在空气中,最初还是小心翼翼地一只一只飞往高架桥上,但等那第一只飞上去的蝙蝠怪叼回一只残缺不全的手时,血腥味立刻让那些翅膀疯狂了起来,相互碰撞地一窝蜂拥向高架桥上。

安战不得不伏下身来以免被那些翅膀撞上。但终于还是有一只蝙蝠怪被它的同伴们推了下来,掉在安战身旁。翅膀应该没摔坏,但不知为什么,它已经飞不起来了——或者根本没打算再次飞起,它朝安战径直冲了过来!

它拖着它那像蝙蝠一样由皮膜构成的翅膀,扬着像海鹦一样的巨大嘴巴,用它如死尸般混浊的眼睛怒视着安战,随后便擦着地面朝他冲来。安战的第一反应便是跳到一旁的大路上,而后回头猛跑,一直往前跑。而蝙蝠怪也不甘示弱,紧紧地咬着他的步伐。更糟糕的是,又有几只蝙蝠怪也掉到了地面,加入了这场围猎追捕。

安战在车辆间左闪右躲,却怎么也甩不掉那些长着翅膀的怪物。它们长得那么像蝙蝠,应该会对声音相当敏感吧,路过斑马线时这样的念头一闪而过,同时恰巧看到了斑马线上的收音机,于是安战又将它再度拾起。边跑着边把它打开,先是听到了蔡琴的《明天你是否依然爱我》,歌词中的"午夜"被压缩到几毫秒一带而过,收音机就马上被调到未有频道占有的刺耳波段上去了。但这么做实在是太糟糕了,现在连天上飞的那些蝙蝠怪们也朝它冲了过来。安战转身奋力将手上的收音机朝那朝他飞来的黑压压的翅膀一掷,回头继续跑。在路过一辆开着门的巴士时,他蹿了上去,见车上插着钥匙,于是马上发动了车子,并在最短的时间内将门关上。但纵然如此,还是有一只长翅膀的恶魔跑进了车厢里。

车子一发动,原来开着的收音机马上就响起了蔡琴的歌声。在旋律声中,蝙蝠怪扬起头,张着大嘴,瞪着无神的眼睛,扑着翅膀朝安战嘶叫起来。安战的肾上腺素顿时急剧上升。他急中生智地掏出口袋中的两把钥匙,一把自己寝室的钥匙,另一把是昨天燕随云交给他的教室钥匙,一手一握,双双扎进了那个怪物的眼睛中,失去视力的蝙蝠怪在车厢中上窜下跳起来,往车尾的方向挣扎。接着安战把车子的方向盘卸了下来,等那只怪物从车尾折返到了跟前时,他便抡起方向盘往那只蝙蝠怪的脑袋上猛力地砸,死命地砸,直到对方的翅膀一动不动为止。

这场搏斗后安战的手上沾满了黏稠的充满浓浓腥味的红色血液以及白色的高蛋白脑浆,更糟糕的是他还不得不徒手从地上那堆同样构成的糟糕浆糊中努力找回那两把钥匙——虽然并不知道还能不能用上。完事后,不得已,他只好取下颈上的围巾——其实它也被玷污少许了,使劲地擦起双手来。但此时此刻已刻不容缓,容不得半点思索,因为车外的那些蝙蝠怪们也已经朝他发起了攻击。车窗前是看得见的,而看不见的那些则用它们奇异的大嘴正死磕着车顶发出轰隆巨响。

　　安战把方向盘装了回去,踩下离合器挂上挡,然后猛踩油门。巴士带着他在还算宽敞的车缝间向前冲。这种情况下与其他车辆的刮擦是不可避免的,车子启动还不到一分钟,他就已经刷掉了不下一打出租车的后视镜。

　　安战从自己的后视镜看到了那群黑压压的翅膀正紧紧跟着他的巴士,穿过正闪起红灯的高架下的十字路口,仍然不肯罢休。他将车子又调高了一挡,然后刹车踩得更加卖力了,这时候安战的嘴角甚至扬起了一个不易察觉的幅度,自言自语起来:"妈的,是时候该学一下怎么开车了!"

　　　　　　我匆匆地走入森林中
　　　　　　森林它一丛丛
　　　　　　我找不到他的行踪
　　　　　　只看到那树摇风

　　　　　　我匆匆地走入森林中
　　　　　　森林它一丛丛
　　　　　　我看不到他的行踪
　　　　　　只听得那南屏钟

　　　　　　南屏晚钟随风飘送
　　　　　　它好像是敲呀敲在我心坎中

南屏晚钟随风飘送
……

在蔡琴的美妙歌声中，穿梭在这座钢筋混凝土森林中的巴士，一眨眼间就脱离了高架的阴影，并且沐浴在了明媚的阳光中。等安战记得回头寻找那些会飞的梦魇时，它们早已消失不见了踪影。但这肯定不是一场梦，他低头看了看，他脚边那具没了脑袋的蝙蝠似的怪物尸体还在那里，微热，血淌得满地都是，并且散发出浓重的腥臭味。

安战顺着德胜路一路往西开去，路上仍没见到什么人，除了死人。除了有一次，有一只白马跟他并排跑着，但一眨眼它又不见了。他觉得很可能只是幻觉。等他到了保俶路与文一路口，正准备左转往西湖的方向开去时——大概是之前听了《南屏晚钟》才临时起的意，他才终于碰到了几个活人。

那些墨绿吉普从四面八方而来，还有几辆运动型城市越野车，把他的巴士围堵在了那个十字路口。他只好一个急刹车让车停了下来。他瞥了眼目标，发现几辆车子上均写着"南京军区"几个字样。然后安战看着那些穿生化服的家伙从车里下来了，大多手上持着枪，长的也有短的也有，在车窗前枪头对准他团团围了起来。这种情况下安战不觉想起了此时应该有的标准动作，于是就举起了双手。

"把门打开！"外面有人大喊。

安战听着照做，放下一只手将门打开，而后又把那只手高举。

"将手放在方向盘上，不许动！"外面又有人大喊。

原来要这样，安战心想着放下手搁在方向盘上，举着它们真的很累，生化服们实在是太体贴人了。

门开了，正好站在门外的那个生化服被堵在门口的那具无头蝙蝠怪大大吓了一跳,差点儿抄起枪向安战扫射。幸好对方马上反应过来,骂了声"操",然后往身后挥了挥手。不多时,另外两个生化服抬着一个很大的圆筒从一辆蓝色SUV下来,圆筒打开后,从里面冒出一阵阵寒冷的烟雾。原先门外的那个生化服便拖着那只翼展有一点五米却没什么体积的无头蝙蝠怪丢进了那个圆筒里。

"快盖上,尽量不要让它接触到阳光。"扛筒的那俩生化服中的一个对另一个说。

"是的,老师。"另一个应道。

"这玩意儿是什么?"还是最初的那个生化服,他一边用枪指使着安战下车,一边问道。

"是种翼龙,叫蝙蝠龙,腐食动物,跟我们现在的秃鹫差不多。"刚才那个应道"是的"的生化服解答道。

"妈了个巴子,怪吓人的!"

"可不是。"安战接道。

"妈了个巴子,不要说话,举起手下车!"

安战听话地下了车,虽然举起的手在门上卡了下,卡得生疼。该叫王家卫也来试一下这种程度的卡门。

"杀他之前——记得要暴头才可以,先检查一下他的眼睛。"那个被唤做老师的生化服提示道,接着就跟另一个生化服抬起圆筒回到车上去了。

"把墨镜放下!"对方这么一说,安战才记起自己还戴着墨镜。生化服晃着枪让他快点儿,现在其他那些晃着枪的生化服也过来把他围了起来。他就那么呆在圈子中间,呆若木鸡。

安战忐忑不安地慢慢放下墨镜,生化服就马上凑上前来使劲看起他的眼睛来,看得他心里直毛毛的。

"不是白色的,但有点绿颜色。"那个家伙回头对那俩已经把圆筒扛上了车的生化服说。

"我有四分之一的爱尔兰血统。"安战赶紧解释道。但那其实只是隐形眼镜,被寝室那三位一体的二流混账明星忽悠买下的。现在他觉得,那伙家伙很可能就是以征兼职之名顺便搞推销。什么兼职,根本就是无薪劳力。现在他猜透了。

"怪不得不像我中土人士!"这方面大概就是御先祖大人的错了——那家伙说着又回头,"那怎么样,老鬼?"

"还能怎么样,"那边说着重重地合上了后车门,"就一普通的司机而已。"

"哦……"生化服——应该就是一开始的那个家伙,安战眼前一堆的生化服,他已经分辨不清谁是谁了——回过头来对安战说道,"司机同志,恭喜你被征用了!"

恭喜你妹。

安战被迫开着刚才捡来的逃命巴士跟在车队中,继续沿着文一路往西,上了绕城高速,并且顺时针方向绕了大半个杭州。这么一圈下来让安战得以一窥现时杭州的全貌,那么陌生,那么陌生。一些高层建筑还冒出缕缕白烟来,完全是一场激烈战争后的场景。但我们的对手是谁呢?

在驶上机场路前,车队数次停下,将于附近发现的幸存者聚集起来,于是巴士车上的空位子一个个地被填满。这期间军队与那些蝙蝠龙发生过几次冲突,幸而它们并不乐意在太阳光中飞太久,很快就飞到一些阴暗处去了,不再纠缠不休。

这么说来,安战看着高高的日头,快十二点了吧!他突然觉得肚子很饿,于是看也没看就对着一个刚上车来的老头说道:"有吃的吗?"

"难道上车还要买票?"听到声音,安战一抬头才发现声音的主人竟然是他的导师燕随云。

此刻的燕随云相当地憔悴。即使今儿是他第五次大婚的日子。可能问题也就出在这里。想到这儿,安战不免觉得有些尴尬,然后他突然想到了钥匙。

安战从口袋中摸出那两把一模一样的钥匙,血迹斑斑并散发着恶臭的钥匙——几乎算是救命恩人了。"我不知道哪把是我的了,你随便挑一把吧,这样的东西实在不适合让我这样毫无信仰的人来保管。"

"是吗?"燕随云看也没看一眼,径直往里走,在最后排找了个位置。

车队从机场路往左拐上江南大道,然后通过中河南路过了钱塘江,在到西湖大道的路口时又再次左传,最后径直朝西湖开去。

越是靠近西湖,越是人声鼎沸。就好像你慢慢靠近一条瀑布。到了跟前,西湖边上的人潮汹涌突然让安战感到一阵莫名的喜庆——这种感觉让安战哭笑不得,仿佛现在杭州所有的人都到这里来了,这里大概正进行着一场购物大促销,看的人比买的人多。

那么多人聚在这里让安战感到惊讶,而湖面上时起时落的水上飞机同样让他感到吃惊。湖面上的几架水上飞机不时地起飞降下,载走一批一批的人。嗡嗡嗡——他记起了昨天晚上同样的声音——的直升飞机更是在他们头顶晃来晃去,让安战觉得尤为科幻。他一询问,当兵的说它们是在监督周边的安全状况。

安战观察着四周的情况,然后他身后的人群发出一个"安大侠"的声音,他一回头,原来是赵海。他还是背着那个包。赵海身旁还站着沧月大师，以及阴着脸也不知何时跟他们站在了一起的燕随云。

"想不到能在这里见到你！"赵海不知什么时候已经摘掉了口罩，"昨天晚上真是让人又惊喜又害怕。"

"我把你的收音机搞坏了。"安战见面说的让赵海摸不着头脑的第一句；但接下去的交谈还算顺利。

谈及上铺的那两兄弟的去向时，赵海有点黯然失魂，他解释这么一夜折腾下来，唯一的好处就是把自己的感冒折腾好了。而这方面在安战，仿佛觉得更加的糟糕了，之前下车的时候，他就因为这个原因让护士扎了他一针。赵海继续絮絮叨叨起来，好像已经收集到不少关于这场灾难的讯息了。他提到了暴龙也提到了小早病毒，并且对安战的疑问一一做了解答。

"昨晚那巨大的吼叫声你应该听到了吧？你完全不会想到那是一头跑在高架上的雷克斯暴龙仰头朝月亮吼出的声响——"赵海说着掏出手机给安战看了一段当时拍下的视频。品质虽然不好，但安战仍然受到了巨大的震动。这跟看《侏罗纪公园》的感觉是完全不同的。但跟《苜蓿地》大概会如出一辙。

"就像之前说的，那场面真的是相当地热闹，先是九堡东站，然后更多的史前生物从各个地铁施工地段的出入口跑了出来，地上跑的，天上飞的，都无一例外地朝西跑去⋯⋯"

怪不得我当时觉得外头如此地热闹，原来不全是人在折腾。"到底是谁把它们埋在这片土地下面呢？"安战几乎是轻声自言自语，"是谁把它们冰封于此呢？"说到此处，他脑海中突然浮现出赵海医学院那阴森森的五层独立老建筑——那座标本楼，不禁打了个冷战。然后脑袋里又是黑压压一片飞来飞去的燕子。而且那些燕子突然像变形金刚那样变形成大头大眼睛、章鱼脑袋、鱼脑袋⋯⋯变成各种各样的外

314

星人。

"其实它们不是'被'冰封起来的,事实上它们是自己把自己冻了起来。"学医的赵海仿佛对这方面记得特别清楚,"就是之前我告诉过你的那种简称 AM 的小早病毒,由于它们替代了线粒体的功能,这种病毒会吸收光与热——效率高得惊人,并把细胞维持在一种近乎完美的状态——你可以说是永生了,但太强的光照会抑制病毒的活动从而使宿主处于一种假死的状态,甚至……他们刚才检查你的眼睛了吧?"他突然发现安战戴着墨镜。

"是的,这是为什么?"

"因为一般情况下,"赵海顿时颇为得意,"人在死后或处于假死的状态下,在其眼部的红血球就会将钾析出,人死后眼睛混沌的朦胧感就是钾析出后的副作用……就像美剧《英雄》里的艾萨克预言未来时那样。"

就像那些蝙蝠龙,安战顿悟道,难道那些玩意儿都是尸体吗?"等等,"安战突然想到了另一个问题,"那你的意思就是说即使在活动状态下,感染者也是处于一种假死状态?被那种小早病毒感染了就会变成一具僵尸?"

"小早病毒是不会为宿主的思考提供足供的能量的。"赵海解释道,"它们只会大致模仿大脑的褶皱进行一些出于本能的伪思考。"

"那么长期如此会造成宿主脑死的吧?"

"这个我倒没考虑过,或者说,会不会是作为身体取得永恒所付出的代价,感染者将一开始就失去智力呢……"赵海琢磨了一下,"说回来,这种病毒真的是相当地恐怖,就比如那些原本被埋在地底的生物,知道它们为什么被冻起来的吗?那是因为小早病毒吸收周边环境的热量用以维持正常的生命活动从而导致的周边温度下降,它们被自身的条件所封印起来，躺在地底已经不知几千几百万年了，直到地铁工程将它们唤醒……"

"这也太科幻了！"沉默了半晌安战才评价道。

"不止如此。"赵海继续说起来，"虽然小早病毒有极高的光能热能转化化学能的机制，但如果接受了过度的光照，它们就会使宿主炸裂开来，并散发出伪孢子进行传播，感染新的宿主；如果正常人被感染者抓伤或咬伤，十有八九也在劫难逃。"

安战现在终于意识到事态的严重性了。他看了看还残留在自己手上的那些已经干涸掉的白色红色污迹，"我之前干了一条蝙蝠龙——听他们说是这么叫的，不知道有没有被感染……"

"哇靠！安大侠你真是勇猛！"赵海叫了起来，"不过，安了，要是你感染了，马上就会变的。"

安了。安了。安了。

如果我以后有闺女，我一定为她取名"安了"。安战琢磨。

"哦哦……"安战回头看了一眼燕随云，"不过说起来，你怎么会跟燕随云在一起的？"

"他啊？"赵海想了想如实说道，"他是我家老爷子。"

"可是他姓燕，你姓赵……"说到一半安战突然想燕随云不姓燕的事实。

"其实，我跟的是娘家的姓。我妈姓赵。"赵海说，"不过，我家老爷子其实也姓赵。"

那么，你是燕随云第几任妻子的孩子呢？安战几乎要脱口而出了。

"唉，说起来你跟我家老爷子是什么关系？"赵海抢先开了口。

"他是我的导师。"安战一时也没想到说出口的后果。

"哦，原来是学国学的啊！"赵海说完哈哈大笑起来，"果然是大侠！不，大湿！"

果然被嘲笑了，安战心想。

"你有吃的吗？我肚子饿得很。"安战打断了他的笑声。

"当然有。"赵海慢慢停下笑来，然后取下背上的包，打开，取出达能牛奶夹心饼干来，"不过，安大侠你还是去湖里把手洗洗吧，不然病从口入的可能性很高哦！"

在西湖岸边折腾了整整一下午，接近傍晚时分，安战、赵海以及燕随云和沧月大师才一同被安排登上一架水上飞机。也就是水上飞机开始从湖面起飞、正当所有人都以为这是结局的时候，突然出现了一场地震。只能说是地震，地面抖动了起来，湖面也是涟漪片片。但当湖面出现更大的浪涛时，人们才明白那不只是地震那么简单。

湖底的淤泥仿佛被捅了上来，被翻搅了上来，湖水顿时一片混浊。随后岸上的人们看到了让人惊异的巨大鳍状物和大尾巴纷纷划出水面，忽而不见，然后又出现，反反复复。在这过程中湖面的浪变得越来越大，而在这片持续震动中，湖南岸的雷峰塔先是缓缓向湖中倾斜，最后终于一头扎进了水中，这让浪势更大了些。当它们到达西湖的东岸北岸时，砸烂了许多的水上飞机，同时也把岸边来不及逃走的人也一并一扫而光了。断桥更是真的变成了断桥。

安战他们还算幸运，那时他们的水上飞机刚好脱离了湖面。湖水这时混浊得已经像泥浆一样，一条像鱼一样的巨型丑陋生物就从这肮脏的池子中窜了出来——安战想它应该是穿过西湖底下的地道和淤泥破土而出的吧，它张开强而有力的长满森森巨齿的长长的上下颚，企图截获刚拉升到空中的飞机，还好高度不及，只听它咬合上下颚发出一声瘆人的巨响，然后它带着心不甘情不愿的庞然身躯又重新掉回了湖中。自然又是浪涛一片。

飞机顺势往东飞去，但飞行员说他们的目标是南方。

"南方的日照时间长，是躲避小早病毒的好去处。我先带你们去温州机场，那里会有专机送你们去海南岛。"

除了日照时间，也许那里也不会有什么史前怪兽，安战想到这里，不禁浑身抖了一下。

地面微微的震动还在持续着，在飞机上可以很清楚地观察到下面究竟正在上演着什么。地面那一堆堆的钢筋混凝土森林中那些高层建筑正在持续着遭受不同程度的破坏。

现在任谁也不会把杭州当成汴州了，这里已经成了一座死城。就算是曾经对其熟稔的人，它现在也已经再陌生不过了。因此，再破坏一点，恐怕也不会有人伤心吧？

当飞机从杭州钱江三桥北岸的电信大厦顶上飞过的时候，发现大楼顶上的那个球此时也变得支离破碎了。在琥珀色的天光中，这座曾经的杭州城最高建筑现在变得面目全非。虽然它原本看起来就有点倾斜。

黄昏的味道越来越浓重，下面这座陌生残败的都市却悄然变得热闹起来，那些热闹绝对不是人为制造的，是另一些东西。人是不会在天色渐暗的时候不点起灯来的。夜越是临近，下面的这座城市就越像是一位披上黑纱的女士，就越接近几千万年前她原本的样子。

杭州，一座来自于远古的黑暗之城。安战在心里如此概括着。

现在，在这片天空中他们的飞机绝对可以用耀眼来形容了。这样自然会吸引些东西来。飞过电信大厦时还没注意到，但不多时飞行员就告诉大家从雷达上看到他们是被什么东西跟上了。那是几只从那幢损坏的电信大厦顶上的破碎圆球的废墟中飞出来的翼龙，等它们从他们的飞机旁一掠而过时，飞机上的人就完全肯定了。那标志性的三角形脑袋，蝙蝠似的鲜艳膜翼，如小型飞机般的巨大身躯，虽然不知这种翼龙的确切种属，但比起安战之前见到的它的同类蝙蝠龙，它们更加让人一目了然。

它们仿佛跟飞机捉迷藏似的，尾随着它，紧紧咬着不放。飞机在杭州上空徘徊着，打着转，整整一个小时，就是无论如何也甩不开他们，而且安战发现，已经不止是刚才的那一种翼龙了。似乎越来越多奇怪种类的翼龙，也加入了这场老鹰捉小鸡的追逐之中，它们千变万化的脑袋形状，就是它们最具体的辨识标志，他发现之前他的老朋友蝙蝠龙也加入了这场游戏。他们的飞机就像是雁群中领飞的大雁，但是身后跟着的却不是大雁，而是一群来自不同时空的魑魅魍魉。它们大多紧随在大部队后面，但总有那么一两只与飞机并排而行，忽而窜到飞机前头去威胁一番。

颇为紧张的飞行员嘴里一直念叨着"大意不得、大意不得"，但这天往返杭州温州不知道多少遍的飞行员，完全忘记了自己加的油已经不能维持这场游戏了。就在他得意地以为自己甩开了那群魑魅魍魉时，一只奇奇怪怪的睁大眼睛看上去还颇为可爱的翼龙突然降到了机头的窗玻璃上，这让他吓了一大跳；与此同时，他又发现油表的指针已经紧贴着红色肚皮了。只听发动机"咯哒"一声，螺旋桨就突然停止了转动。于是他们开始往下坠了。

虽然飞行员努力控制着局势，但能做到的最好程度就是将飞机迫降在钱塘江入海口的杭州湾上，飞机像打水漂似的一直穿过了杭州湾跨海大桥才停住。

飞机像条船似的漂在海面上，动也不能动。之后鱼群光顾了他们。它们织起浪似的暗潮一波一波地打来，完全像是发疯了似的。

"幸好不是沧龙鱼龙史前巨鳄之类的，要不然几条命都不够啊！"

赵海首先打破了沉默。

"但这些鱼也像疯了一样！"安战道。

"也许这样的鱼浪会把我们的飞机一点一点地推到陆地上去。"飞行员说。

"也许还是海上安全一点，况且我们现在的位置距离南北岸都有十几二十公里吧？靠鱼，太不现实了！"这是赵海的看法，"但是这些鱼为什么逆流而上呢，产卵吗？"

"也许它们也是感染者，是要往西边去吧，像其他那些疯掉的动物一样。"安战推测，"嗯，就像是《西游记》。"

"你这家伙也太冷了吧！"赵海看了眼安战。

"一般一般世界第三。"

"喂喂，你们两个。"飞行员无奈地看着他们，"我们现在可是生死存亡的时刻啊，你们还当是来旅行的吗？还有后面那俩大人，"他指的是燕随云和沧月大师，他们在整段旅程中都是话头少少，像木头人似的杵在座位上，"你们也要提一下意见！"

"这里应该距离杭州湾跨海大桥的海中平台'海天一洲'不远，我们可以试着游过去。"燕随云的提议简洁明了。

"提议不错，但是游过去……"此时月亮虽然出来了，但海面仍是黑漆漆的，飞行员为难地看了看几乎被鱼群压榨得没有隙缝的诡异海面，使劲摇起头来。

"和尚，轮到你了。"飞行员示意下一位。

"十五十六两头红……"沧月说的是今晚十六的月亮，他说着看了看它然后去看那海面，"……沧海明月鱼变龙。凡事自然而达，自然而达。"

飞行员一听沧月摸不着头脑的建议，马上整个人都卡巴斯基了，那一惊一乍的表情甚是喜感。

最后,令大家大为省心的是,一波一波鱼群织成的浪竟然直接把他们送到了那个还未完工的海中平台旁。也许是奇迹,也许是自然使然,也许冥冥之中,每条河,千万条江河,都会流向同一片海。

飞行员发送了求救信号以及GPS定位坐标,然后他们坐等军方的直升飞机前来营救。他们拾了些工地上建筑用的木材,点起了个大大的篝火堆,围坐着取起暖来。

"虽然在这短短的时间内我们已经了解到了许多事情,"赵海又开了话头,"但还是有一个疑问是不明白的,就是它们为什么要往西边去?不管是那些被感染的人还是那些史前巨兽。"

"大概是因为那种小早病毒的缘故吧……"安战猜测,"它们大概只适合活在黄昏的宇宙中吧,因为太亮了它们会令宿主死去间接导致自己的灭亡,而太暗了它们又会把宿主冻成冰棍限制自己的行动。"

"啊,这么说来确实有道理啊!"飞行员也同意道,"就算是再强大的物种,也是有局限性的,要生存就得不停地跑不停地跑,它们是这样,我们人类其实也是这样。"

"说到跑……"赵海想了想,"你们这么一说,我突然有这样的念头,除去那些躲藏在城市废墟的阴影中的,它们中的某些可能会跟着太阳每天绕着地球跑上一圈呢!"

"你这么说实在是太恶毒了,"安战往火堆里丢了点柴火,引起一片火星,"你这么说,那岂不是现在连欧洲和新大陆都被那些小早病毒通通荼毒了?"

"你去过欧洲或新大陆吗?"飞行员反问道,"我们都没去过的地方其实由不得我们来当心……不过从目前我所知道的内部消息看来,你的猜测可是准确得出奇，不止杭州，在过去的二十四小时里整个世界都已经遭到了灭顶之灾！"

"阿弥陀佛！"沧月适时发出了祈祷声。不过其实更像终止符。

只有失去配偶的燕随云仍然默不作声。这点，几乎没有跟他有过亲子交流的赵海是完全帮不上忙的。

一夜长谈，救援的直升飞机却迟迟不来。但他们的火光却明显吸引了白天那些深藏起来的人们，或者还是说"僵尸"这样的雅称好呢？他们原来肯定都是桥上那些现在已经停歇下来的代步工具中的住户，在他们接受小早病毒"初拥"后因为潜意识的自我保护、恐惧或初转带来的不适应而从未敢在人前露面，安战甚至想象他们把自己锁进自己的车后厢以躲避过去一天的阳光。但此时此刻他们已不再害羞。

人感染小早病毒的话题一直是他们谈话中刻意去回避的要点，特别是在燕随云面前，但最后他们还是不得不去面对这个残酷的现实。当他们听到直升飞机的声响时，也听到了其他异样的声音。

这一天内一次又一次的诡异冒险让安战的脑袋里不住地冒出大卫·鲍伊那首《在别处》的旋律。这个荒诞不经的世界啊！

事情发生得太快，只是几秒之间的事。祸不单行的他们又再次受到了攻击，来自他们曾经的同类。救援的直升飞机上还搭乘了其他一些幸存者，但是根本不够空间，飞行员与安战上去后，就只剩下那么最后一个座位，而黑压压的大桥上，那些黑影已经一个个跳入了海里，有些已经往平台上爬了。在那瞬息之间，赵海被他的父亲燕随云突然猛推了一把，推上了直升飞机。"我想我应该也变成那样子去找她！"安战看到了一脸的悲情，对方所有哀伤终于在这一刻找到了一个喷发点。

在古诗中,"燕"有表现爱情的美好、传达思念情人之切的意象。但却也有倾诉离别之苦的意义。对于新婚而未来得及燕尔的人来说,无疑是后一种。

沧月大师则似乎是一开始就没准备上来的样子,盘坐在火堆前,手捻佛珠,口诵心诀。

再次起程的飞机上,赵海哭喊着大声叫着"爸爸爸爸……",但一切如今都已远去。安战望着下面黑茫茫的海和远处同样黑暗的城市,不禁这么想,是不是我们每个人今生所到达的第一座城市,都是我们生命中那无数的目的地中的一个呢?我们经过,然后头也不回地继续上路。

不过另一方面,安战内心矛盾重重,如果我们现在逃走了——而且再也不打算回来,那我们的其中一个自己,是不是就将会永远丢失于今生今世?

正当安战琢磨自己在这座城市生活的目的、在这座城市里落下了什么时,西湖方向突然明亮了起来,仿若佛光普照。不多时,他们便看见一个碟形的不明飞行物体升上了天空。扁平的碟子上方看样子还托着几座孤岛。不,它把整个西湖都端走了。

那不是不明飞行物。那是一只燕子。西湖水哗哗地从那只燕子身上流淌下来,在光芒中就像是发光的珠帘。哦,那不是火,那是四点水!

不明飞行物的金色光芒带着极强的穿透性径直钻进了直升飞机中,照得机舱内顿时阴影全无。飞行物还在持续升高,而相应的,他们来时方向的那堆篝火则愈发地渺小起来。此时天色已微明。察觉到这一切时安战突然放声大笑起来。这难道不是比做梦还要棒的事情吗?也许我的猜测全都中了呢！全中了！也许我他妈的其实只是在一场梦里！对，肯定是这样的，安战琢磨起来，肯定是这样的！

这时候赵海也止住了哭声。等飞机上的其他人莫名其妙地看着还在大笑的安战时，安战这么一来了一句："这个陌生的城市，这个陌生的世界——我以前一直追求着的那些奇妙的或诡异的奇幻异境，原来它们一直就在眼前——但我现在却只想着竭力去摆脱它们……我突然觉得以我现在的境界和情操，就算是出家当和尚也没问题了！"

安战这么一说，其他人也跟着笑起来。连赵海也破涕为笑了，但不知为什么，安战仍然觉得他笑得实在勉强。赵海不知何时又戴上了口罩——难道是因为这样引来的错觉吗？隐藏起来的笑意，不好说，安战心想。

"唉，我突然想到一件事情。"这时赵海开了口，声音怪怪的，"还记得之前说到的那头来自新大陆的雷克斯暴龙吗？"

"嗯，昨天晚上在杭州的街上游荡的那头。"

"还有我那只帝王蝶？"

"在植物园发现的那只。"

"是的，我有个猜测。"他边说着边取下背在肩上的背包，"现在想起来，那也许不是什么变种，而是一个非常古老的品种，也许是几千几万年前的帝王蝶祖先。"还没等安战喊"等一下"伸手阻止他，赵海已经将那只蝴蝶从包中取了出来。

不明飞行物发出的那道金光在安战的墨镜片上晃了一下，扫过赵海的眼睛，同时扫过那只帝王蝶的标本。

顷刻间，蝴蝶爆裂开来，在空气中自行碎成了粉末，迎着金色的光芒看去，跟昨天的教室中那些被阳光打亮的尘埃完全无异，同样地闪闪发光。

"Oops！"赵海有点过于夸张地叫道。

仿佛受到了惊吓似的，那从西湖中升起的不明飞行物带着它的金色佛光，带着西湖上的岛，带着西湖的水，带着西湖，一眨眼工夫便消失在了逐渐消失的群星之中。

直升飞机的螺旋桨仍然还在嗡嗡地转着，机厢中一刹那间变得凝重了，同样戴着口罩的安战开始思量，那现在正平稳转动的螺旋桨的声音要多久之后，才会在这片宁静的天光中乱了阵脚。

大家都沉默不语。但异变也同样是默不作声的。

    远处一只翼龙突然发出一声刺耳的尖叫。
    太阳仿佛真的要出来了。
    这时安战仿佛又听到了那首《南屏晚钟》：
    南屏晚钟随风飘送
    它好像是敲呀敲在我心坎中
    南屏晚钟随风飘送
    它好像是催呀催醒我相思梦

    它催醒了我的相思梦
    相思有什么用
    我走出了丛丛森林
    又看到了夕阳红

图书在版编目（CIP）数据

毁灭之城：生命副本 / 潘海天，有时右逝等著. —北京：新星出版社，2013.6
ISBN 978-7-5133-1137-3

Ⅰ. ①毁… Ⅱ. ①潘… ②有… Ⅲ. ①科学幻想小说－小说集－中国－当代 Ⅳ. ① I247.7

中国版本图书馆 CIP 数据核字（2013）第 071390 号

幻象文库

毁灭之城：生命副本

潘海天，有时右逝 等著

策划编辑：陈　曦
责任编辑：高微茗
责任印制：韦　舰
封面设计：@broussaille 私制
封面插画：江　杉

出版发行：新星出版社
出 版 人：谢　刚
社　　址：北京市西城区车公庄大街丙3号楼　　100044
网　　址：www.newstarpress.com
电　　话：010-88310888
传　　真：010-65270499
法律顾问：北京市大成律师事务所

读者服务：010-88310811　　service@newstarpress.com
邮购地址：北京市西城区车公庄大街丙3号楼　　100044

印　　刷：北京佳顺印务有限公司
开　　本：910mm×1230mm　　1/32
印　　张：10.75
字　　数：185千字
版　　次：2013年6月第一版　2013年6月第一次印刷
书　　号：ISBN 978-7-5133-1137-3
定　　价：32.00元

版权专有，侵权必究；如有质量问题，请与出版社联系调换。